U0594429

本书受"哈尔滨工业大学社会科学论著奖励与资助计划"资助。

本专著为 2010 年度黑龙江省哲学社会科学研究规划项目"美国当代印第安作家融合策略研究"（编号：10D041）、当代美国文学研究基础上的后经典叙事理论研究（编号：10B033）、哈尔滨工业大学人文社科项目"英美加少数族裔英语文学研究"和"后经典叙事视阈下的当代美国文学研究"的成果之一，受中央高校基本科研业务费专项资金资助（项目资助编号：HIT. HSS. 2009008；HIT. HSS. 2009039）。

高校社科文库
University Social Science Series

教育部高等学校
社会科学发展研究中心

汇集高校哲学社会科学优秀原创学术成果

搭建高校哲学社会科学学术著作出版平台

探索高校哲学社会科学专著出版的新模式

扩大高校哲学社会科学学科研成果的影响力

刘克东/著

趋于融合
——谢尔曼·阿莱克西小说研究

Toward Syncretism:
A Study of Sherman Alexie's Novels

光明日报出版社

图书在版编目（CIP）数据

趋于融合：谢尔曼·阿莱克西小说研究 / 刘克东著 . -- 北京：光明日报出版社，
2011.6（2024.6 重印）

（高校社科文库）

ISBN 978－7－5112－1267－2

Ⅰ. ①趋… Ⅱ. ①刘… Ⅲ. ①阿莱克西，S. —小说研究 Ⅳ. ①I712.074

中国版本图书馆 CIP 数据核字（2011）第 105462 号

趋于融合：谢尔曼·阿莱克西小说研究

QUYU RONGHE：XIEERMAN·ALAIKEXI XIAOSHUO YANJIU

著　者：刘克东	
责任编辑：田　苗　李　勇	责任校对：邓茗文
封面设计：小宝工作室	责任印制：曹　净

出版发行：光明日报出版社

地　　址：北京市西城区永安路 106 号，100050

电　　话：010-63169890（咨询），010-63131930（邮购）

传　　真：010-63131930

网　　址：http：// book. gmw. cn

E － mail：gmrbcbs@ gmw. cn

法律顾问：北京市兰台律师事务所龚柳方律师

印　　刷：三河市华东印刷有限公司

装　　订：三河市华东印刷有限公司

本书如有破损、缺页、装订错误，请与本社联系调换，电话：010-63131930

开　　本：165mm×230mm			
字　　数：220 千字		印　　张：12	
版　　次：2011 年 6 月第 1 版		印　　次：2024 年 6 月第 2 次印刷	
书　　号：ISBN 978－7－5112－1267－2－01			

定　　价：65.00 元

版权所有　　翻印必究

CONTENTS 目 录

第一章

绪 论

"我们（印第安作家）不仅仅是作家。我们是故事讲述者。我们是代言人。我们是文化大使。我们是政客。我们是积极分子。这些我们都是，本身就是，即使不想是也得是。"

——谢尔曼·阿莱克西①

第一节 印第安文学的三个阶段

美国本土英语文学②通常被分为三个阶段：同化阶段（和土地的疏离）、被白人拒绝阶段（回归传统）和杂糅阶段（也称融合阶段）。③ 第一阶段为20世纪30年代，发生在白人对印第安人实行了种族灭绝和保留地体系的同化政策之后，和美国历史上的重要事件——大干旱和经济大萧条——同时发生。④

---

① "Sherman J. Alexie, Jr." 1, 转引自 Courtney – Leyba, Karen E. *Uncomfortable Fictions*：*Cross – Cultural Creation and Reception of Contemporary Literature*. Diss. Northern Illinois University, 2001：68.

② 美国本土文学也被称做：美国印第安文学、印第安文学、土著文学、本土文学、原住民文学等。指称印第安人的时候也可以有不同叫法。详见 Zou Huiling. *A Postcolonial Study of American Indian Literature Written in English*. Diss. Shandong University, 2005：4 ~ 10, 和邱惠林的文章《美国原住民的称谓之争——当今美国"美国印第安人"与"土著美国人"的争议》，载《四川大学学报》（哲学社会科学版），2007 年第 2 期，第 52 ~ 59 页。本书中，这些名称可以互换使用。

③ 融合主义（Syncretism）本来是一个宗教用语，本书借用此词表示文化和种族的融合。参见 See Ashcroft, Bill, Gareth Griffiths, and Helen Tiffin. *The Empire Writes Back*：*Theory and Practice in Post – Colonial Literatures*. London：Routledge, 1989.

④ Oaks, Priscilla. "The First Generation of Native American Novelists." *MELUS*, Vol. 5, No. 1, Critical Approaches to Ethnic Literature. (Spring 1978)：57.

本时期的代表作家有达拉斯·鹰酋长（Dallas Chief Eagle）、约翰·约瑟夫·马修斯（John Joseph Mathews，奥萨日族）和达西·马可尼克尔（D'Arcy McNickle，扁头族）。① 他们在写作过程中通常掩盖自己的真实身份，如使用白人的笔名等。他们的作品揭露了印第安主人公在同化过程中所遇到的异化问题，白人人物经常被刻画得非常邪恶，而印第安人物则很坚忍。他们的作品迎合了白人心目中"正在消失的野蛮贵族"的刻板形象。

第二阶段是美国印第安文艺复兴时期，始于 1969 年。这一年，印第安作家莫马黛的小说《晨曦之屋》获得普利策奖。这一时期的主要作家有莫马黛（1943～）、凡·德劳利亚（1933～）、宝拉·甘·艾伦（1939～）、詹姆斯·韦尔奇（1940～）、西蒙·奥尔提兹（1941～）、汉内·乔加玛（1945～）、琳达·霍根（1947～）和莱斯利·马萌·希尔科（1948～）。在这个阶段，文学作品的主要主题是印第安人和白人的对抗，经常导致主人公败退，回归家乡（保留地），然后他们会和传统达成妥协，重新找回自己的身份。这个阶段的作品经常以悲剧性结尾结束，基调悲观。换言之，印第安主人公试图融入白人主流社会，但是他们的努力经常付诸东流，他们不能在主流社会生存。查尔斯·拉尔森将这个阶段称做"拒绝——不情愿的回归"②，即印第安人由于被白人主流社会拒之门外，只好回归自己的传统。

第三个阶段"于 20 世纪 80 年代开始萌芽，到 90 年代达到鼎盛时期"③。这个阶段和第二阶段有些重合，因为美国印第安文艺复兴时期的作家在继续描写印第安人抵抗白人、回归部落传统的主题，不过，焦点有所转移，"从描述部落集体经历的民族经历转而描写因在白人环境中长大而与部落失去联系或疏于联系的印第安主人公应对自己的个人身份问题"④。另一方面，新作家的作品在风格上和主题上都重点体现了"口述传统与书面文学的杂糅，过去与现

① 其他的重要作家还有詹姆斯·培迢漠（James Paytiaomo，艾克马族）和约翰·米尔顿·奥斯基森（John Milton Oskison，切诺基族）（Oaks 58）。

② Larson, Charles R. *American Indian Fiction*. Albuquerque: University of New Mexico Press, 1978: 66.

③ Zou, Huiling. *A Postcolonial Study of American Indian Literature Written in English*. Diss. Shandong University, 2005: 113.

④ Velie, Alan. "The Trickster Novel." *Narrative Chance: Postmodern Discourse on Native American Indian Literatures*. Ed. Gerald Vizenor. Norman: University of Oklahoma Press, 1993: 264 cited in Zou, Huiling. *A Postcolonial Study of American Indian Literature Written in English*. Diss. Shandong University, 2005: 113.

在的杂糅，土著文化与西方文化的杂糅"①。这些作家"力图通过写作重夺美国主流文学的中心，同时努力寻找美国印第安文化传承和精神传承的记忆"②。他们的作品"充满了混杂和矛盾心理，认为这些都是文化融合的结果"③。用霍米·巴巴的话说，他们的作品"在叙述文化差异和归属问题方面——性别归属、种族归属、阶级归属——混杂得不能用社会对立的任何一种等级结构或者二元对立结构来表征"④。这一阶段的代表作家有杰拉德·韦杰诺（1934～）、黛安·葛兰西（1941～）、托马斯·金（1943～）、温迪·罗斯（1948～）、路易斯·欧文斯（1948～）、路易斯·厄德里奇（1954～）和谢尔曼·阿莱克西（1966～）。本阶段的作家主要描写传统、抵抗、颠覆、重构和杂糅，如韦杰诺、金和厄德里奇。例如，托马斯·金的作品经常是关于抵抗的，尽管经常是非暴力的。他的短篇小说《界限》就是一个很好的例子。故事讲述了一个印第安母亲拒绝将自己的国籍申报为加拿大或美国的故事，她宣称自己的国籍是黑脚。她坚持自己的立场，直至最后当局让步。她最终的胜利意义重大——颠覆了白人强加给印第安人的政治界限，刻画了印第安女性新形象。金的长篇小说《药河》重点呈现印第安人的生活，解构了白人读者心中负面、刻板的印第安形象；他的另一部长篇《绿绿的草，流动的水》颠覆了白人统治和盎格鲁中心主义，再次重构了印第安新形象。然而，尽管金的作品极具颠覆性，他笔下的人物还是逃脱不了回归保留地的命运。这一阶段融合主义主题的作品还不是很多，而阿莱克西正是着力描写融合主义主题的少数作家之一。

第二节　阿莱克西研究综述

谢尔曼·阿莱克西（Sherman Alexie，1966～　）是美国当今最受欢迎的作家之一，有评论家称阿莱克西是"美国文学界升起的一颗新星"。卡朋特评论

---

① Ruffo，(Ad) dressing Our Words 7 cited in Zou，Huiling. *A Postcolonial Study of American Indian Literature Written in English*. Diss. Shandong University，2005：113.

② Zou，Huiling. *A Postcolonial Study of American Indian Literature Written in English*. Diss. Shandong University，2005：113.

③ Zou，Huiling. *A Postcolonial Study of American Indian Literature Written in English*. Diss. Shandong University，2005：113.

④ Bhabha，Homi. *Nation and Narration*. New York：Routledge，1994：292.

说:"没有几个作家能比谢尔曼·阿莱克西更具大师潜质。"① 1999 年, 阿莱克西被著名文学杂志《纽约客》(*The New Yorker*) 和《格兰塔》(*Granta*) 评为美国 40 岁以下 20 位最佳小说家之一。②阿莱克西出生时患有脑积水, 医生都以为他活不了半年, 或者即使做了手术也会留下严重的后遗症, 但是阿莱克西竟然奇迹般地活了下来, 虽然遭受了癫痫等后遗症的折磨, 却成为文学界一位奇才。阿莱克西成长于华盛顿州的斯波坎印第安保留地上的威尔皮尼特镇, 父亲是斯波坎族印第安人, 母亲是盖尔达林族。他 12 岁前就将威尔皮尼特学校图书馆的书读了个遍。阿莱克西于 1991 年获得华盛顿州立大学学士学位。本来想成为内科医生的他由于在解剖课上数次晕倒而不得不转向诗歌创作, 他因此遇到了他的启蒙老师阿莱克斯·郭, 正是在郭的引导下, 阿莱克西显示了卓越的诗歌创作天赋。1992 年, 他的第一部诗集《梦幻舞蹈业》出版, 从此, 他名声大噪, 大作频出。如今, 刚刚 43 岁的阿莱克西已经出版了 20 部作品, 包括 4 部小说、3 部短篇小说集、11 部诗集和 2 部剧本。2007 年他因新作《一个兼职印第安人绝对真实的日记》(*The Absolutely True Diary of a Part - Time Indian*) 获得国家图书奖。

阿莱克西作品的主题涉及传统、历史、身份、种族压迫、种族冲突, 但是与其他作家不同的是他作品中的种族融合主题。他笔下的人物多是青少年, 在成长的过程中寻找机会, 建立身份, 追寻传统、文化根源和历史事实。他努力消解白人构建的印第安刻板形象, 并刻画积极向上的新印第安形象。阿莱克西是一个多才多艺的作家, 但是评论家对他褒贬不一。总体来看, 褒奖多于贬损, 多数评论家对他的独创性持肯定态度。

莫里迪斯·詹姆斯 (Meredith James) 认为阿莱克西与多数印第安作家 (如印第安文学大师莫玛黛、希尔科、厄德里克等) 不同, 这些作家经常描写"生活于被战争、道斯法案与其他殖民力量撕扯得粉碎的土地上的混血印第安人的生存状况"③, 而阿莱克西则主要描写"纯种印第安人, 以期使印第安土

① Carpenter, Susan. "Misfit." Los Angeles Times. (September 16, 2007).
< http: //articles. latimes. com/2007/sep/16/books/bk - carpenter16 > accessed 15 October 2008.
② Cline, Lynn. "About Sherman Alexie." *Ploughshares* 26. 4 (Winter 2000/2001): 197.
③ James, Meredith K. "Reservation of the Mind": The Literary Native Spaces in the Fiction of Sherman Alexie. Diss. University of Oklahoma, 2000: 48.

地重获力量"①，并使"印第安部落形象不受扭曲"②。阿莱克西经常批评流行
文化中，尤其是好莱坞电影中的印第安刻板形象，并将它们替换为印第安作家
自己塑造的新形象。阿莱克西"对于历史上娱乐业针对印第安人的种族主义
思想无法忍受"③。阿莱克西在将他的短篇小说集《独行侠骑警与唐托在天堂
里的赤拳搏击》改编为电影《狼烟》时，将斯波坎保留地换成盖尔达林保留
地，来讽刺"好莱坞电影为了吸引更多的观众经常将不同部落张冠李戴"的
事实。④ 换言之，好莱坞频繁地扭曲有关印第安人的事实。阿莱克西还"尽其
所能地颠覆流行文化中的诸多偶像，如约翰·韦恩"。⑤ 阿莱克西也利用其他
媒体形式，如音乐，来抨击主流文化对印第安文化的扭曲，从而重新定义印第
安性（Indianness）。因为阿莱克西的读者深受流行文化影响，所以他对流行文
化形象的借用和批评是非常有效的。⑥

詹姆斯有关阿莱克西利用不同媒体来解构印第安人刻板形象的评论是准确
的。他和印第安音乐家吉姆·鲍艺德合作出版的他第一部小说《保留地布鲁
斯》中出现了布鲁斯音乐的唱片。他联合其他印第安艺人发行了第一部电影
《狼烟》之后，又着手《梦幻舞蹈业》的创作（在 2002 年 1 月的"太阳舞"
电影节上举行了首映式）。在他的新作《一个兼职印第安人绝对真实的日记》
中，阿莱克西和艺术家艾伦·福尔尼合作，在书中插入 60 幅漫画，效果颇佳。

阿莱克西认为应予以印第安文化传统完好无损的保留，不应任白人盗用、
扭曲。至于他喜欢刻画纯种印第安人的说法，却略有偏颇。实际上，阿莱克西
也刻画了不少混血印第安人形象，《印第安杀手》中的莱吉·珀莱特金和《飞
逸》中的"青春痘"就是混血儿。

① James, Meredith K. " Reservation of the Mind" : The Literary Native Spaces in the Fiction of Sherman
Alexie. Diss. University of Oklahoma, 2000: 4.

② James, Meredith K. " Reservation of the Mind" : The Literary Native Spaces in the Fiction of Sherman
Alexie. Diss. University of Oklahoma, 2000: 48.

③ James, Meredith K. *" Reservation of the Mind"* : *The Literary Native Spaces in the Fiction of Sherman
Alexie.* Diss. University of Oklahoma, 2000: 4.

④ James, Meredith K. *" Reservation of the Mind"* : *The Literary Native Spaces in the Fiction of Sherman
Alexie.* Diss. University of Oklahoma, 2000: 5.

⑤ James, Meredith K. *" Reservation of the Mind"* : *The Literary Native Spaces in the Fiction of Sherman
Alexie.* Diss. University of Oklahoma, 2000: 5.

⑥ James, Meredith K. *" Reservation of the Mind"* : *The Literary Native Spaces in the Fiction of Sherman
Alexie.* Diss. University of Oklahoma, 2000: 154.

詹姆斯·霍华德·考克斯（James Howard Cox）也注意到了阿莱克西对大众媒体（如电影和电视）的批评。考克斯尤其喜欢阿莱克西关于电视媒体的妙语："唯一比电视里的印第安人更可悲的事情是印第安人在无时不刻地观看电视里的印第安人。"（《狼烟》中主人公托马斯·生火语，带有讽刺意味。）①因为印第安观众将电视里被扭曲、模拟、浪漫化的印第安人当成了真实再现。经过了历史上的军事灭绝和基督教同化，当前，美国大众媒体正在让观众（包括印第安观众）相信印第安人注定要消失。库柏的小说《最后的莫希干人》及其电影版本（由迈克尔·曼执导）均刻画了秦加池古柯这一"即将消失的高尚野蛮人"形象，而影片的中心人物却是白人主人公奈迪·邦宝（又称鹰眼），其讽刺意味可见一斑。凯文·科斯特纳执导的《与狼共舞》尽管表现出对苏族印第安人的同情，但是也在后记中暗示了苏族文化最终灭绝的命运："13 年后，因为家园被毁、野牛消失，最后一支自由苏族人在纳布拉斯加州的鲁宾逊要塞向白人投降。美国大草原的马文化随之消失，边疆文化也将很快成为历史。"与《最后的莫希干人》类似，《与狼共舞》的主人公也是一个白人，邓巴中尉（最后也回到了白人主流社会，还带回来一个被苏族营救的白人女人"握拳而立"）。这两部电影中都充斥着印第安人的刻板形象，并暗示印第安种族的灭绝。电视媒体也是如此。考克斯引用萨义德的话说："现代欧洲和美国的话语毫无例外地假设非欧洲世界的静默——自愿的或非自愿的。他们采用吞并、包含、直接统治、胁迫等方式，但就是不肯承认被殖民者应该被倾听，他们的思想应该为殖民者所了解。"②

　　保留地上电视整天地轰响，没有印第安人的声音，只有白色噪音。无所事事的保留地居民期望借助电视节目解决所遇到的问题，得以慰藉，获取快乐，但是这一切都是徒劳。他们想当然地认为电视里的印第安人是真实的。然而，电视是白人压制印第安人的一种技术形式，一种"将印第安人界定为被征服的民族，去语境化、浪漫化、卑躬屈膝、甘愿臣服的唐托③，将美国印第安领

---

　　① Thomas Builds – the – Fire, with irony, in *Smoke Signals* cited in Cox, James Howard. *Muting White Noise*: *Revisionary Native American Novelists*. Diss. University of Nebraska, 1999: 292.

　　② Said, Edward. *Culture and Imperialism*. New York: Knopf, 1993: 50 cited in Cox, James Howard. *Muting White Noise*: *Revisionary Native American Novelists*. Diss. University of Nebraska, 1999: 223.

　　③ 唐托（Tonto）：森林骑警的印第安仆人。

土刻画成被征服的土地的叙事。"①这种叙事经常"蒙骗、误导、殖民"保留地上的印第安人，使他们不能接近自己的文化传统。②印第安人和传统的分离导致印第安人的迷失，他们看不到未来，看不到希望，白人文化淹没了他们。也正是出于这个原因，阿莱克西将白人流行文化比做"白色噪音"，指每天晚上电视上奏响"星条旗永不落"，节目停播后电视上出现的雪花和发出的噪音。正是这种白色噪音抹杀了其他颜色，也使印第安观众不能安静地思考。为了改变这种窘境，为了"避免技术的破坏性影响"③，阿莱克西让他的人物给电视消声，考克斯称这种行为为"消除白色噪音"。阿莱克西在他的论文《白人不会击鼓》中写道："何谓男人？何谓印第安人？何谓印第安男人？我按下遥控器上的消声键，以使每个人都听清答案。"④为了更有力地回击白人大众媒体的影响，阿莱克西和其他印第安艺人共同制作了电影《狼烟》（1998），以"通过在叙事中插入印第安人的声音，来干涉……甚至重书白人的'征服叙事'"⑤。在这部电影中，主要人物维克多·约瑟夫和托马斯·生火从印第安保留地去亚利桑那州的菲尼克斯取回在一场火灾中丧生的维克多的父亲的骨灰。两个青年成功地完成使命，并在其过程中与白人充分交流，他们对自己的身份和两人之间的关系也进行了深思。阿莱克西借此批评了白人大众媒体（尤其是好莱坞电影）对印第安青年的负面影响。电影中，维克多问托马斯："你说话总他妈的像巫师一样。我说，你看了多少遍《与狼共舞》？一百遍？还是二百遍？……你真的认为那些狗屎是真的吗？天哪！你不知道怎么做一个真正的印第安人吗？"⑥维克多说这话的时候好像他知道真正的印第安人应该是什么样子似的，可笑的是，他其实也不知道什么样的印第安人才是真正的印第安人。

---

① Cox, James Howard. *Muting White Noise*: *Revisionary Native American Novelists*. Diss. University of Nebraska, 1999：237.

② Cox, James Howard. *Muting White Noise*: *Revisionary Native American Novelists*. Diss. University of Nebraska, 1999：241.

③ Cox, James Howard. *Muting White Noise*: *Revisionary Native American Novelists*. Diss. University of Nebraska, 1999：238.

④ Cox, James Howard. *Muting White Noise*: *Revisionary Native American Novelists*. Diss. University of Nebraska, 1999：223.

⑤ Cox, James Howard. *Muting White Noise*: *Revisionary Native American Novelists*. Diss. University of Nebraska, 1999：225.

⑥ Alexie, Sherman. *Smoke Signals*：61, cited in Cox, James Howard. *Muting White Noise*: *Revisionary Native American Novelists*. Diss. University of Nebraska, 1999：232.

他告诉托马斯看起来要像"残酷、坚忍的武士","就像刚刚猎杀野牛回来一样",托马斯抗议说:"但是,我们的部落向来以三文鱼为生,从来也没有猎杀过野牛啊!"①阿莱克西"讽刺了白人浪漫化了的印第安人刻板形象:坚忍或者野蛮;同时,他也注意到这些形象如何影响了印第安人的自我表征和身份建构"。②

考克斯关于电视上以及好莱坞电影里的模拟印第安形象影响了印第安个体的身份构建的说法是正确的。确实,好莱坞电影和电视剧捏造了模拟的印第安形象,并一遍一遍地反复播放,以至于连印第安观众都把他们当做真的了。这些浪漫的、坚忍的人物在影片中基本上是不说话的。事实上,印第安角色是以表演他们的"死亡"来挣工资的。他们被导演告知要假装中了边民或美国士兵的枪从马背上摔下来,从而巩固"即将消失的高尚野蛮人"刻板形象。因此,印第安人最终能够得以存活显得很重要。正是出于这种原因,阿莱克西制作了《狼烟》来反击白人的思维定势和话语霸权。这部电影所有演职人员均为印第安人,主角也是印第安人,而不是白人。影片中,印第安主角们非常健谈,非常成功。

卡伦·科特尼-雷巴在她的博士论文《令人不舒服的作品——当代文学的跨文化创作与接受》中认为"没有比阿莱克西的作品更令盎格鲁读者更不舒服的当代作品了",因为阿莱克西热衷于"真正的印第安人",并对"混血儿"和"望纳彼"(Wannabe)们提出了比其他作家(如托马斯·金)"更复杂的控诉"。③阿莱克西早期充满愤怒的小说意在使读者(尤其是白人读者)不舒服,他"假定一个虚构的中心位置,将主流文化推至边缘,将它视做奇异的、外来的、陌生的"④。他笔下"盎格鲁他者的负面形象"总是能激怒白人读者,所以他们经常"领会了他的真正含义",然后马上将他的书"用力扔

① Cox, James Howard. *Muting White Noise: Revisionary Native American Novelists*. Diss. University of Nebraska, 1999: 232.

② Cox, James Howard. *Muting White Noise: Revisionary Native American Novelists*. Diss. University of Nebraska, 1999: 232.

③ Courtney-Leyba, Karen E. *Uncomfortable Fictions: Cross-Cultural Creation and Reception of Contemporary Literature*. Diss. Northern Illinois University, 2001: 179.

④ Gomez-Pena, cited in Courtney-Leyba, Karen E. *Uncomfortable Fictions: Cross-Cultural Creation and Reception of Contemporary Literature*. Diss. Northern Illinois University, 2001: 67.

出去"。①科特尼－雷巴从以下几个方面来展示阿莱克西边缘化白人和白人文化的途径：强调口语性，贬低文本，让白人人物失语，将主流文化和人群陌生化，宣扬女性主导的印第安文化，贬低以耶稣为中心的白人基督教文化。

阿莱克西通过强调口述传统、贬低书面文字来颠覆主流文化的中心位置。尽管阿莱克西从不直接暴露部落典仪的细节，他却一直都很清楚传统的重要性，包括口述传统。他的很多人物都非常擅长讲故事，最有代表性的当属托马斯·生火，他出现在阿莱克西的很多作品中。这个人物总是侃侃而谈，不停地讲故事，幽默诙谐。几乎在阿莱克西的所有作品中，他都运用口述传统作为一个工具来批判高度依赖书面语的主流话语。印第安人对书面文件往往持怀疑态度，这是因为白人向来以违反条约而臭名昭著，这一现象在阿莱克西的作品中有充分的体现。在《保留地布鲁斯》中，朱尼尔梦见谢礼丹将军让他在一张白纸上签名，然后就饶他不死。朱尼尔问："为什么？"谢礼丹说："你就签吧！"② 朱尼尔把笔扔到了地上，他不相信谢礼丹是真诚的，因为历史上印第安人被白人骗苦了。在《狼烟》中，维克多远行之前，他妈妈告诉他早点回来，他开玩笑说："你要我给你签个保证书吗？"他妈妈说："不可能！你又不是不知道印第安人多么讨厌那些东西！"在《印第安杀手》中，当马特博士撒谎说他已经把录有斯波坎部落故事的磁带毁掉时，莱吉知道马特在骗他，他想到了历史上无数被违背的条约："马特的友谊实际上已经成为又一个被违背的条约，又一系列美丽的谎言，一堆一文不值的废纸。"③ 实际上，莱吉开始相信白人没有不骗人的。从上面的文本中，我们不难看出印第安人对口语传统的依赖和对文本的不信任。

阿莱克西笔下的印第安人物经常是非常健谈、非常幽默的，而他的白人人物经常是失语的。阿莱克西借此来推翻白人的话语霸权。语言是"'真理'、

---

① Courtney－Leyba, Karen E. *Uncomfortable Fictions：Cross－Cultural Creation and Reception of Contemporary Literature*. Diss. Northern Illinois University, 2001：66.

② Courtney－Leyba, Karen E. *Uncomfortable Fictions：Cross－Cultural Creation and Reception of Contemporary Literature*. Diss. Northern Illinois University, 2001：144.

③ Courtney－Leyba, Karen E. *Uncomfortable Fictions：Cross－Cultural Creation and Reception of Contemporary Literature*. Diss. Northern Illinois University, 2001：138.

'秩序'、'现实'等概念得以建立的媒介"①，因此，白人人物的失语"暗示阿莱克西在攫取权力等级关系的控制权"②。"真理和现实的概念现在由阿莱克西建立……盎格鲁中心主义的读者'突然感到异常得白'，异常不自在"。③在《保留地布鲁斯》中，正当柴丝和托马斯谈话时，贝蒂（一个白人女人）插了一句话，柴丝（一向喜欢纯种印第安人，而不喜欢白人和混血儿）显得极为不悦，贝蒂马上说"对不起，我不该插话"，然后就再也不做声了。④ 同样，在《印第安杀手》中，当玛丽挑战马特博士时，他无言以对，只好关上门来保护自己，因为他失去了"用以树立自己统治的语言的力量"。⑤在同一本小说中，当莱吉挖苦威尔逊（望纳彼作家）的前警察身份时，威尔逊一改其喋喋不休的风格，搜肠刮肚也找不出反击之语，只是支支吾吾："嗯？……哦……我……啊……"当他从酒吧里退出来时，听到里面的印第安人哄堂大笑。⑥ 威尔逊的失语及印第安人对他的嘲笑暗示了他的边缘化。白人读者经常被阿莱克西的作品弄得无话可说，阿莱克西借此达到了他的目的："他把主流文化推到了边缘，成功地创造了盎格鲁他者。"⑦阿莱克西通过使白人消声颠覆盎格鲁中心主义的手法是非常有效的。西方人笔下的印第安人经常是失语的，然而，阿莱克西让白人失语，从而发出了印第安人的声音，其意义非同一般。

　　阿莱克西"他者化"主流文化的另一技巧是将美国陌生化，将美国（白）人妖魔化。在电影《狼烟》中，托马斯和维克多上车（准备去菲尼克斯）之前，威尔玛问他们："你们有护照吗?"托马斯问"为什么?"她说："老表，

---

① Owens, Louis. *Bone Game: A Novel*. Norman: U of Oklahoma P, 1994: 8, cited in Courtney - Leyba, Karen E. *Uncomfortable Fictions: Cross - Cultural Creation and Reception of Contemporary Literature*. Diss. Northern Illinois University, 2001: 100.

② Alexie, Sherman. *Indian Killer*. New York: Atlantic Monthly Press, 1996: 108.

③ Courtney - Leyba, Karen E. *Uncomfortable Fictions: Cross - Cultural Creation and Reception of Contemporary Literature*. Diss. Northern Illinois University, 2001: 100.

④ Alexie, Sherman. *Reservation Blues*. New York: Atlantic Monthly Press, 1995: 168.

⑤ Courtney - Leyba, Karen E. *Uncomfortable Fictions: Cross - Cultural Creation and Reception of Contemporary Literature*. Diss. Northern Illinois University, 2001: 99.

⑥ Courtney - Leyba, Karen E. *Uncomfortable Fictions: Cross - Cultural Creation and Reception of Contemporary Literature*. Diss. Northern Illinois University, 2001: 369.

⑦ Courtney - Leyba, Karen E. *Uncomfortable Fictions: Cross - Cultural Creation and Reception of Contemporary Literature*. Diss. Northern Illinois University, 2001: 99.

你们离开保留地就要进入一个完全不同的国家了。"托马斯说："可是，那还是出不了美国啊！"露西插嘴说："没错，仍然是美国。但是美国就是外国啊！"托马斯和维克多上车后才发现，他们果然到了一个完全不同的世界，车上只有他们两个是印第安人，他们已经进入异域，一个完全陌生的世界。

阿莱克西在这部电影里以印第安人物为中心来审视周围的环境和人群。他们所观察到的陌生现象暴露了白人的怪异行为，并将这些白人表征为他者。

科特尼－雷巴认为在阿莱克西的作品中，白人人物经常是邪恶的。他们没心没肺，抛弃或虐待儿童（《印第安杀手》中莱吉的白人父亲就是最好的例子），抑或是强奸犯（如《保留地布鲁斯》中的谢礼丹，企图强奸印第安女青年柴克斯，自称是世界主宰，而柴克斯却不买账）。白人有时也被描写成连环杀手（《印第安杀手》中威尔逊的代理人暗示过这一事实）；或者被描写成骗子，正如玛丽所说："到目前为止，我见过的所有白人都是骗子。"①

在《印第安杀手中》，约翰·史密斯"坚定地告诉家人说莎士比亚是个印第安女人"②，当然，约翰说这话的时候，精神已经有些不正常，但是，阿莱克西实际上是借着约翰的癫狂来表示对白人经典和权威的质疑。科特尼－雷巴评论说，"约翰将益格鲁中心主义的经典被推翻了，他将西方思想的很多作为基础的假设掏空了。……约翰拒绝相信一个著名的白人意味着一切。"③和《保留地布鲁斯》中的柴克斯一样，通过拒绝接受白人权威，约翰将主流文化推至一边。

科特尼－雷巴还认为阿莱克西通过强调女性主义（womanism），贬低白人崇拜的男性主义和基督教来边缘化白人主流文化。由于印第安部落多为母系部落，而白人犹太－基督教社会多为父系社会，科特尼－雷巴认为"女性意识不仅仅是阿莱克西所属部落文化的体现，而且是拆解美国主流宗教话语的工具"。她认为"通过刻画祖母（Big Mom）这一创造者形象，耐姿（Nazzy）这一救世者形象和"世界之巅女孩"（girl on top of the world）这一'原谅之神'

① Alexie, Sherman. *Indian Killer*. New York：Atlantic Monthly Press，1996：417.

② Alexie, Sherman. *Indian Killer*. New York：Atlantic Monthly Press，1996：48.

③ Courtney－Leyba, Karen E. *Uncomfortable Fictions：Cross－Cultural Creation and Reception of Contemporary Literature*. Diss. Northern Illinois University，2001：95.

形象，阿莱克西为基督教文化中的圣父、圣子、圣灵三元素提供了女性主义替代"。① 可见，阿莱克西娴熟地将主流父系基督教元素替换成了本民族的女性主义元素。

笔者要指出的是，印第安母系社会文化可以如科特尼－雷巴所说的那样替换犹太－基督教父系社会文化，但是，这并不是阿莱克西的本意，他实际上暗示了两者的"互补性"共存模式，即不是以一种模式替换另一种模式，而是两者作为平等的文化和谐共存，相互补充。② 对此观点，笔者将另外撰文阐述。

阿莱克西是一个大胆的越界者。他从不畏缩在自己的保留地上，不管是身体的保留地还是心灵的保留地，而是勇于穿越界限。茱莉·博尔特认为："作为一名作家，阿莱克西拒绝限制，他自由地穿梭于印第安世界和白人世界，穿梭于传统文化和流行文化之间，将二者合为一体。"③ 他抵制臆测，借用流行文化中白人塑造的刻板印第安形象，滑稽地颠覆这些刻板形象，从而将读者引入"接触空间"（contact zone），进而改变他们对于印第安人先入为主的错误观念。④ 博尔特讨论了不同语言之间、神话与现实之间、记忆与现实之间、疯狂与理性之间的界限。

博尔特引用下面的歌词来证明阿莱克西对语言界限的穿越："篮球，篮球／ Way, ya, hi, yo way, hi, yo. ／传给我球，传给我球。／ Way, ya, hi, yo way, hi, yo. ／让我投球，让我投球。／ Way, ya, hi, yo way, hi, yo. ／让我赢球，让我赢球……"⑤很多这样的语码转换表明了阿莱克西和他笔下人物的杂糅身份和他们从所在国语言到母语的自由、灵活转换。博尔特认为这种语码转换也成为"反对历史压迫的一种非暴力斗争"⑥，阿莱克西的最新小说《一个兼职印第

---

① Courtney－Leyba, Karen E. *Uncomfortable Fictions：Cross－Cultural Creation and Reception of Contemporary Literature.* Diss. Northern Illinois University, 2001：93.

② "互补共存"（complementarity coexistence）是印第安部落中男女劳动力之间的共存模式。详见 Patrice Eunice Marie Hollrah：*Political Ramifications of Gender Complementarity for Women in Native American Literature*, Diss. University of Nevada, Las Vegas, 2001, p. iii. 在《保留地布鲁斯》中，阿莱克西写下下面的话：（祖母对天主教阿诺德神父说：）"你负责基督教的仪式，我来负责传统的印第安仪式。我们俩会成为很好的搭档。"（《保留地布鲁斯》280 页）这段话体现了阿莱克西的互补共存思想。

③ Bolt, Julie. *Border Pedagogy for Democratic Practice.* Diss. The University of Arizona, 2003：128.

④ Bolt, Julie. *Border Pedagogy for Democratic Practice.* Diss. The University of Arizona, 2003：128.

⑤ Bolt, Julie. *Border Pedagogy for Democratic Practice.* Diss. The University of Arizona, 2003：132.

⑥ Bolt, Julie. *Border Pedagogy for Democratic Practice.* Diss. The University of Arizona, 2003：133. .

安人绝对真实的日记》也印证了这一点。主人公既可以讲他的母语，也可以讲英语，他对印第安传统和白人习俗也都非常熟悉，所以他可以自由地穿行于两种不同的文化之间。

阿莱克西抹杀了神话与现实之间的界限。在他的短篇小说《审判》中，阿莱克西让主人公托马斯用一匹马的口气说话。在《亲爱的约翰·韦恩》中，当一个名叫斯宾塞·考克斯的白人人类学家为了撰写学术论文，采访女帕瓦舞者（Powwow dancer）艾塔·詹姆斯，问她欧洲宫廷舞对印第安帕瓦舞的影响时，艾塔拒绝合作，她答非所问，将话题转移到约翰·韦恩身上，并信口开河说她年轻时，在拍摄电影《搜寻者》时，与约翰·韦恩有过一段情。在她的故事中，约翰·韦恩不是一个硬汉形象，相反，却非常女人气，他射精时经常会哭，而且"非常敏感，非常幼稚"①。博尔特说：

> 通过艾塔的故事，阿莱克西将受睾丸素影响的牛仔神话出人意外地颠覆了。艾塔并没有批评这个屠杀印第安人的牛仔，相反，她改变了他，甚至抹杀了他——用一个平等主义者代替了他。在她的故事里，韦恩告诉他的孩子："我演戏时可能像一个牛仔，我可能装成一个牛仔，但是我在现实生活中却不是牛仔，明白吗？"②

阿莱克西解构了流行神话中大男子主义的约翰·韦恩，并且将他重新塑造成一个女人气的人物，这样他可能更接近真实，然而，谁也说不清艾塔的故事是否是真的。令读者沮丧的是，阿莱克西拒绝在真实和神话之间画一条清楚的界限。③ 阿莱克西非常有想象力，想象对他来说是生存的一种方式。他曾经提出一个公式：生存 ＝ 愤怒 × 想象。④

阿莱克西的短篇小说《罪恶集中营》（Sin Eaters）体现了他作品中记忆与现实之间的界限模糊。小说中，儿童约拿被"赶到一辆大汽车上，然后运到

① Bolt, Julie. *Border Pedagogy for Democratic Practice*. Diss. The University of Arizona, 2003：140.

② Bolt, Julie. *Border Pedagogy for Democratic Practice*. Diss. The University of Arizona, 2003：141.

③ Bolt, Julie. *Border Pedagogy for Democratic Practice*. Diss. The University of Arizona, 2003：141.

④ Alexie, Sherman. *The Lone Ranger and Tonto Fistfight in Heaven*. New York：Atlantic Monthly Press, 1993：150.

一个地下集中营，与父母隔离"①。他被当成实验对象，剥光了衣服，剃去了头发，身上印上了号码，然后，他被强迫与一个同样剃去头发的裸体女人"配种"。这个故事中的去人性化昭然若揭，对二战集中营、大屠杀及几个世纪以来白人对印第安人的种族灭绝的集体记忆的指涉也很明显。② 这里，读者很难区分记忆、梦境和真实事件之间的区别，但是，显而易见，这些都是相关联的。

博尔特认为尽管阿莱克西的很多人物看起来疯狂、神经质，但是"疯狂的人物和神经分分的叙事却彰显了智慧和意义"③。这些人物成了表征不足（under - represented）的民族和历史的代言人。"他们的经历是印第安身份认同与合成过去、现在和未来的理性理论之间相互冲突的潜意识经历的隐喻。当外部环境极其不合理时，人物的疯癫、幻觉、梦境经历及声音的转换恰恰指向长期受到忽视的集体意识和内心斗争的理性。"④

博尔特总结说，阿莱克西是一个"叛徒"，他频繁地穿越界限，致力于颠覆读者对"白人和印第安人"的单一看法，创造"边界个体"⑤。通过这种手法，阿莱克西要求读者重新审视白人和印第安人形象。

阿莱克西的任务是双重的：他不仅解构白人的高大形象，重构正面的印第安人形象，同时，他有时也攻击印第安人，他经常讥讽个别印第安作家对印第安人和印第安文化的浪漫、悲观的描写。

阿莱克西的作品非常幽默。这种幽默不仅给读者带来快乐，同时也是一种吸引读者的手段。

科特尼－雷巴认为阿莱克西的幽默风格"一直都是他选择的武器"⑥。他利用幽默将"学术经典的外壳打开，直视其中心，敢于怀疑它，将其撬开、肢解，暴露于众人眼前"⑦。因此，读者有机会仔细研究他们所读的内容，而

---

① Bolt, Julie. *Border Pedagogy for Democratic Practice*. Diss. The University of Arizona, 2003: 143.

② Bolt, Julie. *Border Pedagogy for Democratic Practice*. Diss. The University of Arizona, 2003: 144.

③ Bolt, Julie. *Border Pedagogy for Democratic Practice*. Diss. The University of Arizona, 2003: 146.

④ Bolt, Julie. *Border Pedagogy for Democratic Practice*. Diss. The University of Arizona, 2003: 147.

⑤ Bolt, Julie. *Border Pedagogy for Democratic Practice*. Diss. The University of Arizona, 2003: 148.

⑥ Blewster 8, qtd. in Courtney - Leyba, Karen E. *Uncomfortable Fictions: Cross - Cultural Creation and Reception of Contemporary Literature*. Diss. Northern Illinois University, 2001: 85.

⑦ Bakhtin, qtd. in Courtney - Leyba, Karen E. *Uncomfortable Fictions: Cross - Cultural Creation and Reception of Contemporary Literature*. Diss. Northern Illinois University, 2001: 85.

白人读者经常会发现他们在笑自己。笑声是阿莱克西写作策略预期结果的一部分，因为幽默与笑声会使读者放松警惕。阿莱克西对此评论道："人们喜欢笑，因此当你使他们发笑的时候，他们就会听你的故事。我就是这样让读者听我讲故事的。"① 幽默使读者很容易地接受作品，令人不安只是一种余味而已，当他们"意识到他们正在被他们称之为'他者'的人嘲笑时为时已晚"②。读者的反应可能会是以下两者之一：将书扔掉，或者是修正他们对印第安人的偏见。阿莱克西的幽默引诱白人读者近距离审视印第安人和白人人物。

詹姆斯注意到阿莱克西不仅为印第安读者写作，而且也为白人读者写作。这些白人读者一般认为读印第安文学很时髦，并且经常对印第安人有先入为主的看法。阿莱克西大量使用幽默来吸引读者，有时，他使用尖刻的讽刺，有时故意装出愚蠢、荒谬的样子。他对两种文化都持批评态度，但是，幽默和讽刺使读者发笑，并使他们有足够的兴趣读下去。结果，他们对真正的印第安人和印第安生活有了更好、更准确的理解。

可以看出，詹姆斯和科特尼－雷巴关于阿莱克西幽默的观点不谋而合。阿莱克西用他的幽默吸引着印第安人读者和白人读者，对于印第安读者，阿莱克西用一些"陷阱式"幽默，指的是只有印第安读者能够理解的幽默，白人会"读"过这些陷阱而毫无察觉。但是，正如阿莱克西本人指出，他主要意在吸引白人读者，因为在数量上，白人读者要比印第安读者多得多。

劳丽·弗格森也同意詹姆斯和科特尼－雷巴的看法，她认为阿莱克西使读者"保持兴趣，驱动我们将故事看完"，并指出，当我们读完故事时，我们更加清醒，更加充满希望。③ 她认为阿莱克西通过幽默做到了这一点，"幽默使人物和读者都能应对负面情绪，从而将这些情绪安全地拿到有意识的层面，进而找到解决办法"，这一过程"有效地将人物和读者联系在一起"，使"读者更好地理解人物的经历"。④ 幽默和笑声"使我们的敌对方站到我们这一边"，

① Courtney－Leyba, Karen E. *Uncomfortable Fictions：Cross－Cultural Creation and Reception of Contemporary Literature.* Diss. Northern Illinois University, 2001：86.

② Courtney－Leyba, Karen E. *Uncomfortable Fictions：Cross－Cultural Creation and Reception of Contemporary Literature.* Diss. Northern Illinois University, 2001：86.

③ Ferguson, Laurie L. *Trickster Shows the Way：Humor, Resiliency, and Growth in Modern Native American Literature.* Diss. Wright Institute Graduate School of Psychology, 2002：124.

④ Ferguson, Laurie L. *Trickster Shows the Way：Humor, Resiliency, and Growth in Modern Native American Literature.* Diss. Wright Institute Graduate School of Psychology, 2002：124.

"理解和被理解的过程使情绪缓和，使不同个体心灵相通，提高自己的自尊，巩固自己缓解压力、控制情绪的信心和掌控感"。① 弗格森阐释说，阿莱克西的幽默还显示了美国印第安人的弹性及生存和增长的能力。作品中的幽默人物经常是一个"魔法师"形象，如托马斯·生火。② 通过这些幽默人物的语言和行为，读者看到当代印第安人身上的弹性、灵活性及生存和发展的希望。

弗格森有关幽默的功能的论述其实还不够全面。诚然，幽默的功能之一是吸引读者，使他们对手头读到的问题进行更深入的思考。正如阿莱克西在和艾斯·麦格伦的访谈录中所说，幽默"消除了人与人之间的隔阂"③，"使我几乎能够无所不谈，使对话成为可能"④。幽默的另一功能是体现印第安人的灵活、弹性和希望。但是，幽默还有一个功能弗格森并没有提到，那就是幽默有治愈伤痛的力量。幽默是"清理最深的情感伤口的消毒剂"⑤，也是"对个人和民族而言驱妖赶鬼的典仪"⑥。

由于幽默是阿莱克西写作的显著特点之一，所以很多学者都加以评论。艾丽莎·哈拉德认为阿莱克西的幽默把见证印第安人创伤效应的负担转移到了读者（尤其是白人读者）身上，从而反击模拟的印第安形象，确立保留地的中心性。她首先提出，文化上，印第安人几乎已被灭绝。主流社会很少有人知道印第安人仍然存在，很多人将印第安人误认为波多黎各人或者亚洲人。白人心目中的印第安人都是模拟的刻板形象，是由白人民族志学家（ethnographers）提取他们感兴趣的或认为正确的印第安人特点合成的，因此是扭曲的、不准确的。哈拉德说，阿莱克西用他的幽默"书写了印第安人的长期幸存，并解构了美国的国家史。……他拒绝一本正经"⑦。哈拉德承认幽默和滑稽带来读者

① Ferguson, Laurie L. *Trickster Shows the Way*: *Humor*, *Resiliency*, *and Growth in Modern Native American Literature*. Diss. Wright Institute Graduate School of Psychology, 2002: 124~5.

② 刘克东：《故事与梦想 传统与未来——美国印第安作家谢尔曼·阿莱克西＜亚利桑那菲尼克斯意味着什么＞中的"魔法师"形象和口述传统》，载《外国文学》2007年第6期，第18~24页。

③ Nygren, Ase. "A World of Story – Smoke: A Conversation with Sherman Alexie." *MELUS* 30. 4 (Winter 2005): 160.

④ Nygren, Ase. "A World of Story – Smoke: A Conversation with Sherman Alexie." *MELUS* 30. 4 (Winter 2005): 161.

⑤ Alexie, Sherman. *The Lone Ranger and Tonto Fistfight in Heaven*. New York: Atlantic Monthly Press, 1993: 164.

⑥ Alexie, Sherman. *Indian Killer*. New York: Atlantic Monthly Press, 1996: 21.

⑦ Harad, Alyssa D. *Ordinary Witnesses*. Diss. The University of Texas at Austin, 2003: 72.

轻视甚至遗忘所读事物的风险，但是，继而她又提出：对于阿莱克西所处的具体情况来说，因为白人话语处理印第安问题时多使用征服叙事、消失叙事和遗忘叙事模式，基调千篇一律地是悲剧性的，喜剧的风险是非常值得承担的。至于读者是否能够从阿莱克西的笑话当中读出其严肃性，那就要看读者的了。①阿莱克西的人物格外幽默，格外喜欢大笑，因为他们"赞颂了笑声在生存中的作用——其颠覆等级关系的力量"；笑声"赋予弱者以力量，同时针砭强者虚张声势的'一本正经'"②。

实事求是地讲，白人笔下的印第安人经常是悲剧性的，故事结尾时他们都要消失。因此，阿莱克西的幽默风格逆转了这种趋势，使读者看到一些积极的结尾，并且使他们对印第安事物的认识更深刻。

尽管阿莱克西受多数人的欢迎，但还是不免有一些批评者。格劳莉亚·伯德（Gloria Bird）批评阿莱克西说他过度夸大了保留地的上的绝望气氛，质问他的权威性，认为不一定因为某个人是印第安人，他对印第安保留地的描写就是真实、准确的。她认为阿莱克西在《保留地布鲁斯》中夸大地描绘了保留地生活，巩固了白人对印第安人的很多思维定势，给白人和印第安读者都带来了麻烦。③ 伯德说阿莱克西捏造了问候语"ya – hey"，过多使用了（有时是不正确使用）印第安英语"enit"，处理人物不够人性化，称一个角色为"可能是拉科塔族的人"，而不是以人名相称，阿莱克西还赋予他"太高的颧骨"。她还认为，为了吸引更多非印第安读者，阿莱克西将不同的部落文化杂烩成一个"泛印第安主义的、非具体的印第安社区的表征，是有瑕疵的，因此，其'印第安特征'是过分夸大的"④。伯德还说阿莱克西利用"醉醺醺的印第安人"形象来吸引读者，不管这些描写多么精确，它们都印证了白人对印第安人的思维定势。伯德攻击阿莱克西说他在利用自己的本族文化来取悦非印第安读者，而缺少对于他要表征的文化的责任感。⑤ 伯德还表示相比之下，她更喜

① Harad，Alyssa D. *Ordinary Witnesses*. Diss. The University of Texas at Austin, 2003: 109.

② Harad，Alyssa D. *Ordinary Witnesses*. Diss. The University of Texas at Austin, 2003: 99.

③ Bird，Gloria. "The Exaggeration of Despair in Sherman Alexie's Reservation Blues." *Wicazo Sa Review* 11. 2（Autumn 1995）: 47.

④ Bird，Gloria. "The Exaggeration of Despair in Sherman Alexie's Reservation Blues." *Wicazo Sa Review* 11. 2（Autumn 1995）: 51.

⑤ Bird，Gloria. "The Exaggeration of Despair in Sherman Alexie's Reservation Blues." *Wicazo Sa Review* 11. 2（Autumn 1995）: 52.

欢莫玛黛，而不喜欢阿莱克西。她说阿莱克西笔下的威尔皮尼特社区及其周边环境只是空架子，是大家所熟悉的场景，却没有任何的感情投入，不像莫玛黛的《晨曦之屋》中描写的那样沁人心扉，那样具有抒情散文特质。她说莫玛黛的类似"峡谷壁是登上平原的梯级"的字句会悠远长久地存留在读者心里"①。换言之，伯德在批评阿莱克西的平铺直叙的白描手法。

伯德对阿莱克西的批评未免有些太苛刻。笔者认为阿莱克西基本上是一个现实主义作家，他比较忠实地描写保留地生活（詹姆斯表达了同样的看法，她认为阿莱克西描写的印第安人生活中遇到的问题都是真实的②）。诚然，有时阿莱克西的描写会给人压抑的感觉，但是如果事实如此，阿莱克西完全没有必要去美化它。反之，如果阿莱克西真的夸大了一些特征，他也是为了吸引读者，以达到更好的艺术效果。对于莫玛黛的抒情散文风格，阿莱克西采取讽刺的态度。因为，莫玛黛对于保留地荒凉、压抑的浪漫化处理是完全没有必要的，而且，这些浪漫的描写恰恰迎合了白人读者的思维定势和阅读胃口。当印第安人民遭受贫困、无助、绝望的折磨时，莫玛黛的悲剧性浪漫似乎显得很不和谐。对此，笔者也有同感。

另一个批评的声音发自斯科特·安德鲁斯。在他的文章《谢尔曼·阿莱克西〈保留地布鲁斯〉中的新道路和死胡同》中，安德鲁斯表达了他对该篇小说结尾的失望：印第安青年组成的乐队"郊狼跳跃"最终未能签到唱片合同，乐队成员朱尼尔·波拉特金自杀，另一成员维克多·约瑟夫借酒浇愁，将自己的灵魂出卖给魔鬼。

安德鲁斯喜欢小说开始布鲁斯音乐给保留地青年带来的机遇和希望。他将布鲁斯音乐的历史源头追溯到美国南部：

布鲁斯乐师将他的贫穷和对美好生活的憧憬用一种富有表现力的音乐形式表现出来。在休斯顿·贝克的专著《布鲁斯、意识形态及非裔美国文学——一种通俗理论》中，他说最初的布鲁斯乐手从火车上获取灵感——火车的动感，它的自然运动及其代表的社会/经济运动。在布鲁斯歌手的贫穷当中，他

---

① Bird, Gloria. "The Exaggeration of Despair in Sherman Alexie's Reservation Blues." *Wicazo Sa Review* 11. 2 (Autumn 1995): 50.

② James, Meredith K. *" Reservation of the Mind"*: *The Literary Native Spaces in the Fiction of Sherman Alexie.* Diss. University of Oklahoma, 2000: 155.

可以梦想铁路带来的希望。贝克说："即使当他们在吟唱令人绝望的贫困和难以消除的欲望时，他们乐器的节奏也暗示着变化、运动、行动、延续及毫无限制的可能性。"① 贝克关于布鲁斯的描述可以帮助读者理解为什么托马斯（《保留地布鲁斯》中的主人公）会将这一音乐形式看做他的部落的"新道路"②。

有了布鲁斯这种音乐形式，"郊狼跳跃"乐队的成员似乎有很多机会，而且，他们确实在临近的部落保留地上取得了一些初步的成功。然而，他们最后还是没能成功地和纽约的白人唱片公司"骑兵唱片"签约，而且，后果比较可悲（指其中两个成员的自杀和酗酒）。安德鲁斯似乎是在谴责阿莱克西不给托马斯机会，让他的想象力——克服主流文化征服叙事的一个有力武器——转变保留地上的惨淡现实，从而成为杰拉德·维杰诺所谓的"后印第安人"："建立在虚构印第安人表征废墟上的新部落形象"，不给托马斯成为后印第安武士的机会："后印第安武士指带有时代模拟特征但又反统治模式的印第安人，是抵制（白人）统治，创造延续生存、发展新故事的印第安人。"③安德鲁斯重申："尽管托马斯努力成为延续生存的后印第安武士，小说（作者）却不允许这种转变。"④ 安德鲁斯不相信"大多数印第安人对自己的生活如此不乐观"⑤。安德鲁斯还评论了阿莱克西的第二部小说《印第安杀手》，说阿莱克西让主人公约翰·史密斯在小说结尾时自杀，使得他（安德鲁斯）和读者都难以想出"真正问题的解决办法"⑥。

在《保留地布鲁斯》中确实有压迫，而且压迫还是小说的主题。《印第安

① Andrews, Scott. "A New Road and a Dead End in Sherman Alexie's Reservation Blues." *The Arizona Quarterly* 63. 2（Summer 2007）: 8.

② Andrews, Scott. "A New Road and a Dead End in Sherman Alexie's Reservation Blues." *The Arizona Quarterly* 63. 2（Summer 2007）: 139.

③ Andrews, Scott. "A New Road and a Dead End in Sherman Alexie's Reservation Blues." *The Arizona Quarterly* 63. 2（Summer 2007）: 144.

④ Andrews, Scott. "A New Road and a Dead End in Sherman Alexie's Reservation Blues." *The Arizona Quarterly* 63. 2（Summer 2007）: 148.

⑤ Andrews, Scott. "A New Road and a Dead End in Sherman Alexie's Reservation Blues." *The Arizona Quarterly* 63. 2（Summer 2007）: 149.

⑥ Andrews, Scott. "A New Road and a Dead End in Sherman Alexie's Reservation Blues." *The Arizona Quarterly* 63. 2（Summer 2007）: 151.

杀手》中，白人统治受到挑战但是却没有被推翻。笔者认为：安德鲁斯希望看到更鼓舞人心的结尾的愿望是可以理解的，但是阿莱克西有他自己的计划。两部小说的悲剧性结尾对于现状来说还是合适的，因为现实生活中种族歧视仍然盛行。在他接下来的作品中（《飞逸》和《一个兼职印第安人绝对真实的日记》），阿莱克西描写了更加积极的结尾。即使是前两部小说，阿莱克西的结尾也比莫玛黛的《晨曦之屋》更积极。《晨曦之屋》中的主人公亚伯不能适应城市生活，最终回到了保留地。有评论家说尽管最后亚伯和部落传统相互调和，但他最后在晨曦中的奔跑实际上是奔向死亡的①。阿莱克西的结尾多数为积极的或者说是"光明的"②。在《保留地布鲁斯》中，托马斯和温水姐妹在受挫之后再次勇敢地向城市进发，显示出他们的不屈不挠和弹性。在《印第安杀手》中，"鬼舞"也暗示着印第安部落的复兴。

　　戴洛尔·杰斯·彼得斯认为，一个作家可以采用不同的策略来写一部作品。一名印第安作家或者做一个分裂主义者，巩固主流文化关于印第安人的思维定势，或者做一个融合主义者，将"不同的语言及其延伸（文化）融合成为一种新形式"。③彼得斯指控阿莱克西为分裂主义者，说他给白人读者提供了他们觉得舒服并且预期的范式，就像给他们提供他们可以用来消费的物品。他说阿莱克西的情节充满了暴力、对主流文化的挑衅和对保留地荒凉生活的负面现实的描写。④彼得斯认为这些描写不仅不能解构思维定势，反而与白人读者对印第安人和保留地生活的看法一致。彼得斯评论说："阿莱克西的作品中充满了绝对虚假的表征。他的多数印第安人物被孤立在保留地上，他们的生活充斥着政府救济食品、酗酒与绝望。他们是走向统治种族'高度写实主义'（hyperrealism）模拟现实的排头兵，离现实越来越远。"⑤彼得斯认为阿莱克

　　① Larson, Charles R. *American Indian Fiction*. Albuquerque: University of New Mexico Press, 1978: 82 ~ 95.

　　② Larson, Charles R. *American Indian Fiction*. Albuquerque: University of New Mexico Press, 1978: 37.

　　③ Ashcroft B, Gareth G, and Helen T. *The Empire Writes Back: Theory and Practice in Post – Colonial Literatures*. London: Routledge, 1989: 15, cited in Peters, Darrell Jesse. *"Only The Drum Is Confident": Simulations and Syncretism in Native American Fiction. Diss. The University of New Mexico, 1999.

　　④ Peters, Darrell Jesse. *"Only The Drum Is Confident": Simulations and Syncretism in Native American Fiction*. Diss. The University of New Mexico, 1999: 265 ~ 6.

　　⑤ Peters, Darrell Jesse. *"Only The Drum Is Confident": Simulations and Syncretism in Native American Fiction*. Diss. The University of New Mexico, 1999: 267.

西的人物"不能在和主流文化接触的情况下存在，或者是根本就没有接触的愿望"。他还引用迈克尔·高拉的话说，阿莱克西笔下的人物离开保留地，进入城市也不成功。至于阿莱克西故事的结尾，彼得斯评论道："结果，他的人物唯一的选择就是将他们自己和主流社会彻底分离。"① 这一评论暗示彼得斯将阿莱克西的结尾断定为悲剧性的、消极的。因此，彼得斯得出结论说，阿莱克西的策略不足以反击白人读者的思维定势。

笔者认为阿莱克西是融合主义者，而不是分裂主义者。他对白人思维定势的解构是成功的。他从不盲目地、不假思索地借用主流文化的模拟形象，而是借用刻板形象之后，将之撬开来让读者看清楚。阿莱克西娴熟地完成了这一任务，他使用了一种不同于其他人的策略——幽默。他使用幽默"来让人们仔细听，打断主流话语，挑战读者，使读者难堪，最终让他们在难堪与惊奇中获得真正的理解"②。阿莱克西运用他的幽默语言、人物和他从白人流行文化中借来的刻板形象吸引读者阅读他的作品，让他们从作品中获取真理，认识现实生活中的印第安人。有时，阿莱克西的作品甚至可以使读者嘲笑自己关于印第安人的偏见。他创造了很多决定自己命运的人物，如祖母、诺玛·千驹、詹姆斯·千驹、托马斯·生火等。他的结尾经常是积极的，虽然不总是皆大欢喜。彼得斯在谈论阿莱克西作品的结尾时，可能主要考虑的是《保留地布鲁斯》和《印第安杀手》。《保留地布鲁斯》结尾时确实让"郊狼跳跃"乐队受挫，但是托马斯·生火和温水姐妹离开保留地去斯波坎市的壮举至少显示了土著民族的弹性。此结尾至少比莫玛黛和其他作家的作品结尾更积极、更充满希望。对于《印第安杀手》，彼得斯可能只注重约翰·史密斯的自杀，但是他忽视了对于整个印第安民族来说的积极结尾：杀手不停地跳"鬼舞"，使死去的印第安人都得以复生。

阿莱克西早期的作品确实有些"苦味"的要素，对此，彼得斯的观点和伯德及安德鲁斯的观点有相似之处。但是，他的后两部作品《飞逸》和《一个兼职印第安人绝对真实的日记》的出版明确了他的主题发展轨迹。《飞逸》

---

① Peters, Darrell Jesse. "Only The Drum Is Confident": Simulations and Syncretism in Native American Fiction. Diss. The University of New Mexico, 1999: 265.

② Owens, Louis. Mixedblood Messages: Literature, Film, Family, Place. Norman: U of Oklahoma P, 1998: 47, cited in Peters, Darrell, Jesse. "Only The Drum Is Confident": Simulations and Syncretism in Native American Fiction. Diss. The University of New Mexico, 1999: 267.

中的主人公"青春痘"最终融入一个白人家庭，过起了美好生活；《一个兼职印第安人绝对真实的日记》的主人公勇敢地穿越斯波坎印第安保留地和白人居住区之间的界限，去白人学校就读，和白人社区很好地融合。总而言之，阿莱克西的作品中显现出一条走向融合的道路。

第三节　本书的结构与主要观点

从上述综述可以看出，学者们的分析覆盖了如下方面：阿莱克西对于流行文化模拟的印第安和白人刻板形象的解构、阿莱克西的幽默风格、阿莱克西的跨越边界以及他的结尾风格。然而，在所有有关阿莱克西作品的博士论文、期刊论文和著作中，只有一篇专门研究阿莱克西作品的博士论文①和一部专著——格拉贤的《理解阿莱克西》（2005）。两者的出版时间都先于阿莱克西的后两部长篇小说——《飞逸》（2007 年 4 月出版）和《一个兼职印第安人绝对真实的日记》（2007 年 9 月出版）。迄今为止，还没有任何人对阿莱克西的所有长篇小说进行一个全面的研究。本书旨在对阿莱克西四部长篇小说的主题进行研究，间或论及他的其他作品——短篇小说和诗歌，对于彰显主题作用特别明显的写作技巧也会有所讨论。

阿莱克西的四部长篇小说主题呈现"种族联盟和压迫→种族对抗→被动融合→主动融合"的模式。也就是说，与许多只刻画挫折和对抗的印第安作家不同，阿莱克西将这些主题延伸至种族融合。主人公不再坚持民族独立的态度，重温自己的传统和历史，明确身份（不留给白人任何盗用或者扭曲印第安文化和形象的余地），充满信心地步入主流社会。

而且，阿莱克西的四部长篇小说在主题发展上形成了一个完整的圆，而圆形是美国印第安人宇宙观中的一个基本概念。宝拉·甘·艾伦在她著名的论文《神圣的环》中指出：印第安人"认为空间是球形的，时间是循环的"，他们认为宇宙不间断地运动、呼吸，因为宇宙是"圆形的、动态的"。② 印第安人基于其循环时间的宇宙观，认为创世神话会不断地重现，成为现在的一个不可

---

① 这篇博士论文是：Meredith K. James's "Reservation of the Mind"：The Literary Native Spaces in the Fiction of Sherman Alexie. Diss. University of Oklahoma, 2000.

② 转引自 Zou, Huiling. *A Postcolonial Study of American Indian Literature Written in English*. Diss. Shandong University, 2005：41.

分割的部分。就空间来说，印第安人认为宇宙是一个漫无边际的圆，宇宙中其他的格局也是圆形的。黑麋鹿用下面的话揭示了圆形的宇宙：

你可能已经注意到了，印第安人做的所有的事都是遵循圆形的规律的，那是因为世界的力量总是因循圆形起作用的，所以所有的事物都趋于圆形……天空是圆的，我还听说大地也是圆的，像一个球一样，所有的星星都是圆的。风，在力量最大时，变成旋风。鸟儿搭的窝是圆的，因为它们和我们信仰的是同一个宗教。太阳沿着一个圆形的轨迹升起、落下，月亮也是，而且太阳和月亮本身也都是圆的。甚至连四季在变化中都形成一个圆形，春夏秋冬，周而复始。人的生命从一个童年到另一个童年，代代相传、繁衍不息，其他事物也都是如此。我们的皮帐篷是圆形的，和鸟窝一样，一群帐篷也总是按照圆形分布的，多个帐篷群落形成更大的圆形，直至形成整个部族之环。这就是"大神"给我们准备的繁衍后代的栖身之所。①

印第安人不光把帐篷搭成圆形，他们的好多活动也是围绕圆形进行的，如太阳舞。阿莱克西通过《飞逸》中的主人公"青春痘"的眼睛呈现了这一场景。当时印第安人正准备迎战来袭的卡斯特："满山遍野都是帐篷。这些帐篷是大圈套着无数个中等规模的圆圈，每个中圈中又有无数个小圈。"②

数字"四"在印第安传统中也是举足轻重的：拉科塔族（和其他部落）把他们所有的活动都以四划分。他们分东西南北四方；将时间分为四个单位：日、夜、月、年；陆地生植物分为四部分：根、茎、叶、果；生物分为四种：爬行的、飞行的、四肢行走的、两脚行走的；世界以上为四个部分：太阳、月亮、天空和星辰……"大神"致使万物为"四"所分，人类也应尽可能以"四"行事。③

有些印第安创世神话也和数字"四"紧密相连，比如在霍皮族创世神话

① Black Elk. *Black Elk Speaks*. Ed. John G. Neihardt. Lincoln：University of Nebraska Press，1961. < http：//www. blackelkspeaks. unl. edu/blackelk. pdf. > accessed 8 Sept. 2008：150～1 cited in Zou，Huiling. A Postcolonial Study of American Indian Literature Written in English. Diss. Shandong University，2005：42.

② Alexie，Sherman. *Flight*. New York：Grove/Atlantic，Inc. ，2007：60.

③ McLuhan，T. C. ，compiler. *Touch the Earth*. New York：Outerbridge and Dienstfrey，1971：177 cited in Macdonald A，Gina M，and MaryAnn S. *Shape – shifting：Images of Native Americans in Recent Popular Fiction*. Westport，Connecticut：Greenwood Press，2000：27.

中，神创造世界的过程被分为四个阶段，也称为四个世界。在第一世界的创造过程中，女神"蜘蛛女"收集了四种神圣颜色的土：黄、红、白、黑，并用这些土照着男神叟图克囊的样子，先造出四个男性来，接着，又照着自己的模样造出四个女性，然后，将他们配好对，赋予他们语言能力和生殖能力，将每对派往一个方向①。

阿莱克西经常对圆形结构和数字四持讽刺和不屑的态度，经常嘲笑白人的模拟作品和其他印第安作家的作品中出现的"天父地母"和"四个方位"。然而，具有讽刺意味的，或者是巧合的是他的四部长篇小说的主题恰好构成了一个完整的圆形，从印第安人希望为主流社会所接受开始，经过了被拒绝，对抗，被动融入，结果达成了印第安人为白人主流社会所接受的结局。每部作品的主题都是前一部的自然演变，第一部小说（被拒绝/被压迫/被挫败）和第三部（被接受）以及第二部（对抗）和第四部（融合）构成了两对对立组合。

本书第二章论述了阿莱克西的泛印第安主义、种族联盟及种族压迫。阿莱克西借用苏族拉科塔部落的"鬼舞"来实现泛印第安主义联盟。他坚持认为1890年在伤膝谷被白人军队屠杀的200多名印第安人（实际均为拉科塔人）中包括了每一个印第安部落，从而将个别部落历史普遍化，实现了泛印第安主义联盟。在本章所分析的作品《保留地布鲁斯》（1995）中，斯波坎族、平头族、拉科塔族成员组成泛印第安联盟。阿莱克西还让1938年就已经逝世的著名非裔布鲁斯歌手罗伯特·约翰逊神奇地出现在斯波坎印第安保留地上，从而实现了两个弱势种族的联合。至于印第安人和白人之间的关系，阿莱克西暗示了"互补共存"的原则，即两个种族平等、互补地共存。然而，这种理想受到残酷现实的挑战：白人通过新的方式压迫、剥削印第安人。在《印第安保留地》中，这种压迫、剥削体现在白人"骑兵唱片"公司扼杀印第安青年乐队"郊狼跳跃"的发展机会，拒绝与他们签约，反而让白人歌迷模仿印第安人组成乐队，从中牟利。

第三章论述了印第安人与白人之间的正面冲突。白人媒体的种族主义言论、白人学者对印第安文化遗产的侵占、白人作家对印第安文化的扭曲激怒了正在努力寻找自己文化根源、形成自己种族身份的印第安青年，导致了这些印

---

① Macdonald A, Gina M, and MaryAnn S. *Shape – shifting：Images of Native Americans in Recent Popular Fiction.* Westport, Connecticut：Greenwood Press, 2000：41～42.

第安人和白人的正面冲突。在《印第安杀手》中，双方冲突表现为正面暴力冲突、言语挑衅和游行示威等形式。印第安青年受到印第安民族主义（分裂主义/本土主义）的影响。双方似乎势均力敌，但是，由于白人掌握了电子媒体、印刷媒体和课堂等传播信息、影响大众的媒介，印第安青年的努力并未取得可观的效果。阿莱克西继而试图通过"鬼舞"来驱赶白人统治者。本文认为，对抗虽没能最终解决种族问题，却反映了弱势族群的声音和力量。

第四章阐述了印第安青年被动融入主流社会的模式。研究结果表明暴力、战争、仇恨、愤怒不能够解决种族问题，人们需要忘记仇恨，以宽恕为怀，只有这样，印第安人和白人之间才会停止敌对，相互融合。笔者以成长小说的构架分析了《飞逸》中主人公通过时间旅行、换位思考产生的顿悟，最终接受了善意白人的帮助，和主流社会达成妥协，融入社会的成长模式。笔者研究发现此篇成长小说的情节模式与前人总结的规律不尽相同。此前，有学者归纳了欧洲和美国成长小说的发展模式，认为欧洲成长小说呈线形发展，最终主人公成功融入社会，美国成长小说情节多呈圆形，主人公经常不能成功融入社会。阿莱克西笔下的这篇成长小说情节呈圆形结构，并最终以主人公成功融入主流社会为结局，可见这一范式与前人总结的规律有些偏差。由此，笔者认为成长小说的情节模式受作者态度的影响。族裔青年成功融入主流社会须具备两个条件：友善的主流社会和成长主体健全民族身份的形成。

第五章中，笔者通过分析《一个兼职印第安人绝对真实的日记》中的主人公主动跨越界限的经历得出结论：种族融合需要印第安人凭借自己的勤奋努力、聪明才智和坚持不懈，这样他们才能在主流社会得以立足。他们应该熟知自己的民族传统（且应知道传统也要与时俱进，而不是一成不变的），应该具有在主流社会生存的能力。抱负、理想、冒险精神和坚强毅力，加上印第安大家庭互助互爱的传统造就了一个新时代印第安人，他打破了白人对印第安人的思维定势，跨越了政治界限，自由穿梭于两个族裔之间。阿莱克西在本部作品中解构了白人模拟的印第安刻板形象，重塑了积极、乐观、成功的新印第安形象。阿莱克西从智力、勤奋、耐力、体育运动等方面塑造该形象，其中篮球运动赋予主人公力量，帮助他赢得白人社会的认可，也增强了民族凝聚力，在人物自身的身份确认和新印第安形象的重塑过程中起到重要作用。

简言之，阿莱克西作品四部长篇小说的主题按照从被压迫到对抗，到被动融入，再到主动融入的规律发展，形成一个完整的圆，最终实现了种族融合。

第二章

种族联盟与种族压迫

——《保留地布鲁斯》

"这样好不好?"祖母（对天主教牧师阿诺德神父）说，"你来负责基督教的仪式，我来负责印第安传统仪式。我们俩会成为很好的搭档!"

——《保留地布鲁斯》

（白人）大众对于印第安文化的强烈兴趣滋生了一种新的剥削方式。印第安文化被贪婪的白人当做商品，包装上市，获取利益，完全失去了其内在的意义。

——乔根森

我们有很多，如果说不是大多数，和印第安人之间的战争是由于我们没有信守诺言，或者是对印第安人的不公正待遇而引发的。

——美国第 19 任总统拉瑟福德·伯查德·海斯（1877－1881）演讲词

《保留地布鲁斯》讲述了斯波坎印第安保留地上的三个青年——托马斯·生火、维克多·约瑟夫和朱尼尔·波拉特金与两个扁头族的年轻女子——柴斯·温水和柴克斯·温水组成布鲁斯摇滚乐队的故事。他们得到了在 1938 年神秘死亡，而在本书中复活的美国黑人歌手罗伯特·约翰逊的帮助，后者给了他们一把有魔力的吉他。他们把乐队命名为"郊狼跳跃"，在保留地上引起轰动，随后，在附近的保留地演出，也受到了欢迎。结果，他们去位于纽约市的"骑兵唱片"公司试唱时，却出现了失误，没有签到合同。故事体现了印第安人与白人结盟的美好愿望，希望与之和平共处，互补共存。然而，当时的白人主流社会对印第安人的态度尚不十分友好，二者仍存在压迫与被压迫的关系，白人通过全新的形式——商业剥削——来压迫印第安人。纽约之行的挫折给乐队带来重创，导致乐队成员有的自杀，有的消沉堕落，然而，也有的成员显示出了极强的韧性和弹力，忍辱负重，谋取新的机会。

第一节　种族联盟

阿莱克西的作品大多表现出种族融合的主题，他的第一部小说《保留地布鲁斯》（*Reservation Blues*，1995）就表现了这样的意愿。种族融合对于阿莱克西来说并不意味着少数族裔被白人同化，而是一种"互补共存"（Complementarity Coexistence）的关系。该作品中涉及了印第安不同部落间的泛印第安主义（Pan‑Indianism）、印第安人和非裔美国人间的同盟和印第安人与美国白人间的"互补共存"。

阿莱克西在《保留地布鲁斯》中形成了印第安不同部族间的内部联盟，也就是学者们所称的"泛印第安主义"①。作品中，泛印第安联盟由斯波坎（Spokane）、扁头（Flathead）和拉科塔（Lakota）族组成。斯波坎保留地的青年维克多·约瑟夫、托马斯·生火和朱尼尔共同组建了一只乐队，号称"郊狼跳跃"，后来吸收了扁头组女青年柴斯·温水和柴科斯·温水。保留地上还生活着一个外部族的印第安人，人称"很可能是拉科塔族的人"（the man‑who‑was‑probably‑Lakota）的人，三十年前来到斯波坎保留地参加篮球赛，就留下来没有走。每天早晨六点，此人在保留地的贸易点前高声吆喝："世界末日就要到了。"② 维克多认为他疯了，朱尼尔把他比做平原印第安人的公鸡。然而，他的吆喝声确实把保留地上整日昏睡的印第安人叫醒了，他实际上是在激励人们珍惜光阴，勤奋上进。他对象征着保留地生机的托马斯爱护有加，在维克多被魔力吉他所迷惑的时候，他警告托马斯要警惕。他做的锅盔（fry bread）可口性仅次于象征着保留地传统的"大妈"（Big Mom，或译为"老祖母"），证明他是印第安传统的有力支持者和传承者。伯德（Bird）批评

①　Tatonetti, Lisa Marie. *From Ghost Dance to Grass Dance: Performance and Postindian Resistance in American Indian Literature*. Diss. The Ohio State University, 2001: 153.

②　Tatonetti, Lisa Marie. *From Ghost Dance to Grass Dance: Performance and Postindian Resistance in American Indian Literature*. Diss. The Ohio State University, 2001: 121.

阿莱克西未能给这个人物一个确切的名字，认为他不够人性化。然而，通过在此人的称呼中使用过去式"was"，阿莱克西显然在说他以前可能是拉科塔族人，而现在他是什么族已经不重要，他只是一个印第安人，和斯波坎族或者扁头族没有什么差别，这恰恰印证了阿莱克西有关泛印第安主义的思想。

通过"很可能是拉科塔族的人"这一人物的塑造，阿莱克西企图和"伤膝谷"事件（Wounded Knee）建立联系，因为发生于 1890 年的这一事件中，白人骑兵的屠杀对象正是拉科塔苏族人（Lakota Sioux）。借助"伤膝谷"和此前的"沙溪"（Sand Creek）大屠杀①，阿莱克西意在建立一个更加广泛的泛印第安联盟。② 阿莱克西本人是斯波坎（父）、凯尔德林（母）血统，和上述事件毫无关系，但是他认为伤膝谷和沙溪事件已经成为所有印第安部落的文化符号，因此影响着每个印第安人的身份认同。

阿莱克西对于伤膝谷的指涉实际上在《保留地布鲁斯》之前的作品中就已出现。在诗集《黑寡妇之夏》（*The Summer of Black Widows*，1996）中，阿莱克西写道："我们土著人需要从我们的国家得到什么？/……/我们是沙溪和伤膝谷的后代/……/我们是活死人的儿子、女儿/我们已经一无所有/我们土著人需要从我们的国家得到什么？/我们矗立在集体墓地前/我们的集体痛苦使得我们麻木。"③ 选文是诗作《在达蒙（集中营）》（*Inside Dachau*）④ 的第四节。诗中提到德国人能够正视历史，并为二战期间所犯罪行感到耻辱，而美国人一再否认自己对印第安人所犯下的罪行。在这首诗中，阿莱克西说"我们是沙溪和伤膝谷的后代"。复数代词"我们"的使用表明了阿莱克西并不区分印第安各部落，而是把他们当做一个整体。作为对"我们土著人需要从我们的国家得到什么"的回答，阿莱克西在收录于同一诗集的另一首诗《鲍勃的科尼岛》（*Bob's Coney Island*）中继续写道，他要收回（白人侵占的）所有土地，

---

① 1864 年 11 月 29 日，美国骑兵屠杀了熟睡中的 200 多名阿帕奇（Apache）和夏安（Cheyenne）人。

② Tatonetti, Lisa Marie. *From Ghost Dance to Grass Dance: Performance and Postindian Resistance in American Indian Literature.* Diss. The Ohio State University, 2001: 153.

③ Alexie, Sherman. *The Summer of Black Widows.* Brooklyn, New York: Hanging Loose Press, 1996: 119~120.

④ 达蒙是二战期间距慕尼黑 16 公里的一处集中营。

并希望"所有的三文鱼和野牛"都重现。① 三文鱼是位于美国西北部华盛顿州的斯波坎族的传统食物，而野牛则是平原印第安人赖以生存的猎物。19 世纪末，伤膝谷的拉科塔苏族人跳"鬼舞"（"Ghost Dance"）祈求被白人杀光的野牛重现，而阿莱克西改写了这一预言，让以捕鱼为生的斯波坎族的文化象征三文鱼和野牛一起重现。显然，阿莱克西将不同部落的文化元素混合在一起，从而生成了一个更广泛的文化传承，使得包含 500 个部族的印第安人成为一个整体，来与白人文化抗衡，使得自己的力量更加显著。

在《保留地布鲁斯》中，阿莱克西通过他的代言人托马斯·生火（斯波坎族）指涉了"伤膝谷"和"鬼舞"。托马斯对柴斯（扁头族）说："鬼舞者被屠杀时，我们俩都在伤膝谷。……我知道当时并没有斯波坎人或者扁头族人在场，但是我们还是在那儿。（屠杀现场的）白雪中流淌着每个印第安人的鲜血。"② 扁头族和斯波坎族关系密切，如二者语言相近，有一部分共同历史，因为毗邻而相互通婚等。凯尔德林族和斯波坎族的关系也与之相似。然而，当阿莱克西和迥异的拉科塔苏族人攀亲时，他借以形成泛印第安主义联盟的意图就彰显出来。托马斯·生火显然也把自己和拉科塔人看做一家，所以才说"白雪中流淌着每个印第安人的鲜血"。在他自己的身份建构中，他显然支持所有的印第安部落结成联盟，来对抗占有统治地位的白人文化。阿莱克西之意"不在历史，而是在于未来，他是将大屠杀当做土著联盟的基础"③。

阿莱克西还独出心裁地将非裔美国人和土著美国人联合起来。二者的融合增强了弱者的力量，从而使得边缘与中心、少数族裔和白人之间的力量平衡显得更加有趣，更加富于戏剧性。阿莱克西传达了这样的信息：印第安人和黑人可以和平相处，而且可以很好地合作。通过这种结盟，阿莱克西赋予了"郊狼跳跃"乐队一个充满戏剧性的道具——有魔力的吉他。

小说是这样开篇的：

自 1881 年斯波坎印第安保留地成立的 111 年以来，还没有一个人，不管

---

① Alexie, Sherman. *The Summer of Black Widows*. Brooklyn, New York：Hanging Loose Press，1996：138.

② Alexie, Sherman. *Reservation Blues*. New York：Atlantic Monthly Press，1995：167.

③ Tatonetti, Lisa Marie. *From Ghost Dance to Grass Dance*：*Performance and Postindian Resistance in American Indian Literature*. Diss. The Ohio State University，2001：239.

是印第安人，还是外族人，是因意外而到来的呢。威尔皮尼特，保留地上唯一的小镇，在大多数地图上都不存在。所以当这个陌生黑人除了穿着的衣服和后背上背着的吉他外，两手空空地出现时，整个部落都惊呆了。①

罗伯特·约翰逊（Robert Johnson）②的出现打破了保留地的单调和压抑气氛，换言之，他带了变化和希望。他神奇的吉他帮助斯波坎保留地上的青年托马斯、维克多和朱尼尔组成了"郊狼跳跃"乐队。有了乐队，青年们就可以打破保留地的沉闷气氛，追寻自己的梦了。乐队在保留地和附近的城镇取得了初步的成功，为成员们赢得了一些奖金。更重要的是，随之而来的成就感使得印第安青年感觉很好，他们似乎看到了生活的意义。

对于罗伯特·约翰逊本人来说，他站在十字路口是有象征意义的：他不仅仅是站在斯波坎印第安保留地的十字路口，也是站在自己人生道路的十字路口。他在寻找斯波坎保留地的精神领袖"大妈"来给他疗伤，有身体上的伤痛，也有精神创伤，因为他把自己的灵魂出卖给了"绅士"（The Gentleman）——白人奴隶主或基督教上帝。约翰逊现在开始自主思考：在种族歧视仍然盛行之时，黑人应该怎么办？他意识到，只有和其他弱势族裔联合，才能找到出路。虽然，约翰逊本人没有加入"郊狼跳跃"乐队，但是他把自己的魔力吉他给了维克多，自己则留在了保留地。

阿莱克西意在加强两个种族之间的合作，以增强两者的合力。阿莱克西本人在一次访谈中提及印第安人力量的弱小，他说印第安人没有经济、政治、社会权利，就不能改变生活现状。因此，针对其他族裔的歧视性特征（如针对犹太人和黑人的夸张的种族特征——大鼻子、厚嘴唇）几十年前就被禁止使用，而影射印第安种族特征的徽标仍然兴盛不衰。他承认印第安人无力独自改变这些思维定势，只好召唤同盟的帮助。他急迫地期待其他族裔同印第安人携手，共同改变种族偏见和思维定势；他也请求白人换位思考，他认为"（白人）无法理解为什么有些会冒犯印第安人的举动是一种反社会的表现"③。

---

① Alexie, Sherman. *Reservation Blues*. New York：Atlantic Monthly Press, 1995：3.

② 非裔美国音乐家罗伯特·约翰逊（Robert Johnson）1938 年就已经辞世，而阿莱克西在这里又神奇地使他复活。

③ Nygren, Ase. "A World of Story – Smoke：A Conversation with Sherman Alexie." *MELUS* 30. 4（Winter 2005）：159.

阿莱克西的愤怒在沃德·丘吉尔（Ward Churchill）处得到回应。他同样认为印第安人很无助，认为印第安人人数太少，很难引起任何变化。① 当一个族群弱小的时候，他们会寻找伙伴，这是一种符合常理的做法。他们会共同促进他们自己利益的改善，为此他们会摒弃他们之间在种族、国籍、人口、宗教及其他方面所存在的差异。②

显而易见，阿莱克西和丘吉尔都非常急切地想改变印第安人当前无力无助的现状。也正是出于这个原因，阿莱克西在《保留地布鲁斯》中呈现了一个"印－非联盟"。

阿莱克西的超人想象力是史无前例的，和此前描述非－印关系的作家形成了鲜明的对比。阿莱克西将两个种族平等对待，而不像前人那样将两者置于一个权力等级关系里。福克纳就是一个很好的例子，他在他的"荒野小说"（wilderness short stories）中涉及了印第安人和黑人的关系。在这些小说中，福克纳刻画了契卡索人（Chickasaw）和乔克多人（Choctaw）受白人的影响，成为种植园主，买卖、蓄养黑奴的故事。因而，印非两个种族被置于一个权力系统中，形成了二元对立。在《公道》（A Justice）中，主人公伊凯摩塔勃③赌博时赢了六个黑奴，尽管他已经有足够多的黑奴，而且实际上并不需要这么多的奴隶。英国殖民者影响了契卡索人，使他们买卖奴隶，从而成为密西西比河沿岸最臭名昭著的部落。1837年的一项调查表明，在印第安人被迁移到西部之前（1830年），契卡索部落中有20%的人口是黑奴。④ 契卡索人只是在盲目模仿白人而已，实际上，他们并不需要黑奴，也不需要奴隶贸易赚到的钱。他们只是让黑奴种庄稼，以繁殖、养活更多的黑奴。伊凯摩塔勃死后，奴隶的人口翻了五番，已经成为整个部落的负担。实际上，印第安奴隶主是白人价值体系的受害者。他们是巴巴所说的"模仿者"（the "mimic men"），毫不区分地模仿欧美人的行为。⑤ 奴隶制"不仅导致了印第安文化的衰微，把印第安人从勇士和猎手变成了懒懒散散、肌肉松弛的监工，更重要的是，还使他们也成为

---

① Churchill, Ward. *Acts of Rebellion: The Ward Churchill Reader.* New York: Routledge, 2003: 120.

② Bhabha, Homi. *The Location of Culture.* New York: Routledge, 1994: 3.

③ Ikkemotabbe，别名杜姆，Doom/ du home，法语意思为男人，英语读音则暗示了该故事中印第安人衰亡的命运。

④ Bhabha, Homi. *The Location of Culture.* New York: Routledge, 1994 cited in Ren, Aijun. "The Road to Demise: A Study of Faulkner's Indian Tales." *Foreign Literature* 2008（2）: 75.

⑤ 任爱军：《福克纳的印第安人故事》，载《外国文学》2008年第2期，第75页。

否定他人生命内在价值的殖民者"①。印第安奴隶主"既是被殖民者又是殖民者，荒诞地陷于两种不可调和的价值体系之中"②，白人的价值体系代替了印第安人的价值。因而，"荒野小说"中的一篇《红叶》（Red Leaves）的题目是具有双关意义的：既指红叶，又指红色（印第安）元素的消失，被白色所取代，暗示印第安文化的消亡。此外，印第安种植园主实施了种族歧视政策。在《公道》中，杜姆命令族人在黑奴居住地周围树起一圈篱笆，名为保护他们，实际上是想隔离他们。此举非常具有讽刺意味，因为印第安人本来受白人的歧视，被白人认为是低级人种，因而被边缘化，现在他们反过来却边缘化黑人，歧视他们，认为他们是"野人"。而且，印第安人把黑奴看做牲畜，让他们负重、劳作，任意买卖，还有些黑奴被宰杀给印第安奴隶主殉葬。③

福克纳笔下的印第安人模仿白人建立了一个新的二元对立：红/黑，进而形成一个三级权力体系，白人在最上层，印第安人居中，黑人在最底层。诚然，印第安人也是白人价值体系的受害者，但是，他们同时也在迫害非裔美国人。

非裔美国人和土著美国人均为有色人种，均受白人的压迫和剥削，他们很少同时出现在故事世界，然而，当他们同时出现时，他们容易相互奴役，正如福克纳的作品所呈现的那样。在阿莱克西的作品中，这种二元对立和权力关系却不存在，相反，非裔美国人和土著美国人却是平等的。

《保留地布鲁斯》中的人物一般都有与其他族群交流的倾向，不管是印第安人还是别的种族的人。印第安人物表达了与白人融合的意愿，如"郊狼跳跃"乐队吸收了两名白人妇女贝蒂（Betty）和维罗妮卡（Veronica）作为伴唱。平头族印第安女子柴斯认为并不是每一个白人对印第安人都是敌对的，印第安人应该相信人性向善。她对托马斯说："我们要相信善良，并不是每一个白人都想杀印第安人。你是知道的，几乎每一个和印第安人生活过的白人都不

① Ren, Aijun. "The Road to Demise: A Study of Faulkner's Indian Tales." *Foreign Literature* (2008): 75.

② Ren, Aijun. "The Road to Demise: A Study of Faulkner's Indian Tales." *Foreign Literature* (2008): 75.

③ 任爱军：《福克纳的印第安人故事》，载《外国文学》2008 年第 2 期，第 76 页；Horsford, Howard C. "Faulkner's (Mostly) Unreal Indians in Early Mississippi History." *American Literature* 64.2 (Jun., 1992): 318.

想离开，一直都是这样的。每个人都想成为一名印第安人。"① 她的说法为白人女孩维罗妮卡所确认："白人都想做印第安人，你们有的，我们都没有。你们和地球和睦相处，你们很有智慧。"② 斯波坎印第安青年托马斯对白人牧师阿诺德也表达了好感。当柴斯问阿诺德牧师是个什么样的人时，托马斯答道："他看起来是个好人，经常到贸易点去和印第安人打成一片。"③ 阿莱克西此处并没有使用敌对白人的策略。只要白人个体是善良的，印第安青年就可以和他（她）和睦相处。

印第安人对白人表达好感不应被误解成他们忘记了自己的传统，希望被白人主流文化同化，实际上，他们不想被吞并，他们的作用远大于此。在《保留地布鲁斯》中，阿莱克西暗示印第安人和白人可以互补。在乐队去纽约试唱失败后，托马斯和温水姐妹准备去斯波坎市前，欢送仪式上，大妈对天主教牧师阿诺德说："你来负责基督教的仪式，我来负责印第安的传统仪式。我们俩会成为很好的搭档。"④ 这和豪尔拉（Patrice Eunice Marie Hollrah）观察到的印第安男性和女性之间的互补关系非常类似，即两性在印第安社会中分别扮演不同却同等重要的角色。阿莱克西通过大妈之口建议将同一范式运用于印第安人和白人之间的关系之中。

豪尔拉注意到在印第安部落中，因为多为母系社会，性别互补的运作方式非常盛行。在这些部落中，女人和男人发挥同样重要的作用，而不是存在于一个性别权力等级关系里。这种性别互补关系塑造了印第安部落中的强大女性形象，她们自主地行使她们的智力主权。阿莱克西作品中的女性人物抵制了殖民者眼中从属于男性的印第安女性形象。⑤ 此类女性形象包括《保留地布鲁斯》中的大妈，她也出现在《一种叫做传统的药》中："身高六英尺有余，辫长过膝"⑥；她满脸皱纹，目光却年轻有神；她可以"在本杰明湖的水面上行走，

① Alexie, Sherman. *Reservation Blues*. New York：Atlantic Monthly Press, 1995：168.

② Alexie, Sherman. *Reservation Blues*. New York：Atlantic Monthly Press, 1995：168.

③ Alexie, Sherman. *Reservation Blues*. New York：Atlantic Monthly Press, 1995：166.

④ Alexie, Sherman. *Reservation Blues*. New York：Atlantic Monthly Press, 1995：280.

⑤ Hollrah, Patrice Eunice Marie. *Political Ramifications of Gender Complementarity for Women in Native American Literature*. Diss. University of Nevada, Las Vegas, 2001：iv.

⑥ Alexie, Sherman. *Reservation Blues*. New York：Atlantic Monthly Press, 1995：202.

正如耶稣在水上行走一样"①。她是老祖母、山上的女神，象征着很强的生育能力和生命力。此类人物还有印第安起义的领袖夸尔禅的妻子，她"和自己的丈夫并肩作战，用刀杀伤很多白人士兵，直到被俘"②。强大的女性还包括《印第安杀手》（Indian Killer）中的知识女性玛丽·波拉特金（Marie Polatkin）、《我最喜欢的肿瘤的大致尺寸》（The Approximate Size of My Favorite Tumor）中的诺尔玛·千驹（Norma Many Horses）、《圣人朱尼尔》（Saint Junior）中的格雷斯·阿特瓦特（Grace Atwater）、《亲爱的约翰·韦恩》（Dear John Wayne）中118岁的艾塔（Etta）、《印第安领地》（Indian Country）中的特雷斯·约翰逊（Tracy Johnson）和萨拉·波拉特金（Sara Polatkin）等。

阿莱克西作品中的女性经常被刻画成高大、丰满、厚重的形象，旨在反驳"白人主流社会眼中典型的芭比娃娃类型的女性美——纤瘦、白皙、金发碧眼"。③ 阿莱克西作品中的印第安女性有很多都是同性恋或者双性恋，这在印第安传统中是受到尊重的："多年以前，同性恋在部落里被给予很特殊的地位。"④ 阿莱克西要传达这样的信息：这些女性是自主的个体，有自己的自由，并且受到尊重。阿莱克西用这些"体魄强健、思想敏锐的女性形象"纠正了《风中奇缘》中的宝嘉红塔斯（Pocahontas）形象（依附于白人男性的"高尚野蛮人"、"即将消失的印第安人"形象）。白人把宝嘉红塔斯看做"异域的他者，棕色的少数族裔女性，白人可以通过和她睡觉进行殖民统治"。⑤ 因此，阿莱克西借助这些女性形象反驳了传统欧美男权社会中的知识等级体系（因为宝嘉红塔斯被当做一个愚昧的野人贵族）和"性别歧视、厌女情结、同性恋恐惧及男女间的从属关系（subordination）"。⑥

---

① Hollrah, Patrice Eunice Marie. *Political Ramifications of Gender Complementarity for Women in Native American Literature*. Diss. University of Nevada, Las Vegas, 2001：226.

② Alexie, Sherman. *The Lone Ranger and Tonto Fistfight in Heaven*. New York：Atlantic Monthly Press, 1993：99.

③ Hollrah, Patrice Eunice Marie. *Political Ramifications of Gender Complementarity for Women in Native American Literature*. Diss. University of Nevada, Las Vegas, 2001：250.

④ Alexie, Sherman. *The Lone Ranger and Tonto Fistfight in Heaven*. New York：Atlantic Monthly Press, 1993：203.

⑤ Hollrah, Patrice Eunice Marie. *Political Ramifications of Gender Complementarity for Women in Native American Literature*. Diss. University of Nevada, Las Vegas, 2001：236.

⑥ Alexie, Sherman. *The Lone Ranger and Tonto Fistfight in Heaven*. New York：Atlantic Monthly Press, 1993：277.

印第安社会中的性别互补范式培养了强势的印第安女性，使得男女作用平等，运作效果非常好。《保留地布鲁斯》中大妈建议使用同一范式来处理印第安人和白人之间的关系。豪尔拉解释说："大妈代表女性精神方面，正好补充了阿诺德代表的男性精神方面，从而达成一种更加完整的信仰体系，其贡献来自于双方，而且受到同等重视。"① 大妈的话表达了清晰的意愿，她建议欢送仪式不应是简单的印第安仪式，也不应是纯粹的基督教仪式，更不是前者统治后者或者后者统治前者，而是两种宗教仪式同时进行，相互补充。

互补模式为印第安和白人两个种族之间的关系提供了一个理想的范式。积极的印第安形象应该是积极成为主流社会的一员，同时保留自己的传统身份。白人基督徒亦不应把印第安人当异教徒或野蛮人对待。相信人必胜天（也包括征服印第安人）的犹太－基督徒（Judeo－Christians）可以缓和一些，和热爱自然、相信和谐共处的印第安人在相互尊重的基础上和平相处。两个种族应该享有平等的地位，而不应成为权力体系中的对头。

显然，白人和印第安人之间并不存在不可逾越的鸿沟，他们有着相互吸引的倾向。实际上，正如卡伦·乔根森（Karen Jorgensen）所言，阿莱克西在《保留地布鲁斯》中系统地创造了成对的人物。乔根森将这些人物称做"*Doppelgangers*"，意为双胞胎或者影子。乔根森认为《保留地布鲁斯》由一系列的印第安人物和与之对应的非印第安影子构成，这个体系揭示了各个组合之间的相似性和不同。每对人物之间就像绘画中的阴阳对称法（chiaroscuro，或称"黑白对称法"）一样，相互映衬，使得每一个人物的独特含义更加凸显。乔根森解释说维克多和谢礼丹（Sheridan）、朱尼尔和莱特（Wright）、大妈和阿诺德、柴斯和柴科斯姐妹和贝蒂和维罗妮卡之间都形成了对立，相互映衬，相得益彰。柴斯和柴科斯是扁头族印第安人，但是她们却信仰基督教的上帝，而且有时想做白人。柴科斯解释道："我想和那些小姑娘一样白，因为耶稣就是白人，在我所看到的所有照片里他都是金发碧眼的。"② 尽管阿诺德牧师对柴科斯解释说耶稣是犹太人，很可能不是白皮肤，头发也可能是深色的，柴科斯仍然坚持说她没见过这个形象的耶稣，并且说她还是想做白人。柴科斯显然是

① Alexie, Sherman. *Reservation Blues*. New York：Atlantic Monthly Press, 1995：231.

② Alexie, Sherman. *Reservation Blues*. New York：Atlantic Monthly Press, 1995：141，cited in Jorgensen, Karen. "White Shadows：The Use of Doppelgangers in Sherman Alexie's Reservation Blues." *SAIL*：*Studies in American Indian Literatures Series* 2 Volume 9, Number 4（Winter 1997）：21.

为白人所吸引，同样，"白人影子"贝蒂和维罗妮卡也深深地被印第安文化所吸引。她们佩戴的首饰贝壳珠子、羽毛等比"真正的印第安人"还多，她们总是穿着太阳舞裙和与之配套的桦树皮袜子。她们还被印第安男人所吸引，贝蒂和朱尼尔、维罗妮卡和维克多有一夜在保留地上甚至睡在了一起。另一组合中，阿莱克西将"郊狼跳跃"乐队的主要成员维克多和朱尼尔与"骑兵唱片"的谢礼丹和莱特对立起来。谢礼丹和莱特与历史上屠杀印第安人的将军同名。朱尼尔和莱特互为影子，因为故事中两个人"都以鬼魂的形式出现，并且一生中都留有遗憾"①。朱尼尔的鬼魂对维克多说自己生前不该酗酒，也不应该和贝蒂和维罗妮卡分手；莱特则后悔他生前对印第安人犯下的罪行。维克多和谢礼丹是一对，他们两个都活了下来，并且仍然渴望权力、名誉和财富。前者和"绅士"达成协议，得以继续使用魔力吉他；后者和假冒印第安人的贝蒂和维罗妮卡签订合同，继续享有流行音乐界的名誉和财富。维克多为了吉他牺牲了他的好友朱尼尔；谢礼丹以假乱真，让白人冒充印第安人。两个人都被贪婪腐蚀了。大妈和阿诺德牧师相对应，因为他们都是精神领袖。他们在宗教、文化和性别方面正好相对，也正好互补，形成一个更加完整的整体。柴科斯在日记中写道："我看着大妈想，上帝一定是用印第安和女性的材料做成的。然后，我又看着阿诺德牧师想，上帝一定是用白人和男性的材料做成的。"② 大妈身材高大，长辫过膝，慈眉善目，声称目睹了很多历史事件，如 1800 年，美国骑兵屠杀印第安人的马匹。她音乐才能超群，是 20 世纪所有音乐天才的老师，如电吉他的发明者、著名舞曲作家、"Yesterday"的演唱者等。大妈在"郊狼跳跃"乐队去纽约之前不仅教他们练习音乐，还警告乐队成员注意可能的危险。她建议乐队成员自己作决定、坚持走正道等。她知道音乐界的魅力，也知道星光大道同时伴随着危险，她哀悼她的学生因为成功而成为酗酒或吸毒的受害者。她是一个疗伤者，医治受伤者的身体和精神创伤。阿诺德牧师被刻画成一个有力而又富有同情心的人，一个正直的人，而且对印第安文化非常了解。因为他自己有过在乐队演唱的经历，所以他并不因"郊狼跳跃"乐队的成员

　　① Jorgensen, Karen. "White Shadows: The Use of Doppelgangers in Sherman Alexie's Reservation Blues." SAIL: Studies in American Indian Literatures Series 2 Volume 9, Number 4 (Winter 1997): 22.

　　② Alexie, Sherman. Reservation Blues. New York: Atlantic Monthly Press, 1995: 205, cited in Jorgensen, Karen. "White Shadows: The Use of Doppelgangers in Sherman Alexie's Reservation Blues." SAIL: Studies in American Indian Literatures Series 2 Volume 9, Number 4 (Winter 1997): 22.

演奏流行音乐而谴责他们。他和书中提到的其他牧师不同，不像他们那样焚烧书籍、骚扰男童。他被柴科斯所吸引，但是却抑制了自己的欲望。① 乔根森暗示阿莱克西已经将两种文化融合在一起，而不是用一种文化排除另一种文化。

乔根森的分析非常独特，因为她勾画出阿莱克西作品中的人物的对称性。然而，乔根森没有看到的是，柴斯和柴科斯也是一对组合，代表了两种游戏，也就是两种生活方式。她们的名字也可以指国际象棋中的棋子和棋盘，缺一不可。棋子又被分为黑白两方，棋盘由黑白方块交替构成。柴斯和柴科斯互为影子，有着不同的喜好。柴斯被纯种印第安人托马斯所吸引，而柴科斯被白人牧师阿诺德所吸引。柴斯不喜欢白人妇女，而同时又说自己做印第安人有些厌倦了；柴科斯喜欢阿诺德和其他的白人，但是同时她不能否认自己是有色人种，是印第安人。当阿诺德决定离开保留地时，柴科斯留在柴斯和托马斯身边，成为柴斯的影子。可以看出，不同的人物、不同的种族可以选择不同的生活方式，但是同时可以平等地共存。

除了美学上的价值外，乔根森的分析向读者传达了这样的信息：白人和印第安人以及两种文化可以结合在一起，平等共存，相互映衬，相互彰显（这和中国的阴阳理论不无相似）。这不失为美国多种族多元文化共存的一种可行模式。笔者认为，以乔根森的"黑白映衬理论"和豪尔拉的"互补理论"为基础，白人和印第安人可以各自保留自己的文化身份，达成对对方文化的深刻理解，共同构建一个有机整体，相互补充，相互映衬。

上述理论显然也可以用于多种族之间。阿莱克西所采用的泛印第安主义、不同种族之间的联盟，以及印第安人和白人相互表达的交往意向，表明印第安人有着和别的种族融合的积极态度，不管是红皮肤、黑皮肤还是白皮肤。尽管作品中这种美好愿望受到残酷现实的挑战：白人的歧视导致了他们对印第安乐队的压迫和剥削，然而这毕竟是一个好的开端。印第安人是一个抗打击、有韧性的民族，在他们的不懈努力之下，随着白人社会对印第安人态度的逐渐改善，阿莱克西在他的后两部小说《飞逸》（*Flight*, 2007）和《一个兼职印第安人绝对真实的日记》（*The Absolutely True Diary of a Part-Time Indian*, 2007）中最终实现了种族的融合。

---

① Jorgensen, Karen. "White Shadows: The Use of Doppelgangers in Sherman Alexie's Reservation Blues." *SAIL: Studies in American Indian Literatures Series* 2 Volume 9, Number 4 (Winter 1997): 23.

第二节　种族压迫

泛印第安意识、种族联盟、印第安人和白人交往并把白人看做和自己平等的人的意愿，都表明印第安人对于种族融合有着积极的态度，不管是和红色人种、黑人还是白人，然而，他们的美好愿望受到了来自于白人的歧视、压迫和剥削的阻挠。

白人对印第安人实行的种族压迫政策可以分为三个阶段：军事灭绝、宗教同化和商业剥削。在《保留地布鲁斯》中，军事灭绝仍然是印第安人驱之不散的历史记忆；白人宗教迷惑了印第安青年，并成为掩盖白人欺侮印第安人的外衣；商业剥削成为白人压迫印第安人的新方式，并体现了白人的种族主义思维定势。在《保留地布鲁斯》中，这种阻挠表现在白人对印第安主人公的不公正待遇和"郊狼跳跃"乐队在骑兵唱片公司不成功的试唱。

历史上，欧美人对印第安人发动战争并犯下了种族灭绝的滔天罪行。白人声称印第安人是野人，阻碍了白人文明前进的步伐。在白人殖民者西进的过程中，他们侵占了印第安人的土地，掠夺了他们的资源。当印第安人奋起反抗时，当局还以军事镇压。历史上的重要事件包括 1864 年的沙溪战役——200多名仍在熟睡中的夏安族人和阿拉帕霍族人被屠杀，以及 1890 年的伤溪谷战役——约 200 名拉科塔苏族印第安男女老少被美国骑兵杀戮。因为历史事件的遗留影响，现在的印第安人还经常被彼时的暴行所困扰。

军事征服的最终目的是占领印第安人的土地和资源，事实上，侵占土地和资源的行动早在伤溪谷事件前就已发生了。1830 年，安德鲁·杰克逊总统在其任期内颁布了《印第安人移除法案》，东部很多印第安部落被驱赶到西部地区的保留地上，这些保留地土地贫瘠，根本就不适合耕种。在著名的"血泪之路"上，从 1838 年 10 月到 1939 年 2 月，约 11000 至 13000 切诺基印第安人从美国东南部冒着严寒步行 900 英里路程赶往西部保留地，四分之一的人在途中病死或者失踪。①就这样，切诺基人来到了西部保留地，也就是今天的俄

---

① Glancy, Diane. *Pushing the Bear: A Novel of the Trail of Tears*. San Diego: Harcourt Brace, 1996: 1, cited in Macdonald A, Gina M, and MaryAnn S. *Shape - shifting: Images of Native Americans in Recent Popular Fiction*. Westport, Connecticut: Greenwood Press, 2000: 61.

克拉荷马，而切诺基人肥沃的农田被白人定居者没收。美国内战以后，白人更加肆无忌惮地攫取印第安人的土地，而且新的移民潮也给印第安人带来了很大的冲击：

在1830年和1860年期间，随着俄勒冈地区、加利福尼亚、德克萨斯和盖兹登购地的一部分——南新墨西哥州和亚利桑那的接壤地带——的并入，美国的领土增长了一倍。这些新地区的获取和欧洲、亚洲移民的到来巧合，这些移民希望能够加入美国人西进的洪流之中。1849年加利福尼亚发现了金矿，而且西部有可以开发和居住的土地，这些机会强烈地吸引着意欲西进的人们。①

19世纪60年代，拉莱米堡等条约禁止印第安人猎杀野牛，然而，白人却在大量地屠杀野牛，导致成千上万的印第安人因为饥饿而死。② 来自欧洲的白人定居者在初到新大陆之际，得到了土著人的热情款待，但是，不久他们就开始杀戮土著人。"短短几百年间，北美的印第安人由三千万锐减至几百万人。"③ 1887年通过的《道斯法案》声称要保护印第安人的土地权益，实际上却被白人用来攫取印第安土地。印第安土地传统上为部落所有，而白人却通过《道斯法案》将每个印第安人变成土地所有者，但世代游牧的印第安人不擅长耕作土地，所以他们就将土地荒置或者租给白人耕种。截止1934年，印第安人已经丧失了他们保留地土地的四分之三④。

在阿莱克西的《保留地布鲁斯》中，军事灭绝成为印第安人驱之不散的记忆。数个世纪的压迫从身体上摧残了印第安人，从数量上减少了印第安人的数量。小说中，唱片公司的经纪人乔治·莱特为此而忏悔，他"看到数百万印第安人的脸被打伤，留着天花和霜冻的伤疤，留着刺刀和子弹的伤痕。他看着自己手上白色的皮肤，看到受伤的血迹"。⑤ 莱特是当时屠杀印第安人的白

① O'Brien, Sharon. "Native American Policy." *Microsoft* ® *Student* 2007〔DVD〕. Redmond, WA: Microsoft Corporation, 2006.

② Larson, Charles R. *American Indian Fiction*. Albuquerque: University of New Mexico Press, 1978: 11.

③ 邹惠玲：《<绿绿的草，流动的水>：印第安历史的重构》，载《外国文学评论》2004年第4期，第40页。

④ Lee, Robert L. "Native American Reservations." *Microsoft Encarta Encyclopedia*, 2004.

⑤ Alexie, Sherman. *Reservation Blues*. New York: Atlantic Monthly Press, 1995: 244.

人军官的再现，他不能忘记血腥的杀戮场面，印第安人更不能释怀当时的残暴行径。另一名经纪人，同为杀戮印第安人的白人将军之化身的谢礼丹重述了他杀戮一名怀孕的印第安妇女的情形：

他说，我记得有一次，我杀了一名印第安妇女，我甚至不知道她是哪个部落的。那是七二年（1872 年）的事情。我骑马冲她冲过去，用剑刺穿了她的心脏。我认为这一剑就能解决了她的性命，但是，她跳起来，把我从马上拽下来。我简直不敢相信，我怒不可遏，将她推倒在地，活活踹死了她，直到那时我才发现她怀着孕。我们不能允许印第安婴儿存活下来，因为你知道虮子会变成虱子的。于是，我将她的小腹剖开，将胎儿拽了出来，突然，它咬了我一口。你能相信吗？①

白人军队的暴行在这儿昭然若揭。因为双方力量的明显不均衡，尽管印第安人奋起抵抗，但是却难以改变被压迫、被杀戮的结果。军队是镇压印第安人起义的国家机器，而谢礼丹却大言不惭地说："美国军队是印第安人有史以来最好的朋友。"② 谢礼丹反而责备印第安人自己引发了杀戮："不管我们把你们放在哪儿，你们就是不好好地呆着。你们从来不听指令。"③ 他还把"郊狼跳跃"的试唱失败归咎于乐队成员本身："你们就像一帮他妈的疯印第安人一样，把好好的机会弄丢了。"④

如前所述，种族歧视使得白人相信印第安人是未经驯化的，白痴无能，不能掌握自己的命运。白人期望印第安人驯服、屈从，并且美化他们的殖民统治和军事镇压，说美国军队是印第安人最好的朋友。所以，当印第安人被冤枉，并被冠以罪名时（如被指控由于把握不好自己的行为举止而丧失机会），他们很无助。

谢礼丹企图强奸柴克斯的举动是数百年来的白人－印第安人关系的隐喻性再现。白人主流社会被塑造成一个男性形象，而印第安人则被抽象成一个女性形象，企图强奸的场景是白人对印第安人压迫统治的缩影。

---

① Alexie, Sherman. *Reservation Blues*. New York：Atlantic Monthly Press, 1995：237.
② Alexie, Sherman. *Reservation Blues*. New York：Atlantic Monthly Press, 1995：236.
③ Alexie, Sherman. *Reservation Blues*. New York：Atlantic Monthly Press, 1995：236.
④ Alexie, Sherman. *Reservation Blues*. New York：Atlantic Monthly Press, 1995：236.

白人数百年来一直觊觎印第安（女）人和属于印第安人的资源。他们贪婪成性，意在攫取他们想得到的："谢礼丹端详着柴克斯，他在过去的几个世纪一直在盯着她。她很漂亮……黑黑的头发垂过肩膀。谢礼丹想摸一摸。"① 白人很强大，尤其在有了军队的支持以后。阿莱克西以隐喻的方式显示了谢礼丹的力量："谢礼丹在屋里踱来踱去，点着了一支烟，像马刀一样地挥舞着。"② 他可能就是用这把刀杀死了前文提到的印第安妇女。

白人唱片公司的经纪人谢礼丹和印第安乐队的女歌手柴克斯之间的身体抗争是白人军队对印第安人施行的军事攻击的隐喻。谢礼丹欺侮了柴克斯，想借身体暴力征服这个意志坚强的印第安女孩。他猛力抽打柴克斯，让她承认他的权威和优越，但是，柴克斯拒绝承认，并称他为"德拉库拉"（Dracula）③、骗子：

现在你相信我了吗？他问道。

你啥也不是，你啥也不是。

我是一切。

你一文不值，你只是又一个撒谎的白人。我不相信你。你想做的就是好斗和调戏女人，你从来没有说过实话。我才不信你呢!④

身体暴力并不能树立谢礼丹的权威，尽管他说自己就是一切，但他不能迫使柴克斯承认他的"无所不能"。

在印第安人被白人的军事力量镇压、摧垮之后，政府和教会开始用犹太－基督文化（the Judeo－Christian culture）同化印第安人。他们将印第安儿童从他们的父母身边夺走，把他们交给白人领养家庭或者放在寄宿学校，强迫他们穿白人的衣服，按照白人的礼仪规范说话、办事，禁止他们讲自己的母语，强迫他们放弃自己的传统信仰。结果，很多年轻的印第安人被强行地与传统文化割裂，迷失了成长方向。他们受到白人愚民政策的影响，认为印第安人是低劣的民族，并且注定要消亡。印第安人是低劣民族的想法也导致了白人对他们的

① Alexie, Sherman. *Reservation Blues*. New York: Atlantic Monthly Press, 1995: 237.
② Alexie, Sherman. *Reservation Blues*. New York: Atlantic Monthly Press, 1995: 236.
③ 吸血鬼。
④ Alexie, Sherman. *Reservation Blues*. New York: Atlantic Monthly Press, 1995: 241.

虐待。

很多美国本土作家都刻画过因为迷失身份而苦不堪言的印第安青年，这些青年的身份迷失经常是由于教会的影响造成的。这些人物经常受到保留地上天主教会的干涉和阻止，而不能熟知自己的宗教信仰和文化。此类情形的一个典型例子是莫马黛《黎明之屋》中的亚伯。在《黎明之屋》中，保留地上的天主教会势力很大，影响也很大，以致于亚伯的信仰形成受到了很大阻碍。他成了"问题青年"，不能融入保留地生活，也不能适应城市生活。此类人物经常需要经历数次的精神痛苦和变形，才能和本土宗教、意识和价值取向趋同，才能获得一个完整的人格。

阿莱克西的《保留地布鲁斯》中的印第安青年就是如此。他们蔑视自己的宗教，反而被主流媒体所影响，追逐名利。阿莱克西试图向读者展示"碎片化是如何影响纯种印第安人的"。① 他描述了现代印第安人生活和传统的分离及由此引发的身份问题。维克多·约瑟夫和朱尼尔·波拉特金对于传统并不十分感兴趣，他们经常欺负斯波坎传统的代言人——托马斯·生火。而且他们总是酗酒，甚至把音乐大赛获奖的奖金都用来买酒喝。他们不把精神领袖"祖母"当回事儿："'狗屎'，维克多说，'她还以为她是巫师呢'。"② 实际上，维克多并不是唯一一个，也不是第一个质疑"祖母"权威的人。"许多被'祖母'吸引的印第安男人都怀疑她的能力。印第安男人们开始相信自己宣传自己，他们到处乱跑，行为举止都模仿电影里的印第安人。"③ 这些男人，包括维克多·约瑟夫，认为他们是武士。他们经常对于"祖母"的警告或训诫不以为然，嗤之以"你不过是一个女人而已"。④ 传统，正如《保留地布鲁斯》中所描述的那样，已经被边缘化了，就像精神领袖"祖母"远离人群，居住在威尔皮尼特山上一样。

从上面的例子可以看出，"与文化、家庭和土地的割裂并非一定在离开保

① James, Meredith K. *" Reservation of the Mind"*: *The Literary Native Spaces in the Fiction of Sherman Alexie*. Diss. University of Oklahoma, 2000：48.

② James, Meredith K. *" Reservation of the Mind"*: *The Literary Native Spaces in the Fiction of Sherman Alexie*. Diss. University of Oklahoma, 2000：203.

③ James, Meredith K. *" Reservation of the Mind"*: *The Literary Native Spaces in the Fiction of Sherman Alexie*. Diss. University of Oklahoma, 2000：208.

④ James, Meredith K. *" Reservation of the Mind"*: *The Literary Native Spaces in the Fiction of Sherman Alexie*. Diss. University of Oklahoma, 2000：208.

留地、不了解部落传承的情况下才会发生，在保留地的界限中也会发生这种割裂"。①

与传统割裂、迷失了身份的印第安青年在没有其他目标的时候就开始欺负自己的同族，就像维克多和朱尼尔欺负托马斯一样。他们还追逐白人女人，或者试图吸引她们，用这种方式来证明他们的男子气概。"他们渴望白人女人，把白人女人当成战利品，或者是对白人男人的一种报复。"②

这些印第安青年实际上迷失了自我。维克多被名誉和经济利益所诱惑，把自己的灵魂出卖给了"绅士"，也就是白人撒旦，万恶之源。他出卖了自己的密友朱尼尔。他不能控制魔力吉他，相反，吉他控制了他，是"绅士"的魔力使得吉他发出优美的乐音。谢礼丹判定"维克多·约瑟夫作为主吉他手技艺非凡，富有创意，感染力强，是个名副其实的天才"，③ 这是富有讽刺意味的，因为所有的功劳都归功于吉他，而和维克多毫无关系。当"郊狼跳跃"乐队在"骑兵唱片"公司的录音棚中试唱时，维克多非常紧张，他的手指一滑，吉他"在他的手里突然一抖，从他的手中滑落。他感到手心像被刀片划破一般疼痛"。④ 魔力吉他开始时给了维克多超人的技艺，但是，最终，也是它毁了整个试唱。维克多并不能控制它。维克多对于名誉和金钱的欲望使得他个人主义膨胀，全然忘记了保留地的利益和条件的改善。从某种程度上讲，娱乐产业"蛊惑了当代（印第安）青年的心灵，使得他们迷失了身份"⑤。后来，歌迷贝蒂和维罗妮卡和"骑兵唱片"公司达成协议，她们也牺牲了"她们的身份和想要演奏自己的音乐的理想"⑥。同样地，当朱尼尔通过自杀把自己的灵魂出卖给"绅士"时，他已经忘记了保留地的未来和进步。

① James, Meredith K. *" Reservation of the Mind"*: *The Literary Native Spaces in the Fiction of Sherman Alexie*. Diss. University of Oklahoma, 2000: 48.

② Grassian, Daniel. *Understanding Sherman Alexie*. Columbia, South Carolina: University of South Carolina Press, 2005: 102.

③ Grassian, Daniel. *Understanding Sherman Alexie*. Columbia, South Carolina: University of South Carolina Press, 2005: 190.

④ Grassian, Daniel. *Understanding Sherman Alexie*. Columbia, South Carolina: University of South Carolina Press, 2005: 225.

⑤ Grassian, Daniel. *Understanding Sherman Alexie*. Columbia, South Carolina: University of South Carolina Press, 2005: 98.

⑥ Jorgensen, Karen. "White Shadows: The Use of Doppelgangers in Sherman Alexie's Reservation Blues." *SAIL*: *Studies in American Indian Literatures Series* 2 Volume 9, Number 4 (Winter 1997): 21.

维克多对于魔力吉他的依赖毁了他的生涯。新武士的理想榜样应该依靠自己的努力和他对集体利益的良好愿望，而个人主义不适合印第安文化，因为个人主义的初衷和部族的利益背道而驰。

白人宗教将白人的流行文化价值观和种族歧视强加给了印第安青年，灌输给印第安青年印第安人必定消亡的信息。白人作家（如库柏和福克纳）刻画了浪漫的（因而是不现实的）、刻板的印第安形象。以好莱坞为代表的白人流行文化呈现的印第安人也是一个注定要消亡的民族。在这些因素的影响下，印第安青年对自己失去了信心。

美国印第安作家质询并批判了宗教同化及其他文化影响的暴行。路易斯·厄德里奇在她的《爱药》中题为《勇士的落马》一章中描述了耐克多·喀什炮在好莱坞拍电影的短暂生涯："捂住胸口，从马上摔下来，"他们命令说。然后你的戏就没了。印第安演员在好莱坞的戏份就是死亡。① 导演是让耐克多·喀什炮在21世纪的白人观众面前上演自己的死亡。耐克多解释说，"广大观众关心的就是我的死亡。"② 前演员阿尔奇·火·瘸鹿在自己的传记中证实了喀什炮的话："每过几秒钟，我们中的一个人就要从马上掉下来，假装被美国战士或者定居者击中。在逃命过程中从马上掉下来，我们能挣二十五美元；否则，我们工作一整天才能赚十美元。"③ 很显然，好莱坞只对印第安人的死亡感兴趣，他们想让观众相信对于"原始种族"的影院征服和消亡叙事是真实的。考克斯评论道："喀什炮（和瘸鹿）对于好莱坞一直不断地呈现本土美国人物的死亡的批评表明，在20世纪，主流媒体尤其感兴趣的是创造一个被（媒体）技术控制的场景，即对于美国印第安人的征服和他们的消亡。"④ 为了模拟印第安人，好莱坞甚至还特意培养了一些长相和印第安人相似的意大利

① Erdrich, Louise. *Love Medicine*. 1984. New York：Harper, 1993：123, cited in Cox, James Howard. *Muting White Noise*：*Revisionary Native American Novelists*. Diss. University of Nebraska, 1999：234.

② Erdrich, Louise. *Love Medicine*. 1984. New York：Harper, 1993：124, cited in Cox, James Howard. *Muting White Noise*：*Revisionary Native American Novelists*. Diss. University of Nebraska, 1999：234.

③ Erdrich, Louise. *Love Medicine*. 1984. New York：Harper, 1993：94, cited in Cox, James Howard. *Muting White Noise*：*Revisionary Native American Novelists*. Diss. University of Nebraska, 1999：234.

④ Cox, James Howard. *Muting White Noise*：*Revisionary Native American Novelists*. Diss. University of Nebraska, 1999：234.

人，以便于他们今后不再需要印第安演员。①

在《保留地布鲁斯》中，诸如维克多等印第安青年坚信电视和电影上的"高尚野蛮人"形象就是他们要效仿的榜样，然而，他们并不知道那些仅仅是刻板的模拟形象。当他们效仿这些形象时，他们"已经变成了以媒体为导向的后现代影院社会带给他们的幻象的幻象"②。

印第安人被白人认为是低劣的种族，注定要消失，所以他们无情地从印第安人身上获取利益。在《保留地布鲁斯》中，印第安人愿意和白人交往，然而，他们却被蔑视、歧视、剥削。保留地警察，往往是白人或者有大部分白人血缘的混血，经常欺负印第安人。在保留地上，部落主席大卫·跟班的外甥麦克尔·白鹰就经常欺负印第安人。尽管柴克斯热切地想变成一个白人女孩，和白人女孩打成一片，她却得到了不公正的待遇。她告诉阿诺德牧师："我就是想和她们一样，和那些白人女孩一样，当爸妈在城里买东西时，我就跟着她们（这些白人女孩）……我也不知道为什么，我就死死地盯着她们的金黄色头发和蓝眼睛，心里想，我就想和她们一样。"③

很明显，印第安人物已经完全丧失了自己的种族特性和对自己部族宗教文化信仰的信心，转而倒向白人的价值观，而这一切都是白人的宗教同化和文化表征所造成的负面影响。

宗教和教会成为白人压迫罪行的美丽外衣，这种罪行仍在发生。《保留地布鲁斯》中，当白人神父詹姆士将他的两个侄女带到扁头保留地，而温水姐妹和这两个侄女共同为圣餐仪式帮忙时，在存货间中，侄女们将柴克斯推倒，导致她将葡萄酒洒了一地，也弄脏了柴克斯最喜欢的连衣裙，而侄女们却大笑了起来。当詹姆士神父跑过来看发生了什么事时，侄女们开始"像孩子一样哭起来"④，她们告诉詹姆士神父说柴斯和柴克斯因为打闹才将酒瓶掉到了地上。詹姆士神父严厉地责备了柴斯和柴克斯，并且从此以后再也不让她们俩插手圣餐仪式。显而易见的是白人侄女，尽管很小，却有暴力倾向和说谎的坏习

① Owens, Louis. *Bone Game*: *A Novel*. Norman: U of Oklahoma P, 1994: 179, cited in Cox, James Howard. *Muting White Noise*: *Revisionary Native American Novelists*. Diss. University of Nebraska, 1999: 235.

② Denzin, Norman K. *Images of Postmodern Society*. London: Sage Publications, 1991: 145, cited in Smith, M. W. *Reading Simulacra*: *Fatal Theories for Postmodernity*. State University of New York, 2001: 116.

③ Alexie, Sherman. *Reservation Blues*. New York: Atlantic Monthly Press, 1995: 140.

④ Alexie, Sherman. *Reservation Blues*. New York: Atlantic Monthly Press, 1995: 141.

惯。她们不把印第安女孩当成拥有平等人格的个体对待，显示出其恶毒的本质。

外表美丽的白人实际上十分邪恶，她们打着慈善和文明的旗号，却行为龌龊。当柴斯和柴克斯去火车站送两个白人侄女时，她们"甚至不愿看"这两个印第安女孩。① 身着完美无瑕的白裙，貌似天使般美丽，她们实际上非常高傲。当詹姆士神父让柴斯和柴克斯与他的两个侄女拥抱告别时，"大一点的那个（侄女）掐了柴克斯的胸部一把，确切地说是她的小乳头。没有人看到这个举动，但是，柴克斯却疼得难以忍受，开始哭起来"②。使别人遭受痛苦的侄女们却踏上火车，轻松地逃脱了。詹姆士神父还以为柴克斯是不舍得让侄女们走才落泪的。在这里，詹姆士神父是决定孰对孰错的权威。

从上述例子可以看出，有些白人仍然不把印第安人当做地位平等的人类看待，他们采取歧视的态度，采用恶毒的手段对待印第安人。印第安人并无恶意，但是却经常要忍受这些不公正待遇，因为代表"公正"的权威——此处为教会——并非印第安人，而是白人。

在印第安人被剥夺了所有的土地之后，白人又想出了一种新的方式来剥削他们——商业剥削。在《保留地布鲁斯》中，印第安乐队"郊狼跳跃"被白人的歧视、压迫和剥削所阻挠，他们在"骑兵唱片"试唱时，得到了白人的不公正待遇，折戟纽约。也就是说，20世纪的种族压迫呈现出一种新的形势——商业压迫和剥削。

当前，白人通过不给印第安人工作的机会来压迫他们。在"郊狼跳跃"乐队的事例中，有绝对决定权的是阿姆斯特朗先生（显然是"最后一役"中臭名昭著的乔治·阿姆斯特朗·卡斯特的化身）。当乐队在"骑兵唱片"位于纽约的录音棚中试唱时，由于紧张，表现不佳，阿姆斯特朗专横地决定不再给乐队第二次机会：

阿姆斯特朗先生从椅子上站起来，整理了一下领带和夹克。

"他们没通过，"阿姆斯特朗说。

"先生，您不觉得现在下结论有点儿早吗？"莱特问道。

---

① Alexie, Sherman. *Reservation Blues*. New York: Atlantic Monthly Press, 1995: 141.

② Alexie, Sherman. *Reservation Blues*. New York: Atlantic Monthly Press, 1995: 142.

"我觉得不早。"阿姆斯特朗说完就走了。①

简单的几句话,阿姆斯特朗就"有效地终结了'郊狼跳跃'的演艺生涯"。②

在一个权力系统倾向于白人的社会,少数族裔,此处为印第安人,不能决定自己的命运。他们被困在保留地上(或者城市保留地,甚至精神保留地),孤立无援,忍受着困苦和贫穷,他们几乎没有获得成功的机会。

白人不仅剥夺印第安人的工作机会,而且一旦有利可图,他们就会进一步剥削印第安人。印第安人通常被困在保留地上,但是如果他们被迫从保留地上迁走,重新安置,他们的离开也使白人受益,有博物馆中供白人,尤其是新移民,参观的印第安人活标本为证。

在《保留地布鲁斯》中,当菲尔·谢礼丹和理查德·莱特邀请"郊狼跳跃"乐队到纽约去参加试唱并签合同时,他们想的是自己——也就是"骑兵唱片"——的利润。在谢礼丹和莱特从威尔皮尼特发出的传真中,他们对整个乐队进行了评估,分析了每个成员的未来市场价值,并策划了相应的吸引更多观众的策略。这一切都是为了商业利润。他们在传真中写道:柴克斯和柴斯对于男性来说都很有吸引力,但是他们将这种吸引力贬低为"那种异域风情的、动物性的雌性风骚"③。这种熟悉/异域、人类/兽类的二元对立揭示了两星探对于印第安他者的种族凝视。他们还提及朱尼尔·波拉特金,说"他的鼓打得水平一般,但是的确是个俊男,长得非常有民族特点。他一定能够吸引少女,也能弥补生火和约瑟夫长相上的不足"④。然后,他们给了乐队一个整体评价:

整体来说,这个乐队一看就是印第安乐队,演奏的音乐也是印第安音乐。他们皮肤黝黑,柴斯、柴克斯和朱尼尔都留着长头发,托马斯长着个大鼻子,

① Alexie, Sherman. *Reservation Blues*. New York: Atlantic Monthly Press, 1995: 226.

② Grassian, Daniel. *Understanding Sherman Alexie*. Columbia, South Carolina: University of South Carolina Press, 2005: 95.

③ Alexie, Sherman. *Reservation Blues*. New York: Atlantic Monthly Press, 1995: 190.

④ Alexie, Sherman. *Reservation Blues*. New York: Atlantic Monthly Press, 1995: 190.

维克多满脸伤疤。我们期待交叉吸引。①

我们可以让他们穿上印第安人的传统服装，脸上涂上战漆，头上戴上羽毛等等，突出他们的印第安特色。我认为这个乐队一定会给"骑兵唱片"带来很多利润的。②

如果说他们的"交叉吸引理论"还勉强能够说得过去的话，他们的"战漆加羽毛"的理念则绝对是种族歧视的，直接暴露了他们渴求利用模拟印第安人来剥削真正的印第安人的贪婪。这是一场新的战争，在这场战争中，白人占有主动权，企图牺牲处于劣势的种族或民族的利益，来换取自己的利益。阿莱克西在《保留地布鲁斯》中的描写验证了格拉贤的论断："某些非印第安群体对印第安人的冷血控制在商界和娱乐产业得以延续，这是一场新的战争，而两个领域都为白人所统治。"③ 当谢礼丹和仅有少量印第安血统的歌迷贝蒂、维罗妮卡达成交易时，他警告她们说："你们替我们做事，我们也帮你们的忙，我们是伙伴关系。我们能够让你们做成想做的一切事情。我们就是干这行的。这是梦的产业，我们能使你们梦想成真……"④ 就这样，歌迷代替了"郊狼跳跃"。"通过晒黑皮肤、整容、化妆等手段，'骑兵唱片'公司企图将贝蒂和维罗妮卡包装成一个'印第安'乐队，这样，他们就可以控制并剥削她们。"⑤ 骑兵唱片公司盗用了"郊狼跳跃"的纯印第安乐队的名头，偷梁换柱，用假乐队和幻象来欺骗观众。乔根森评论道："在工作市场上，印第安人受到剥削和欺压，好的机会都给了几乎没有什么印第安血统的人了。"⑥ 这种卑鄙的行径也暴露了美国流行文化产业的肤浅。

在商业剥削的过程中，白人想当然地使用了很多种族刻板形象。贝蒂和维罗妮卡寄给托马斯的唱片中充满了印第安人的刻板形象：天父、地母、东西南

① 即吸引不同类型的观众群体，笔者注。

② Alexie, Sherman. *Reservation Blues*. New York：Atlantic Monthly Press, 1995：190.

③ Grassian, Daniel. *Understanding Sherman Alexie*. Columbia, South Carolina：University of South Carolina Press, 2005：94.

④ Alexie, Sherman. *Reservation Blues*. New York：Atlantic Monthly Press, 1995：272.

⑤ Jorgensen, Karen. "White Shadows：The Use of Doppelgangers in Sherman Alexie's Reservation Blues." *SAIL：Studies in American Indian Literatures Series* 2 Volume 9, Number 4（Winter 1997）：21.

⑥ Jorgensen, Karen. "White Shadows：The Use of Doppelgangers in Sherman Alexie's Reservation Blues." *SAIL：Studies in American Indian Literatures Series* 2 Volume 9, Number 4（Winter 1997）：24.

北、烟草、烟袋、甘草、雄鹰、野牛等等。这些特征正是白人用来模拟真实印第安人的工具：

你能听到雄鹰的鸣叫吗？
你能听到雄鹰的鸣叫吗？
我眼望四方
希望和大地母亲，大地母亲
建立联系

我奉上烟草和甘草
我奉上烟草和甘草
我向四方祈祷
试图和天空父亲，天空父亲
建立联系
……①

这些歌词表明美国流行音乐崇尚"风格/形象/装饰，而不注重实质/内容。这首歌本身就是西化了的美国印第安音乐的一个空洞的幻象，而西化了的美国印第安音乐本身就是一个幻象"②。如此说来，整个美国文化——如果美国有文化的话——就是一个模拟的幻象。鲍坠拉德（Baudrillard）将美国看做"一个靠滥用影像、超现实主义和模拟形象繁荣起来的社会"③。"骑兵唱片"公司试图用贝蒂和维罗妮卡的第一首歌来使观众相信印第安文化就是天父、地母、四方、烟草、烟袋、甘草、雄鹰和野牛。谢礼丹和莱特利用歌迷制造了模拟印第安文化，他们呈献给全世界的只是幻象。"在美国，一般来说，现实总是低于模仿的。"④ 同理，此处的"郊狼跳跃"低于他们的替代品，贝蒂和维

① Alexie, Sherman. *Reservation Blues.* New York：Atlantic Monthly Press，1995：295.

② Grassian，Daniel. *Understanding Sherman Alexie.* Columbia，South Carolina：University of South Carolina Press，2005：98.

③ Smith，M. W. *Reading Simulacra：Fatal Theories for Postmodernity.* State University of New York，2001：113.

④ Smith，M. W. *Reading Simulacra：Fatal Theories for Postmodernity.* State University of New York，2001：114.

罗妮卡组合，给读者的印象是"外在的幻象代替了内在的'真实'"①。结果，整容、晒黑后的贝蒂和维罗妮卡被当做真正的印第安人，而"郊狼跳跃"遭受了重大损失。

贝蒂和维罗妮卡的歌词还暗示了任何人都可以随时盗用印第安形象："你是谁不重要/你可以骨子里就是印第安人。"② 盗用族裔身份的白人并不会受到歧视，相反，他们可以攫取该文化中任何吸引他们的部分，这一行为"进一步压迫了历史上一直受压迫的族群，夺走了他们仅存的得以武装自己的东西——他们的身份和文化"③。

通过剥夺"郊狼跳跃"签订合同的机会，白人主流社会以一种新的方式压迫了印第安人——他们阻止了印第安人获得商业成功和经济利益。通过盗用和模拟印第安文化，白人在20世纪重新上演了种族压迫的历史场景。作为新形式的剥削和压迫的结果，印第安乐队"郊狼跳跃"遭受了重大损失。朱尼尔·波拉特金在水塔塔顶自杀身亡；维克多·约瑟夫严重酗酒，并将自己的灵魂出卖给"绅士"；托马斯、柴斯和柴克斯离开保留地，去了斯波坎市。安德鲁斯对于阿莱克西的动机表示疑惑："（你）唤醒郊狼的力量，然后又刻画了自毁的印第安思维定势，这不是在用印第安人象征性的消亡来洗清美国的罪责吗？那你的目的是什么呢？"④诚然，"郊狼跳跃"给保留地带来了希望，人们仿佛看到了曙光，然而，印第安青年们过于依赖魔力吉他的力量，不能抵制"绅士"的诱惑，他们注定要失败，这也是残酷的事实。

三种种族压迫的形式都出现在阿莱克西的《保留地布鲁斯》中。军事征服现在表现为身体暴力，而且军事征服的记忆仍然在烦扰着印第安人；白人宗教曾使印第安人摈弃了自己的信仰，打击了他们自强的信心，并且掩盖了白人的邪恶意图与行径；商业压迫成为种族压迫的新形式，白人颐指气使，说一不二，利用印第安文化攫取暴利，充满了定势的种族歧视。大家都希望有一天不再有压迫，无论印第安人还是白人都能容忍对方。

---

① Smith, M. W. *Reading Simulacra*: *Fatal Theories for Postmodernity*. State University of New York, 2001: 114.

② Alexie, Sherman. *Reservation Blues*. New York: Atlantic Monthly Press, 1995: 295.

③ Grassian, Daniel. *Understanding Sherman Alexie*. Columbia, South Carolina: University of South Carolina Press, 2005: 98.

④ Andrews, Scott. "A New Road and a Dead End in Sherman Alexie's *Reservation Blues*." *The Arizona Quarterly* 63. 2 (Summer 2007): 151.

第三节　种族韧性

"郊狼跳跃"乐队成员的初衷是无可挑剔的，他们只是想体验一下成功的感觉。"我只是想证明自己能做好一件事情，"朱尼尔·波拉特金说。柴斯和柴克斯·温水离开保留地的时候对此充满了信心。"听着，"波拉特金补充说，"如果我们成功了，那就意味着我们不必再每天都吃政府救济粮。"① 然而，乐队所采取的不恰当的途径毁掉了他们美好的愿望。乐队失败的另一个原因是他们操之过急。乐队确实在几个保留地和海滨城镇都获得成功，还在西雅图赢得了一个奖项，但是，纽约之旅显得有些操之过急。试唱失败之后，托马斯和柴斯、柴克斯的斯波坎之行似乎更加现实。斯波坎离保留地只有六十英里，是走出保留地的一小步，更加可行。经历了白人的诱惑、剥削和压迫，加之自身的不谨慎和功利心理作祟，乐队在追求成功的努力遭受挫折之后，虽有损失，但是仍然体现出了印第安民族不屈的韧性。托马斯、柴斯、柴克斯的斯波坎之行就证明了这一点。

显然，印第安文化传统起到了积极的作用。读者看到"如果保留地居民紧密团结，将部族利益置于个人利益之上，那么，他们就能抵抗贫穷和萧条"②。另一个有趣的现象——保留地成员西蒙总是倒着驾驶他的客货卡车③，也说明印第安人可以在回顾过去、重温传统的基础上谋求发展。与追求个人主义折戟后萎靡不振、消极寻死的维克多和朱尼尔不同，保留地传统的代言人托马斯和柴斯、柴克斯一起，铭记部族传统，坚定信心，踏上了新的征程，他们表现出极强的耐力和弹性。托马斯在阿莱克西的故事中经常被刻画成一个"恶作剧者"形象（也称"魔法师"形象）。他非常滑稽，没完没了地讲着故事，无论听者是否感兴趣，他以及他讲的故事都是现代生活与传统的连接。阿莱克西是这样描述托马斯的："托马斯在胚胎阶段就得了某种疾病，症状就是

① Alexie, Sherman. *Reservation Blues*. New York: Atlantic Monthly Press, 1995: 228.

② Grassian, Daniel. *Understanding Sherman Alexie*. Columbia, South Carolina: University of South Carolina Press, 2005: 102.

③ Grassian, Daniel. *Understanding Sherman Alexie*. Columbia, South Carolina: University of South Carolina Press, 2005: 273.

他不停地讲故事。这无数的故事的分量压得他变成罗圈腿，连脊柱都压弯了。"①

托马斯不停地重复那些故事。那些故事保留地上其他的印第安人听得遍数多了，常常在做梦的时候，耳边还响起讲故事的声音……托马斯·生火的故事像沙子一样钻进你的衣服里，你感觉到痒，却又不能消除。即使你只重复其中一个故事中的一句话，你的嗓子也会与以前不同。那些故事像烟雾一样弥漫在你的衣服里、头发里，用再多的洗涤剂和洗发露也洗不掉。维克多和朱尼尔经常企图阻止托马斯讲故事，打他，用胶带粘住他的嘴……但是，无论如何，他们都阻止不了托马斯，他讲啊，讲啊，没有休止。②

通过无休止地讲故事，托马斯成为部落的精神卫士，时刻提醒着部落成员熟记传统，并阻止他们堕落到漠然之井和精神沙漠的深处。通过托马斯这样的人物，读者可以看到，尽管诸多实际问题依然存在，印第安人却在困难面前表现出"惊人的毅力、力量、韧性和幽默"③，他们具有"生存和适应的能力"④。有了适应新环境的能力，部族也就有希望生存、发展。正是因为有了这种能力，受到这种鼓舞，托马斯和温水姐妹才有勇气不屈不挠地挑战外部世界。阿莱克西也认为"一部分印第安人应该置身白人主流社会寻求成功，而不应该死守在常常令人窒息的保留地上"⑤。

在托马斯等三人离开保留地、奔赴斯波坎的路上，他们看见影影绰绰的马儿与汽车并肩奔跑，给他们送行。马是印第安传统文化的重要组成部分，在印第安人的生活中起着不可替代的作用，是印第安人的精神支柱。马的出现提醒托马斯等人勿忘传统，洁身自好。书中如是写道："天色黑蒙蒙的，我们看到

---

① Alexie, Sherman. *Reservation Blues*. New York：Atlantic Monthly Press, 1995：6.

② Nygren, Ase. "A World of Story – Smoke：A Conversation with Sherman Alexie." *MELUS* 30.4 (Winter 2005)：162.

③ Ferguson, Laurie L. *Trickster Shows the Way：Humor, Resiliency, and Growth in Modern Native American Literature*. Diss. Wright Institute Graduate School of Psychology, 2002：132.

④ Ferguson, Laurie L. *Trickster Shows the Way：Humor, Resiliency, and Growth in Modern Native American Literature*. Diss. Wright Institute Graduate School of Psychology, 2002：132.

⑤ Grassian, Daniel. *Understanding Sherman Alexie*. Columbia, South Carolina：University of South Carolina Press, 2005：103.

了影子，渐渐地，那些影子更加清晰，跟在面包车的旁边奔跑。"① 接着，面包车的灯光里"出现了更多的影子，在车的前面奔跑"②。故事中几个关键时刻，阿莱克西都提及马儿的嘶鸣，无疑是在提醒印第安青年传统价值观的存在。这些马儿可以被看做"印第安文化的象征，（托马斯等）三人需要将之铭记在心，以保证在喧嚣的城市中能够保持自己在文化上和精神上的纯洁"③。

在梦中，三个人和祖母一起唱了一首歌，歌中唱道："我们生存了下来，我们胜利了。"④ 为了生存，三个人不能固守在保留地上，他们需要走向城市，与白人融合。故事的结尾——"城市里，歌声正在等待着他们"⑤ ——是充满希望的。

总结本章，阿莱克西借用拉科塔族的"鬼舞"和"伤膝谷"屠杀来建立泛印第安联盟，在美国非裔和美国印第安人之间建立了同盟，还暗示可以按照"互补共存"的原则在白人和印第安人之间建立平等共生的模式。但是，由于种族歧视仍然存在，印第安人在被白人军事灭绝、宗教同化后，又被施以商业剥削，无法获得谋生和成功的机会。印第安人的韧性、健康的动机、清楚的身份认同和传统的支撑是他们生存和进步的基础。

① Alexie, Sherman. *Reservation Blues*. New York: Atlantic Monthly Press, 1995: 306.

② Alexie, Sherman. *Reservation Blues*. New York: Atlantic Monthly Press, 1995: 306.

③ Grassian, Daniel. *Understanding Sherman Alexie*. Columbia, South Carolina: University of South Carolina Press, 2005: 103.

④ Alexie, Sherman. *Reservation Blues*. New York: Atlantic Monthly Press, 1995: 306.

⑤ Alexie, Sherman. *Reservation Blues*. New York: Atlantic Monthly Press, 1995: 306.

第三章

种族对抗

——《印第安杀手》

只有印第安人才能讲印第安的故事。

——《印第安杀手》

如果有个印第安人在杀白人，对我们来说是好事，因为过了五百年了，这件事终于发生了。

——《印第安杀手》

愤怒提供了武器。

——维吉尔《埃涅伊德》

如果说《保留地布鲁斯》讲述了保留地青年试图进入城市的故事，那么《印第安杀手》则是发生在市中心的故事——西雅图市，是一个有关城市印第安人的故事。如果说《保留地布鲁斯》表现了印第安人和白人间力量的悬殊及其导致的种族压迫，那么，《印第安杀手》呈现的是双方几乎势均力敌，因而产生了强烈的对抗，有身体对抗，也有言语对抗。白人一方是望纳彼白人教授克莱伦斯·马特尔博士、望纳彼退役警察作家杰克·威尔逊、右翼广播谈话节目主持人特拉克·舒尔茨、对印第安人充满恨意的白人青年阿朗·罗杰斯和他的同伙，他们或者盗用印第安文化、故事、宗教，或声称有正宗的印第安经历，对印第安人满怀憎恨、敌意和偏见；印第安一方是激进分子女大学生玛丽·波拉特金、混血印第安人莱吉·波拉特金（其白人父亲有虐待倾向）、"迷失的鸟儿"约翰·史密斯，他们试图保护印第安文化的神圣、不可侵犯性，憎恨白人过去和现在对印第安人所做出的暴行，或者对自己的身份认同非常困惑。双方的对阵揭示了印第安人是多么地在意自己的文化和传统，白人是多么憎恨、歧视印第安人，印第安人身份的困惑及由此带来的愤怒如何导致暴力和毁灭。

印第安人和白人之间的对抗是由愤怒引发的，愤怒包括由白人广播主持人的偏见性言论引起的种族仇恨，因白人学者对印第安文化传统的僭越引起的憎恨，及因白人作家对印第安人和印第安文化的扭曲造成的愤恨。所有这些愤怒情绪都激怒了正在试图寻找自己的文化根源、形成自己的民族认同的印第安青年，导致他们和白人的对立。对抗体现为暴力的身体攻击、言语挑衅和有组织的游行示威。这些印第安青年显然是受了印第安民族主义（或分离主义）的影响，民族主义者相信印第安民族的主权，认为只有印第安人才有权书写有关印第安人的故事。表面上看，双方似乎势均力敌，但是实际则不然：白人因为掌控着媒体——无论是电子媒体，还是印刷媒体——和学术界而控制了事态的发展。尽管印第安青年的努力最终没有带来巨大的变化，然而，他们却发出了抗议的声音，显示了印第安人的力量。故事结尾，阿莱克西借用"鬼舞"来对抗白人的暴行。

第一节　不同形式的对抗

《印第安杀手》中充斥着种族仇恨。当一个白人被杀，含糊的线索引导人们相信凶手是一个印第安人时，白人对印第安人的仇恨就被煽动起来。结果，作为报复，一些无辜的印第安人被杀死。然而，直到最后，真正的凶手也没有浮出水面。[1]白人对印第安人的思维定势（如割下死者头顶皮发等）导致他们相信杀人的是一名印第安人。广播访谈节目主持人，特拉克·舒尔茨代表了对印第安人持有偏见的白人，他报道这一事件时态度的突然转变似乎很没有根据。第一个白人被杀时，他的报道还比较客观：

根据我在西雅图警察局的线人的情报，我刚刚获悉今天早晨一名白人男子的尸体于弗莱蒙的一幢房屋里被发现。我的线人声称死者被剥掉头皮，身体也

---

[1]　故事梗概参见 < http：//www.fallsapart.com/biography.html > accessed 3 Jan. 2008.

被仪式性地损毁。是的，听众朋友们！头皮被剥掉，身体被仪式性地损毁。我的线人说某些证据证明一名美国印第安人可能对这宗犯罪负责。① 我的线人不愿透露证据是什么，但是他们确认说只有印第安人，或者一名非常熟悉印第安文化的人，才会知道犯罪后留下该证据。②

　　情态动词"might"表明凶手只是"可能"是印第安人，另外，舒尔茨也用了"或者（or）"这个词，表明凶手也可能是"熟悉印第安文化的人"。所以说，舒尔茨这时候的语气还是比较客观的。

　　然而，逐渐地，舒尔茨的口吻发生了变化，直到他成为传播仇恨火焰的人。当他在华盛顿州巡警办公室的别名为"约翰·劳"的线人通知他说，被谋杀的白人学生大卫·罗杰斯的尸体在图拉利浦保留地发现，并没有任何被毁尸的迹象，也没有留下羽毛，"看起来象一起抢劫案"③ 时，舒尔茨决定不顾警察的警告而向听众散布一些谣言："尸体被毁，然后被扔在了图拉利浦保留地的赌场附近。"④ 当舒尔茨向约翰·劳问道这是否又是一桩印第安杀手所为的凶杀案时，后者给出的答案是"不一定"。然而，舒尔茨却告诉公众说："我必须告诉大家西雅图警察局相信一个号称印第安杀手的连环杀手，对大卫·罗杰斯的死负责。他实际上也杀死了贾斯汀·萨默斯，这个酒店服务生的尸体在弗莱蒙被发现时浑身都是血淋淋的。大卫·罗杰斯和贾斯汀·萨默斯都被剥去了头皮。"⑤ 舒尔茨现在开始空穴来风，对自己的评论不再负责。由于他的听众群很大，"有十万听众，还有一个驾车时间档的节目"⑥，所以谣言就像燎原之火，迅速传播，并在西雅图居民当中引起极大恐慌。他还说爱德华·莱特曼也是印第安杀手杀的，对此他并没有任何证据，但他的谣言却引发了西雅图的暴力和暴乱。大卫的哥哥及其团伙洗劫了整个城市，寻求报复。

　　舒尔茨还发表了一通针对印第安的反动言论，说白人和政府给了印第安人诸多特权，如渔猎权、狩猎场及利润丰厚的卡西诺赌场，但是印第安人还是不

---

①　My sources say certain evidence makes it clear that an American Indian might be responsible for this crime.

②　Alexie, Sherman. *Indian Killer*. New York：Atlantic Monthly Press, 1996：55～56.

③　Alexie, Sherman. *Indian Killer*. New York：Atlantic Monthly Press, 1996：206.

④　Alexie, Sherman. *Indian Killer*. New York：Atlantic Monthly Press, 1996：206～207.

⑤　Alexie, Sherman. *Indian Killer*. New York：Atlantic Monthly Press, 1996：207.

⑥　Alexie, Sherman. *Indian Killer*. New York：Atlantic Monthly Press, 1996：55.

能自己照顾自己。舒尔茨把印第安人比做四岁小孩，他向人们问道："你会把钱给一个四岁小孩，让她喂饱自己、给自己穿暖衣服、买房子、付各种账单吗？当然不会。"① 不经意间，他再次将白人和印第安人置入二元对立之中：成人/婴儿，男性/女性。

舒尔茨还夸耀白人男性，贬低有色人种。他说："白人男性建设了这个国家。白人男性乘'五月花'号来到这里，骑马横穿大平原，给黑暗带来了光明，驯服了荒野。这个国家因白人男性的恒久警惕和聪明才智而存在。"② 很明显，他向听众传播了错误思想，说白人男性是救世者，而印第安人是不开化的野蛮异教徒；白人男性代表了文明，而印第安人代表荒野。这种偏见的另一种变体即认为相信印第安人是魔鬼，而憎恨印第安人的白人基督徒是在为上帝服务。③

舒尔茨妖魔化印第安人，并希望他们彻底消失。他这样类比说："想想看，如果一个孩子想要什么，你就给他什么，他会怎么样？那个孩子会变成一个非常有进攻性、飞扬跋扈的粗鲁小子。"④这个成人/孩子的二元对立再一次使得印第安人显得不成熟、不负责任。他继续说："我们溺爱印第安人的时间太久了，我们已经制造了一个怪物……我们一开始就应该灭掉印第安部落。"⑤他说对印第安人的"宽容"政策制造了印第安杀手，他认为应该尽快找到、审判、绞死印第安杀手。他戏仿菲利普·谢礼丹（十九世纪镇压印第安人的美国将军）的话说："唯一好的印第安杀手是死掉的印第安杀手"⑥。他还建议说："我们应该给每个智商在 100 以下的印第安女人绝育"，这样"印第安女人就不会生出印第安杀手了"。⑦

舒尔茨喋喋不休地说："印第安人现在比他们任何时候生活得都好。他们

① Alexie, Sherman. *Indian Killer*. New York：Atlantic Monthly Press, 1996：209.

② Alexie, Sherman. *Indian Killer*. New York：Atlantic Monthly Press, 1996：207.

③ Parker , Hershel. "The Metaphysics of Indian – Hating." *Nineteenth – Century Fiction*, Vol. 18, No. 2. (Sep. , 1963), pp. 165 ~ 173. Stable URL：http：//links. jstor. org/sici? sici = 0029 ~ 0564%28196309%2918%3A2%3C165%3ATMOI%3E2. 0. CO%3B2 ~ Q：172.

④ Alexie, Sherman. *Indian Killer*. New York：Atlantic Monthly Press, 1996：208.

⑤ Alexie, Sherman. *Indian Killer*. New York：Atlantic Monthly Press, 1996：209.

⑥ Alexie, Sherman. *Indian Killer*. New York：Atlantic Monthly Press, 1996：209.

⑦ Alexie, Sherman. *Indian Killer*. New York：Atlantic Monthly Press, 1996：243, cited in Whitson, Kathy J. *Native American Literatures*：*An Encyclopedia of Works*, *Characters*, *Authors*, *and Themes*. Santa Barbara, CA：ABC ~ CLIO, 1999：204.

有工作，他们有电和自来水，他们相信上帝。公民们，这是事实，印第安人现在的人口比哥伦布刚在新大陆上岸时还要多。这是真的，不信你可以去查证。"① 他对军事灭绝和印第安人口锐减的历史事实视而不见②，也忽视了保留地上令人窒息的萧条生活，而且他的意思好像在说印第安人是自愿皈依基督教的一样。

舒尔茨的亲白反印言论极大地煽动了白人社区的种族仇恨，结果，白人开始欺侮街边的印第安人。他还宣扬他的白人沙文主义观点，抱怨黑人市长过于在意青少年黑人流氓，而不关心普通白人公民，白人男性被轻视了。阿朗听了舒尔茨的节目后，马上和巴里及西恩到大街上把一个无辜的印第安男子莱斯特暴打了一顿。事后，阿朗替自己辩解说："他是印第安人，这就够了。"③ 舒尔茨在公众之中制造了极大的疯狂和歇斯底里，以至于他自己也感到一种不祥的恐惧，不久，就连他自己也感觉到巷子里好像有印第安杀手跟踪他。

为了反击白人的袭击（多数都是阿朗和他的同伙所为，他们手拿棒球棒，戴着面具），愤怒的印第安人予以以牙还牙的反击。莱吉·波拉特金和他的同伙在橄榄球场暴打了一名白人男子罗伯特·哈里斯，并且把他的眼睛挖了出来。④ 暴力行为就这样进行下去。阿朗和他的同伙共袭击了四个人：博克-吉尔曼小路上的行人、安娜女王山上的夫妇和一个无家可归的人（莱斯特）⑤。他们之所以袭击印第安人是因为他们相信大卫的死是印第安人造成的。白人愤怒了，正如西恩所说："这是因为愤怒、沮丧。晓得吗？大卫失踪了，我们，嗯，就失控了。我是说，怎么也得有人为此付出代价吧。"⑥

双方都感到愤怒，因此，仇杀就继续下去，而且制造了可怕的后果。身体暴力牵涉到了双方的人物。除了两边的三人帮（分别由阿朗和莱吉率领）对无辜市民的随机暴力之外，莱吉还袭击了马特博士⑦，约翰·史密斯用匕首划

① Alexie, Sherman. *Indian Killer*. New York：Atlantic Monthly Press, 1996：208.
② 欧洲殖民者到达北美大陆后不久就开始镇压和屠杀印第安人。在他们几百年的殖民统治中，北美的印第安人的数量从三千万人锐减到几百万（参见邹惠玲：《绿绿的草，流动的水》，第40页）。在2000年的人口普查中，248万美国人自称是印第安人，1990年的数字是180万（Hirschfelder, et al.）
③ Alexie, Sherman. *Indian Killer*. New York：Atlantic Monthly Press, 1996：349.
④ Alexie, Sherman. *Indian Killer*. New York：Atlantic Monthly Press, 1996：399.
⑤ Alexie, Sherman. *Indian Killer*. New York：Atlantic Monthly Press, 1996：386
⑥ Alexie, Sherman. *Indian Killer*. New York：Atlantic Monthly Press, 1996：386～387.
⑦ Alexie, Sherman. *Indian Killer*. New York：Atlantic Monthly Press, 1996：139.

破了杰克·威尔逊的脸,以警告他不要歪曲印第安文化①,玛丽·波拉特金威胁马特博士,说要对他实施暴力②,阿朗又袭击了玛丽和约翰·史密斯③。

例如,当马特博士试图侵吞印第安文化遗产时,玛丽的表兄莱吉和他发生了对抗。马特发现了斯波坎印第安故事的磁带录音,想据为己有,但是被莱吉·波拉特金发现,莱吉坚持让马特把磁带销毁,因为斯波坎故事是讲给部落内部的人听的。小说中写道:"莱吉并不能讲一口很流利的斯波坎语,但是他还是听出了录音是斯波坎印第安长老讲的故事。'这是一则家庭故事,属于这个家庭。它不应录在磁带上,更不应该以这种形式传播,你应该将磁带抹掉'。"④ 莱吉感到他有责任保护他的部落文化。阿莱克西也有同样的文化责任感,他严守不讨论或暴露自己文化的神圣仪式和传统的原则,坚信印第安人应该保持自己的传统不受侵犯,以防被主流文化扭曲或者盗用。阿莱克西在一次访谈中解释说,他想"保护他的部落文化的隐私",他从来不描写"任何仪式……或歌谣"⑤。他援引天主教忏悔来作类比:"如果你是天主教徒,你不会把你的忏悔告诉任何人。"⑥ 当马特博士拒绝销毁磁带时,莱吉"打了马特一拳,然后把他摔倒在地"⑦。此举的隐喻意义在于"将马特从中心推至边缘,将他从他的特权位置(作为专门研究印第安文化的白人教授,他声称他熟悉印第安文化的一切)上拉下来,至少是暂时的"⑧。

玛丽和约翰通过跟踪吓倒了威尔逊。威尔逊试图使人们相信他在讲印第安人的内部故事,但实际上,他只是在扭曲印第安文化,他尤其会迷惑正在寻找自己文化根源、形成自己身份的印第安年轻人。结果,玛丽和约翰很气愤,跟

① Alexie, Sherman. *Indian Killer.* New York: Atlantic Monthly Press, 1996: 411.

② Alexie, Sherman. *Indian Killer.* New York: Atlantic Monthly Press, 1996: 394.

③ Alexie, Sherman. *Indian Killer.* New York: Atlantic Monthly Press, 1996: 416.

④ Alexie, Sherman. *Indian Killer.* New York: Atlantic Monthly Press, 1996: 137.

⑤ Fraser, Joelle. "An interview with Sherman Alexie." *Iowa Review* (*Univ. of Iowa, Iowa City*) 30.3 (Winter 2000～2001): 68.

⑥ Fraser, Joelle. "An interview with Sherman Alexie." *Iowa Review* (*Univ. of Iowa, Iowa City*) 30.3 (Winter 2000～2001): 69.

⑦ Fraser, Joelle. "An interview with Sherman Alexie." *Iowa Review* (*Univ. of Iowa, Iowa City*) 30.3 (Winter 2000～2001): 139.

⑧ Courtney–Leyba, Karen E. *Uncomfortable Fictions: Cross–Cultural Creation and Reception of Contemporary Literature.* Diss. Northern Illinois University, 2001: 72.

踪他，威尔逊被吓坏了。① 同一场景显示了威尔逊的占有欲："威尔逊已经意识不到埃里克（出租司机）、玛丽和其他的一切了，他的眼里只剩下约翰了。他被约翰迷住了。威尔逊想这样一个人可以是小鹰，威尔逊想把约翰据为己有。"② 最后一句话揭露了威尔逊的贪婪。约翰最后用刀子划了威尔逊的脸，显然是身体对抗，但是更加重要的是心理影响。威尔逊之流将事情搞乱，使得印第安青少年很难辨清真相，让他们深受其苦，为自己的烦恼所困惑。结果，约翰绑架了威尔逊，打他，把他带到西雅图的最后一幢摩天大楼，用手枪威胁他，然后割了他的脸，用来记住他是一个冒牌，然后约翰从 40 层高的楼上跳下自杀。

约翰走到威尔逊面前，他们相互盯着对方。约翰最后看明白，威尔逊应对一切错乱之事负责。

"就是你，"约翰说。

"什么？"

"是你干的。"

……

"求你了，"约翰小声说，"让我，让我们承受自己的痛苦。"

（约翰用刀刃割了威尔逊的脸）

"你不是无辜的。"约翰小声说。③

威尔逊之流篡改印第安文化，使事情变乱。因为无法控制愤怒，为了报复，受害的印第安青年只能求助于暴力对抗。

除了暴力或者潜在暴力的身体对抗外，非暴力的言语和非言语对抗也在作品中大量存在，因为印第安青年对于白人知识分子盗用和扭曲印第安文化的现象非常愤慨。这种行为可以被看做知识犯罪或者知识暴力。比如说，作品中印白之间的冲突是由特拉克·舒尔茨的沙文主义谈话节目引起的，所以，他的节

① Alexie, Sherman. *Indian Killer*. New York：Atlantic Monthly Press, 1996：268~269.

② Alexie, Sherman. *Indian Killer*. New York：Atlantic Monthly Press, 1996：269.

③ Alexie, Sherman. *Indian Killer*. New York：Atlantic Monthly Press, 1996：404, 411.

目可以被看做是知识犯罪。① 玛丽·波拉特金挑战了克拉伦斯·马特博士，这个自诩为印第安事务的权威的白人教授。马特说他比真正的印第安人还要了解印第安人，从而盗用了印第安事务的权威中心。他说他从小就被一个拉科塔家庭收养，他还支持了美国印第安民权运动，还出版了很多有关印第安文化的书，借此来证明自己是印第安事务的专家。② 他把自己当成所在大学的传播印第安知识的白人权威中心，因此遭到印第安激进主义者玛丽·波拉特金的挑战。玛丽试图将马特去中心化，以自己正宗的斯波坎印第安身份取而代之。玛丽首先对马特的阅读书目提出质疑，该书目包括一名前三K党成员的作品、三部与白人合著的自传、三部由白人男性编辑的文集、两部白人女性所著的非虚构研究、一部由一名"美国籍波兰犹太男性"编辑的译文诗集和一部由一位名为杰克·威尔逊的当地作家所写的印第安谋杀悬疑小说。③ 玛丽对书单的质疑也正是阿莱克西写作这部小说的原因："时下流行非印第安裔的作家书写印第安故事，我的这部小说就是针对这种现象的。非印第安裔作家享受了成功感，而他们的写作并非由印第安人评判或者批评，所以，我想确认他们是否意识到有印第安人对他们的写作提出了批评。"④

当马特认为系列杀手是印第安人时，挑衅得以继续。马特吹嘘说印第安杀手是资本主义制度的产物，在资本主义社会，有下层阶级和上层阶级之分，当两者间的距离加大时，下层阶级就很可能会革命。他说印第安杀手是一个革命性的建构，玛丽挑战了他的说法：

"胡说八道！"

……

"我在想你为什么认为你对印第安人那么了解？"

……

"我对你这样的人觉得很恶心，也很厌倦。你认为你比印第安人更加清楚

① Whitson, Kathy J. *Native American Literatures: An Encyclopedia of Works, Characters, Authors, and Themes.* Santa Barbara, CA: ABC – CLIO, 1999: 204.

② Whitson, Kathy J. *Native American Literatures: An Encyclopedia of Works, Characters, Authors, and Themes.* Santa Barbara, CA: ABC ~ CLIO, 1999: 61.

③ Whitson, Kathy J. *Native American Literatures: An Encyclopedia of Works, Characters, Authors, and Themes.* Santa Barbara, CA: ABC – CLIO, 1999: 59.

④ Cline, Lynn. "About Sherman Alexie." *Ploughshares* 26. 4 (Winter 2000/2001): 201.

如何做印第安人，是不是？就是因为你读了那些关于印第安人的书，多数都是由白人所作，就像杰克·威尔逊那样的人。"

……

"你怕我吗？马特博士？"

"当然不害怕。"

"哦，我认为你怕了。我和你心里想象的革命性构建不太一样，是不是？"

……

"我不是一个印第安武士长，也不是一个嘴里唠叨着'蜘蛛这''蜘蛛那'的娴静的小印第安女药师，是不是？我没有唱四个方向，或者是两条腿的、四条腿的和长了翅膀的。我说的是 20 世纪的印第安女性的语言，妈的，是 21 世纪的印第安人，你应付不了是吧？你个懦夫！"①

玛丽在盛怒之下的言语攻击把马特说懵了，马特在怒气冲天且能言善辩的玛丽面前几乎哑口无言。通过质疑马特的权威，玛丽把自己置于中心。科特尼－雷巴评论说："玛丽彻底地破坏了马特的期望，及他对于自己的中心性的想当然。马特和他的期望都适得其所，被放在了边缘。"②

书中的三个印第安青年：莱吉·波拉特金、玛丽·波拉特金和约翰·史密斯，都和冒牌印第安作家杰克·威尔逊发生了对抗。杰克·威尔逊是文化暴力的另一例。他为了传播有关印第安人的错误形象和故事，篡改了自己的身世。作为一名在西雅图长大的白人孤儿，杰克·威尔逊在上高中时突发奇想地决定他是印第安人，声称他和"红狐狸"乔·威尔逊——一位石耳守米氏族印第安法师——有血缘关系③。由于当过警察，这个冒牌作家创造了一个印第安侦探——亚里士多德·小鹰——"最后的石耳守米氏印第安人"。这使读者想起了詹姆斯·芬尼莫·库柏的《最后的莫西干人》，一部刻画"消失的贵族野蛮人"的印第安刻板形象的作品。小鹰的原型实际上是约翰·史密斯。史密斯身材魁梧，"一看就是印第安人，他自然而然就是（反对威尔逊冒充印第安作

① Alexie, Sherman. *Indian Killer*. New York：Atlantic Monthly Press, 1996：246～248.

② Courtney－Leyba, Karen E. *Uncomfortable Fictions：Cross－Cultural Creation and Reception of Contemporary Literature*. Diss. Northern Illinois University, 2001：73.

③ Courtney－Leyba, Karen E. *Uncomfortable Fictions：Cross－Cultural Creation and Reception of Contemporary Literature*. Diss. Northern Illinois University, 2001：158, 264.

家）的示威游行的最可怕的一部分，即便是他并不清楚正在发生什么（他只是路过）"①。杰克·威尔逊试图成为印第安人内部的一员，他试图和印第安人打成一片，但是他经常被嘲笑。三个主要的印第安人物都不喜欢他：约翰恨他，莱吉嘲笑他，玛丽称他为骗子。他和一名无家可归的印第安女子——美人玛丽——的恋爱关系也是流于表面的。

作为反击的策略，印第安人通过非暴力的战术还击白人的知识暴力。威尔逊在一家叫做"宽心汽水果汁吧"印第安酒吧里，被莱吉和其他人嘲笑。威尔逊认为他可以通过与印第安人交往而换取印第安人的信息，但是当莱吉嘲讽他时，他意识到他有点过于自信了。莱吉说："你认为你很聪明。你来酒吧，行为举止就像一个印第安人一样，你以为你能够融进来，你以为你属于这个圈子。有好消息给你，小子，我们让你来只不过是想埋汰你，而且你给我们买饮料。我们是玩你啊，小子。你不属于这儿，你从来就不属于这儿。"② 威尔逊突然意识到印第安人是愚弄不了的，他在这儿从来就没有受过欢迎，他并不是内部人。

莱吉通过嘲弄威尔逊反击了白人的文化暴力。莱吉一直在问威尔逊："你认为今晚你有多印第安啊？"威尔逊回答说："血缘并不重要，心才重要。"③ 威尔逊认为只要他想做印第安人，他就可以是印第安人，但是莱吉反问他："你真的认为是这样的吗？……你认为只要你说是自己印第安人就是了吗？"④ 然后，当威尔逊提起印第安杀手的案子时，他说警察认为约翰·史密斯是印第安杀手，屋里的气氛越来越紧张："莱吉使劲儿瞪了威尔逊一眼……威尔逊可以感觉到屋里的紧张气氛，他能看到莱吉的蓝眼睛因为愤怒而变得发黑。威尔逊尽量显得随意地把手伸到内衣兜里，并且把手放在了那里……威尔逊此前以为这一切都很好玩，但是现在他开始想自己是不是搞错了。"⑤ 威尔逊处于一个非常尴尬紧张的处境，虽然他最终得以离开酒吧，但是他感到非常的羞耻。

玛丽还组织了一次抗议威尔逊的游行，因为她被威尔逊的书激怒了。在一家名为"艾略特海湾书局"的书店的读书会上，玛丽领导 200 名印第安人抗

① Alexie, Sherman. *Indian Killer*. New York：Atlantic Monthly Press, 1996：265.

② Alexie, Sherman. *Indian Killer*. New York：Atlantic Monthly Press, 1996：370.

③ Alexie, Sherman. *Indian Killer*. New York：Atlantic Monthly Press, 1996：367～368.

④ Alexie, Sherman. *Indian Killer*. New York：Atlantic Monthly Press, 1996：368.

⑤ Alexie, Sherman. *Indian Killer*. New York：Atlantic Monthly Press, 1996：369.

议威尔逊关于印第安人的写作。他们敲着鼓，唱着歌，举着标语，上面写着"威尔逊是骗子""只有印第安人才能写印第安故事"。① 当一名记者来采访时，玛丽控告说威尔逊对印第安人犯下了罪行：

"威尔逊是个骗子，"玛丽·波拉特金说，"他说他是印第安人，但是却没有任何文件证明。他的小说很危险很暴力。"

（记者：）"你认为他的小说对印第安杀手有影响吗？"

"我不知道，"玛丽说，"但是，我确实认为诸如威尔逊的书对印第安人犯下了暴力罪行。"②

玛丽说"不知道"的时候是想谨慎起见，但是考虑到威尔逊的书那么流行，它们很可能对年轻人影响非常大。奥利维亚·史密斯（约翰的养母）给约翰一本威尔逊的小说作为生日礼物③，莱吉则藏有威尔逊所写的所有两本小说④，马特博士也把这两本书包括在阅读书目里。玛丽提到的"暴力"很可能指的是威尔逊是冒牌，他一直在说谎言，在传播印第安幻象。在小说里，玛丽称威尔逊为"清道夫"和"蛆虫"⑤，即以食腐肉为生的动物，也就是说，他把印第安文化的刻板模式当成了腐肉，没完没了地咀嚼。正如小说中写的，后来，威尔逊又写了一部题目也是《印第安杀手》的小说，结果说约翰·史密斯是印第安杀手，虽然没有可靠证据证明。⑥ 他一心想着自己的名声和经济效益，当他不小心在读书会上透露他的下一本书会是《印第安杀手》后，马上就后悔了，因为他怕别的作家和出版商会抢在他的前面出书⑦，怕自己会失去先机。

---

① Alexie, Sherman. *Indian Killer*. New York：Atlantic Monthly Press, 1996：263.

② Alexie, Sherman. *Indian Killer*. New York：Atlantic Monthly Press, 1996：264.

③ Alexie, Sherman. *Indian Killer*. New York：Atlantic Monthly Press, 1996：265.

④ Alexie, Sherman. *Indian Killer*. New York：Atlantic Monthly Press, 1996：319.

⑤ Alexie, Sherman. *Indian Killer*. New York：Atlantic Monthly Press, 1996：267.

⑥ Whitson, Kathy J. *Native American Literatures*：*An Encyclopedia of Works*, *Characters*, *Authors*, *and Themes*. Santa Barbara, CA：ABC – CLIO, 1999：251.

⑦ Whitson, Kathy J. *Native American Literatures*：*An Encyclopedia of Works*, *Characters*, *Authors*, *and Themes*. Santa Barbara, CA：ABC – CLIO, 1999：266.

双方的力量看起来好像相等，主要力量几乎是一对一的，抗衡也是针锋相对。身体暴力主要是两个三人帮所为：阿朗·罗杰斯、巴里·车尔池、西恩·瓦尔德；莱吉·波拉特金、泰·威廉斯、哈雷·塔特（考尔维尔族聋哑印第安人）。两个首领阿朗和莱吉都极端残酷，因为两人在年幼时都经历过暴力。阿朗曾经用枪射击在他们家的荒地上挖卡玛夏球茎的斯波坎印第安人。莱吉的白人父亲伯德是一个恶鬼形象，虐待他，经常打他，莱吉的暴力倾向是从他有暴力倾向的父亲那里遗传来的。正如阿莱克西自己所言："小时候受过虐待的孩子长大后经常也去虐待别人。"① 结果，两人所实施的暴力是可怕的。阿朗差点把无家可归的印第安人莱斯特打死；莱吉"无情地攻击白人，和阿朗·罗杰斯无情地攻击印第安人一样"②；莱吉甚至将无辜白人罗伯特·哈里斯的眼睛挖了出来。泰·威廉斯和巴里·车尔池就不这么残酷，他们只是从犯，不那么好斗。他们开始参与暴力时可能还相信有一个好的理由。然而，当莱吉想恐吓杰克·威尔逊，并想和他打一架时，他们犹豫了：泰后退了一步，不想卷入其中。③ 巴里在暴力中也是一个追随者，他不像阿朗那样坏。当西恩·瓦尔德后来作证时，他说是"阿朗和巴里干的，但是主要是阿朗"④。西恩本人"没有伤害任何人，他拿了一根棒球棒，但是从来没有用上"⑤，他还试图阻止阿朗和巴里，但是阿朗不愿住手。在印第安这一方，哈里·塔特也作过同样的努力，但是，莱吉不听，后来，哈里报告了警察。也就是说，西恩·瓦尔德和哈里·塔特在犯罪行为中最不积极，他们仍然是有良知的。

杰克·威尔逊和约翰·史密斯互为"镜像"⑥，但是他们还是相互对抗。两个人都是孤儿，都陷于白人文化和印第安文化的门槛之间，没有机会进入文

① Nygren, Ase. "A World of Story - Smoke: A Conversation with Sherman Alexie." *MELUS* 30.4 (Winter 2005): 106.

② Grassian, Daniel. *Understanding Sherman Alexie.* Columbia, South Carolina: University of South Carolina Press, 2005: 120.

③ Grassian, Daniel. *Understanding Sherman Alexie.* Columbia, South Carolina: University of South Carolina Press, 2005: 369.

④ Grassian, Daniel. *Understanding Sherman Alexie.* Columbia, South Carolina: University of South Carolina Press, 2005: 306.

⑤ Grassian, Daniel. *Understanding Sherman Alexie.* Columbia, South Carolina: University of South Carolina Press, 2005: 306.

⑥ Whitson, Kathy J. *Native American Literatures: An Encyclopedia of Works, Characters, Authors, and Themes.* Santa Barbara, CA: ABC - CLIO, 1999: 250.

化内部。杰克·威尔逊自诩是印第安人，是一个典型的"望纳彼"。他自编了身份和家族史，他很迷恋他的新身份，以至于连他自己都快相信自己的创造是真的了。他幼儿时期，"躺在寄养家庭的陌生的床上，威尔逊读有关印第安的故事，根据自己在书里所读到的形象重新创造了自己。他想象自己是一个骑着马的独行侠，飞驰千里空荡荡的平原，寻找着自己的家庭"①。当约翰犹豫是否杀了他时，威尔逊仍然坚持说自己是印第安人，于是，约翰琢磨"威尔逊是否知道梦与现实之间的差别。两者之间怎么能够这么自由地转换呢?"②

另一方面，约翰，一个被白人家庭领养的印第安婴儿，因为不知道自己属于哪一个部落，也不了解自己的文化，在白人世界里被孤立。尽管人们对他整体来说很好，他却找不到一个合适的榜样，至于保留地的生活，他只能靠想象填充。他想象中的保留地生活是幸福的、无忧无虑的：一家人一起吃饭，孩子们学习印第安文化，祖父给他们将故事…… 他的想象中没有贫穷、愤怒、酗酒、暴力。他对于保留地的想象是高度浪漫化的、不现实的。和威尔逊一样，约翰也耽于幻想，已经达到了妄想狂和精神分裂的程度。

换言之，杰克·威尔逊和约翰·史密斯互为"影子"或称"第二自我"③。两个人都将印第安人和印第安生活浪漫化了，他们相信印第安环境是滋养生命、支持生命的，"所有人都被欢迎加入的"④。约翰在寻找他的妈妈，杰克在找他的家庭。⑤ 他们的名字 John 和 Jack 互为变体，而且双方的姓氏都是盎格鲁词源的。威尔逊是白人，但是他的名字是为一个印第安人准备的（杰克·威尔逊是给派优特族巫师沃沃卡准备的）。约翰·史密斯是印第安人，但是他的名字是一位白人的（约翰·史密斯是《风中奇缘》中的殖民者的名字）。

杰克·威尔逊将自己对理想印第安人的所有想象都倾注到对他的主人公亚

① Whitson, Kathy J. *Native American Literatures*: *An Encyclopedia of Works*, *Characters*, *Authors*, *and Themes.* Santa Barbara, CA: ABC – CLIO, 1999: 157.

② Whitson, Kathy J. *Native American Literatures*: *An Encyclopedia of Works*, *Characters*, *Authors*, *and Themes.* Santa Barbara, CA: ABC – CLIO, 1999: 403.

③ Grassian, Daniel. *Understanding Sherman Alexie.* Columbia, South Carolina: University of South Carolina Press, 2005: 121.

④ Grassian, Daniel. *Understanding Sherman Alexie.* Columbia, South Carolina: University of South Carolina Press, 2005: 121.

⑤ Grassian, Daniel. *Understanding Sherman Alexie.* Columbia, South Carolina: University of South Carolina Press, 2005: 157.

里士多德·小鹰的描写中："鹰钩鼻子、深棕色的皮肤、黑眼睛"①。这种描写和约翰·史密斯非常相像，所以，当威尔逊亲眼见到约翰时，他简直惊呆了，他想把约翰据为己有——一种皮革马利翁式的欲望。具有讽刺意味的是，约翰不仅讨厌史密斯，而且意识到正是像他这样的人制造了所有麻烦。约翰想道："威尔逊应该为所有麻烦负责。"② 当约翰下定决心杀掉威尔逊时，"因为威尔逊实际上是约翰的影子，他的冲动可能是一种隐蔽的自杀欲望。最终，约翰自杀了，而没有杀死威尔逊"③。实际上，在约翰自杀的同时，他毁掉了威尔逊关于印第安人的神话的核心刻板模式。从某种程度上说，约翰·史密斯以自己的生命为代价颠覆了白人关于印第安人的思维定势。

玛丽·波拉特金是克拉伦斯·马特的死敌。他们是最重要的一对对手，均为纯血，前者代表印第安文化的内部权威，后者代表印第安文化的白人"权威"。"戴着一条青绿色的饰扣式领带，灰白色的头发扎成一条马尾巴"④，马特博士想成为印第安人，是一名"望纳彼"和一名自诩的印第安教育权威。他在他的白人同事中具有一定可信度，但是在印第安人中却不然。当玛丽挑战他时，他的系主任福克纳博士为他辩护说："马特博士是美国土著研究的专家，他出版了多部专著，发表了无数的论文。他研究过几十个印第安部落，教龄已经二十年。"⑤ 马特本人也想让玛丽相信他的能力："我开始和美国土著人打交道的时候，你还没出生呢！"⑥ 但是玛丽反驳说："我从一出生就是印第安人。"⑦ 尽管马特有和印第安人打交道的经历，"但是，作为一名富有的美国白人，他缺乏种族主义、种族歧视、贫穷、无能力感的一手知识。本质上，他高高在上，根本不可能真正理解'印第安状况'"⑧。为了让他的学生相信白人

① Whitson, Kathy J. *Native American Literatures*: *An Encyclopedia of Works, Characters, Authors, and Themes.* Santa Barbara, CA: ABC – CLIO, 1999: 162.

② Whitson, Kathy J. *Native American Literatures*: *An Encyclopedia of Works, Characters, Authors, and Themes.* Santa Barbara, CA: ABC – CLIO, 1999: 404.

③ Grassian, Daniel. *Understanding Sherman Alexie.* Columbia, South Carolina: University of South Carolina Press, 2005: 124.

④ Alexie, Sherman. *Indian Killer.* New York: Atlantic Monthly Press, 1996: 58.

⑤ Alexie, Sherman. *Indian Killer.* New York: Atlantic Monthly Press, 1996: 312.

⑥ Alexie, Sherman. *Indian Killer.* New York: Atlantic Monthly Press, 1996: 312.

⑦ Alexie, Sherman. *Indian Killer.* New York: Atlantic Monthly Press, 1996: 312.

⑧ Grassian, Daniel. *Understanding Sherman Alexie.* Columbia, South Carolina: University of South Carolina Press, 2005: 118 ~ 119.

对印第安文化有权插手，马特引用惠特曼的话说："每个属于印第安人的好故事也同样属于非印第安人"①，以此给他对印第安文化的攫取披上一层合法的外衣。他侵吞了两箱 1926 年录制的西北长老讲故事的磁带。在印第安杀手风波过后，马特抓住这个机会，写了一部小说，把莱吉·波拉特金写成印第安杀手，同时暗示玛丽和谋杀案也有关系。他最终也是在谋图他自己的学术成就和经济效益，而不是真正关心印第安文化或印第安人民。

玛丽是一个纯血印第安人，来自斯波坎保留地，她是部落的代言人，在小说里被刻画成马特的对手。她明白作为一个印第安人，首先意味着要生存。她制作、运送、分发三明治，给街上无家可归的印第安人，因此而得名"三明治女郎"。她认为一个非正宗的人或者一个非印第安裔的人不应该讲授美国土著文学，言称"一个非印第安的人如果自己不正宗、不传统，不可能呈现一个正宗的、传统的印第安世界观"②。对于白人想当然地说连环杀手是印第安人，她感到非常愤怒。她还毫不畏惧地和克拉伦斯·马特之流对抗。如果说马特代表了主流文化的白人男性力量，那么，玛丽就是一名女勇士，是印第安母系力量的体现，"她是一个非常聪明、非常有野心、非常投入、政治上非常积极的印第安女性。"③阿莱克西本人也曾说过玛丽是全书的亮点。④

阿莱克西刻画了很多像玛丽一样的强大女性形象，例如维克多的妈妈可以"从花色丝质大手绢里变出厚毛毯来"⑤。大妈是斯波坎部落的精神领袖，她有很多良药，"以至于叙事者认为她可能就是创造地球的人"⑥。阿莱克西还让

① Grassian, Daniel. *Understanding Sherman Alexie*. Columbia, South Carolina：University of South Carolina Press, 2005：61.

② Grassian, Daniel. *Understanding Sherman Alexie*. Columbia, South Carolina：University of South Carolina Press, 2005：66.

③ Hollrah, Patrice Eunice Marie. *Political Ramifications of Gender Complementarity for Women in Native American Literature*. Diss. University of Nevada, Las Vegas, 2001：235.

④ Alexie, Sherman. Interview with Bernadette Chato. "Book – of – the – Month：*Reservation Blues*." Native America Calling. Prod. Harlan McKosato（Sac & Fox/Ioway）. KUNM 89. 9FM Albuquerque, NM. 26 June 1995, 2 June 2001 American Indian Radio on Satellite（AIROS）http：//www. airos. org cited in Hollrah, Patrice Eunice Marie. *Political Ramifications of Gender Complementarity for Women in Native American Literature*. Diss. University of Nevada, Las Vegas, 2001：235.

⑤ Alexie, Sherman. *The Lone Ranger and Tonto Fistfight in Heaven*. New York：Atlantic Monthly Press, 1993：5.

⑥ Alexie, Sherman. *The Lone Ranger and Tonto Fistfight in Heaven*. New York：Atlantic Monthly Press, 1993：23.

维克多重书印第安女勇士的传奇："有一天能骑18个小时马的平原印第安女性，她们连发七支箭，让它们同时在空中运动。她们是世界历史上最好的轻骑兵。"① 在同一本书里，耐姿阿姨是一个救世主，因为她做了一条贝壳长裙，谁都穿不起来。她声称，这就像石中剑一样，"谁能把它穿起来，谁就能拯救我们大家"②。结果，她本人把裙子穿起来了。《独行侠和唐托在天堂的赤拳搏击》中的另一个值得注意的女性人物是"世界之巅的女孩"③，她主要象征着宽恕。

玛丽只是众多强大、自主的女性形象中的一个好的例子。作为一个激进分子，玛丽组织请愿，领导示威游行，她似乎是在延续二十世纪六七十年代发生的美国印第安运动，该运动旨在"提高北美洲土著居民的文化意识和政治上的自我决定权"（Fixico, *American Indian Movement*）。玛丽在当地的所有印第安组织中都非常活跃：西雅图城市印第安人卫生中心、所有部落印第安人联合基金会、印第安传承高中、大学美国本土学生联盟、美国印第安人大学基金。④作为大学美国本土学生联盟的活动部长，玛丽组织示威、请愿等活动时效率非常高。在抗议冒牌作家杰克·威尔逊时，一名记者对威尔逊说："有200名印第安人说你应该停止任意杜撰印第安故事，玛丽·波拉特金坚持说她可以再找来几百人为她的请愿签名。"⑤ 这正是美国印第安运动所擅长的："20世纪60年代末和整个70年代，美国印第安运动因其对抗性的政治游行而著称"（Fixico, *American Indian Movement*）。实际上，由于该运动后来有一个小规模复兴，玛丽的对抗性努力可看做是其中的一部分，或其延续。

瓦尔德·丘吉尔观察到，在20世纪70年代中叶，美国政府严厉镇压了激进主义者。1973年3月到1976年3月间，仅在南达科他州的松脊保留地，政

---

① Alexie, Sherman. *The Lone Ranger and Tonto Fistfight in Heaven*. New York: Atlantic Monthly Press, 1993: 39.

② Alexie, Sherman. *The Lone Ranger and Tonto Fistfight in Heaven*. New York: Atlantic Monthly Press, 1993: 76.

③ Alexie, Sherman. *The Lone Ranger and Tonto Fistfight in Heaven*. New York: Atlantic Monthly Press, 1993: 197~198.

④ Alexie, Sherman. *The Lone Ranger and Tonto Fistfight in Heaven*. New York: Atlantic Monthly Press, 1993: 67.

⑤ Alexie, Sherman. *The Lone Ranger and Tonto Fistfight in Heaven*. New York: Atlantic Monthly Press, 1993: 264.

府就屠杀了至少69名美印运的支持者，打伤350多人。这样的伤亡可谓巨大，因为松脊保留地的总人口仅约一万人，激进分子也不过几百人。然而，美印运激进分子们的反抗活动从来就没有完全停止过，他们"忍耐了身体伤害，几经演变、解散，然后又以不同的面目出现在整个大陆"①。丘吉尔注意到，10年以前所做的一项调查显示，当时世界上85%的战争是发生在"土著国家和一个或多个声称有主权吞并它们的国家之间的"②。丘吉尔企图煽动起民族主义热情，他说如果印第安人坚持不懈地挑战不可能，"随之出现的可能性是无穷的"③。

丘吉尔在他的论文《我是一个土著》中罗列了历史上反对白人统治的伟大领袖们：菲利普王和庞提埃克、特卡木塞和克里克·玛丽以及奥斯赛奥拉、黑鹰和大熊、南希·瓦尔德、和萨坦它、小狼和红云、萨坦克和款那·帕克、左手和疯马、钝刀和约瑟夫酋长、坐牛、罗马鼻子和杰克首领、路易·里埃尔和庞德梅克和哲罗尼莫、考齐斯和满格斯、维克多里奥、西雅图酋长等等。④丘吉尔说他将上述领袖当做榜样，从中汲取灵感，评判自己的行为。丘吉尔继而提及当代的本土主义者：维诺娜·拉杜克和约翰·特拉戴尔、赛门·奥尔提兹、罗素·米安思和丹尼斯·班克斯和莱昂纳多·佩尔提埃和格莱恩·莫里斯和莱斯利·希尔科、米米·德尔汉姆、约翰·莫豪客和奥兰·莱昂斯、鲍勃·罗比窦和蒂诺·巴特勒、万·德劳丽亚、英德格里德·瓦希纳瓦托和达哥玛尔·陶尔坡。这个名单还包括学者、律师等，如唐·格林德、帕姆·科罗拉多、莎朗·温纳、乔治·汀克尔、鲍勃·托马斯、杰克·福布斯、罗伯·威廉斯和汉克·亚当斯。还包括诗人，如温迪·罗斯、阿德里安·路易斯、迪安·米林、克里斯多斯、伊丽莎白·伍迪和巴尔尼·布什。还有当代平民武士，如博比·卡斯蒂罗、罗伯·沙纳特和里贾纳·布瑞福、伯纳德·奥秘纳亚克酋长、阿尔特·蒙杜尔和巴迪·拉蒙特、麦当娜·雷鹰、安娜·马伊·阿奎实、凯尼·凯恩和乔·斯坦茨、米尼·盖洛和博比·加西亚、达拉斯·雷盾、菲利斯·扬、安德里亚·史密斯和理查德·奥克斯、马尔苟·雷鸟、蒂娜·特拉德尔和罗克·杜爱娜斯。还有长老们，他们"已经给了，而且继续给予本土主

① Churchill, Ward. *Acts of Rebellion*: *The Ward Churchill Reader*. New York: Routledge, 2003: 273.
② Churchill, Ward. *Acts of Rebellion*: *The Ward Churchill Reader*. New York: Routledge, 2003: 272.
③ Churchill, Ward. *Acts of Rebellion*: *The Ward Churchill Reader*. New York: Routledge, 2003: 273.
④ Churchill, Ward. *Acts of Rebellion*: *The Ward Churchill Reader*. New York: Routledge, 2003: 276.

义表达以延续和方向"①：愚鹰酋长和马修·金、亨利·鸦狗和格兰姆帕·大卫·甚欣、大卫·莫浓叶和珍妮特·云子和托马斯·班雅夏、罗伯塔·黑羊和凯瑟琳·史密斯和宝琳·白歌手、玛丽·莱苟和菲利普·鹿和艾伦·慕福斯·科莫普、雷蒙德·由维尔和耐利·红夜鹰。

丘吉尔说这些人一直在和以"四个乔治"为代表的白人主流社会抗争，所谓"四个乔治"指的是乔治·华盛顿、乔治·卡斯特、乔治·巴顿和乔治·布什，他们表示"掠夺、殖民统治和种族灭绝"②。丘吉尔将本土主义者和主流社会对立起来，他认为"本土主义与所谓的'正常的欧洲中心主义'是完全对立的"③。丘吉尔引用邦菲尔的六条要求：1. 归还被占的祖先领地；2. 承认具体的民族和文化归属；3. 平等的政治权利；4. 结束镇压；5. 停止给印第安女性绝育；6. 拒绝印第安区域的民俗旅游，停止开发、剥削印第安文化（尤其是音乐和舞蹈，还有其他对印第安人具有神圣内容和目的的文化形式），鼓励真正的印第安文化表达。④ 丘吉尔还建议美国政府将加利福尼亚州以东、密西西比河以西约占美国领土三分之一的区域归还给印第安人，由本土民族建立"北美本土国家联盟"⑤。

丘吉尔的反叛精神和好战精神在此彰显无遗，这种精神可以被看做"伤膝谷"和"小巨角"的延续。当时，他的印第安祖先就在反抗白人的压迫——也包括他的女性祖先，读者可参见绪论中有关夸尔禅的妻子的故事。玛丽对抗白人统治的努力也可以看做是其祖先反抗斗争的延续。

在《保留地布鲁斯》中，印第安人选择以他们的韧性忍受压迫，转移愤怒，蓄势待发，如果不成功则选择自杀。然而，在《印第安杀手》中，玛丽·波拉特金和其他人物则选择让他们的愤怒表现出来，他们选择了和主流文化对抗。玛丽·波拉特金和她的表兄莱吉·波拉特金很可能是波拉特金酋长的后裔，后者的一个女儿嫁给了夸尔禅，而夸尔禅于 1858 年领导斯波坎、帕卢斯和凯尔德林部落对抗莱特上校⑥。如此说来，和其夫并肩作战的夸尔禅的妻

① Churchill, Ward. *Acts of Rebellion*: *The Ward Churchill Reader*. New York: Routledge, 2003: 277.

② Churchill, Ward. *Acts of Rebellion*: *The Ward Churchill Reader*. New York: Routledge, 2003: 277.

③ Churchill, Ward. *Acts of Rebellion*: *The Ward Churchill Reader*. New York: Routledge, 2003: 277.

④ Churchill, Ward. *Acts of Rebellion*: *The Ward Churchill Reader*. New York: Routledge, 2003: 279.

⑤ Churchill, Ward. *Acts of Rebellion*: *The Ward Churchill Reader*. New York: Routledge, 2003: 291.

⑥ McFarland, Ron. "Sherman Alexie's Polemical Stories." *SAIL*: *Studies in American Indian Literatures Series* 2 9. 4 (Winter 1997): 34.

子很可能就是波拉特金表兄妹的曾祖母。

从上述对阵中可以看出，故事中的印第安人和白人似乎势均力敌，但是，这种势均力敌是具有欺骗性的。白人在对抗中占有主动权，因为他们掌握着传播信息的媒体和途径：收音机、课堂和出版社。正如马歇尔·麦克卢汉所说的："收音机加快了信息的传递"，将世界缩微成一个村子，"造成了无法满足的谣言和恶意中伤的村庄品味"。① 舒尔茨的广播节目的确加速了有关印第安人的错误思想的传播，因为收音机也是一个"古老仇恨的有力唤醒者"②，所以，舒尔茨的节目唤醒了白人对印第安人由来已久的憎恶。特拉克·舒尔茨的广大听众群可以使他煽风点火，而马特则通过课堂来传播错误的知识，威尔逊则通过印刷媒体毒害读者。如上所言，白人掌握了各种媒体，而印第安人则不具备这样的优势，他们仍然处于劣势、处于下风。

第二节　神秘的力量

阿莱克西使用了鬼舞的形式继续反抗白人的压迫，充满了神秘色彩，小说中悬念的大量使用，也增强了故事的张力和神秘色彩。

为了弥补印第安人的劣势，阿莱克西求助于鬼舞，通过想象还击了白人的暴行。十九世纪末，鬼舞风靡西部平原。1889 年，该运动达到其巅峰，是年，派优特族人沃沃卡求得预言，说死去的印第安人会重生。③ 黑麋鹿描述了沃沃卡有关新世界到来的预言："新世界将随着西边的一阵旋风而来，它将碾碎这个世界上的一切……在新世界中，有充足的肉，就和从前一样；在新世界中，所有死去的印第安人都活了过来，所有被白人杀死的野牛又在草原上游荡。"④ 沃沃卡的预言给梦碎的印第安人带来了希望和勇气，很快他就有了很多狂热的追随者。然而，此时的美国政府已经下决心将西部区域向新移民开放，决意以

① McLuhan, Marshall. *Understanding Media*：*The Extensions of Man.* New York：The New American Library, Inc., 1964：267.

② McLuhan, Marshall. *Understanding Media*：*The Extensions of Man.* New York：The New American Library, Inc., 1964：267.

③ Whitson, Kathy J. *Native American Literatures*：*An Encyclopedia of Works, Characters, Authors, and Themes.* Santa Barbara, CA：ABC - CLIO, 1999：79.

④ Whitson, Kathy J. *Native American Literatures*：*An Encyclopedia of Works, Characters, Authors, and Themes.* Santa Barbara, CA：ABC - CLIO, 1999：79.

武力击溃土著的任何抵抗。政府在一系列的种族灭绝和文化同化的努力后，唯恐印第安人在沃沃卡的影响下又回归旧的生活方式。结果，在1890年12月29日，美国骑兵在伤膝谷屠杀了200多名拉科塔族印第安人，包括男人、女人和儿童。伤膝谷的意义在于这是土著人和政府之间最后一次大规模的有组织的对抗。

伤膝谷和鬼舞的主题反复出现在阿莱克西的作品中，他借此来实现泛印第安联盟，如他在《保留地布鲁斯》中所做的那样；在《印第安杀手》和其他故事中，他也使用这一主题用以反抗白人对印第安人的压迫。在《独行侠和唐托在天堂的赤拳搏击》中的一个短篇《一种叫做传统的药》中，阿莱克西借用了鬼舞，实施颠覆：

他们都没了，我的部落没了。他们给我们的毯子，是染有天花病毒的，把我们都杀死了。我是最后一个，最最后一个，我也病了。病得很厉害。热。我烧得厉害。

我必须得把衣服脱掉，感觉一下冷风，往身上泼点水。起舞。我要跳一曲鬼舞，我要把他们都跳回来。你能听到鼓声吗？我能听到，我的祖父和祖母在歌唱，你能听到吗？

我跳了一步，我的姐姐从灰烬中站了起来。我又跳了一步，一头野牛从天上掉下来砸到纳布拉斯加的一座木屋上。我每跳一步，一名印第安人就复活了。每跳两步，一头野牛就从天而降。

我也在生长。我的血泡愈合了，我的肌肉放松了，舒展了。我的部落在我的身后跳舞。开始他们只有孩子那么大，接着，他们开始生长，比我要大，比我们周围的树都大。野牛加入了我们，它们的蹄子惊天动地，把所有的白人都从他们的床边震下来，把他们的盘子震到地上。

我们围成一圈跳舞，圈儿越来越大，直到我们站到海边，目睹所有的船都返回欧洲，所有的白手都在挥手说再见。我们继续跳舞，跳到船消失在地平线上，跳到我们变得又高又壮，连太阳都快嫉妒了。我们就是这样跳舞的。①

———————————

① Alexie, Sherman. *The Lone Ranger and Tonto Fistfight in Heaven*. New York：Atlantic Monthly Press，1993：17.

这段选文不仅回顾了土著人的种族灭绝史（带有天花病毒的毛毯），还预测了欧洲殖民者返回欧洲，美洲大陆重回欧洲入侵之前的生活方式。被震到地上的盘子则象征着颠覆。故事中，鬼舞有疗伤、滋补生命和死人复活的力量。

在另一部作品《黑寡妇之夏》中，鬼屋的母题又出现了。作为对"我们土著人从国家需要什么"的回答，阿莱克西在《鲍勃的康尼岛》中写道：

让我们从此开始：美国

我想都要回来

现在，一亩一亩的，今晚。我想

让某个印第安人最后学会跳鬼舞

好让所有的三文鱼和野牛重现

把白人送回家去

回到他们喜欢的欧洲城市。①

阿莱克西再一次想夺回被白人掠夺的土地，想夺回印第安人赖以生存的自然资源，想将白人逐出美洲。

在《印第安杀手》和此前的作品中，鬼舞以一种幻想的方式被用来对抗白人权力。这和阿莱克西的经典公示是相吻合的：生存＝愤怒×幻想②。这个公式开始是针对保留地而言的，这里，它也适用于"城市保留地"。玛丽·波拉特金在思考连环杀手的产生时说："可能这个印第安杀手是鬼舞的结果，可能十个印第安人正在跳鬼舞，可能是一百个。这只是理论。需要多少人一起跳鬼舞才能产生一个印第安杀手呢？一千？一万？可能鬼舞就是这样起作用的吧。"③ 玛丽很愿意相信在白人政府对印第安人的种族灭绝和当代白人对印第安人的屠杀（隐喻意义上的屠杀）之后，印第安人跳鬼舞来生成一个复仇性的印第安杀手，来报复白人的暴行。正如塔托奈提（Tatonetti）所言，阿莱克

---

① Alexie, Sherman. *The Summer of Black Widows.* Brooklyn, New York: Hanging Loose Press, 1996: 138.

② Alexie, Sherman. *The Lone Ranger and Tonto Fistfight in Heaven.* New York: Atlantic Monthly Press, 1993: 150.

③ Alexie, Sherman. *The Lone Ranger and Tonto Fistfight in Heaven.* New York: Atlantic Monthly Press, 1993: 313.

西描绘了一种"反对主流社会的潜在的反叛"①。在同一部小说中，当莱吉和威尔逊讨论1890年因领导鬼舞被美国第七骑兵团屠杀的民尼康如部苏族印第安酋长大脚②时，威尔逊说："鬼舞被大家当成一种反对白人的战争行为。"③

诚然，从军事上讲，印第安人永远也打不过装备精良的美国军队，他们只能通过想象来让殖民者消失。结果，在故事的结尾，杀手在跳舞，而且准备"永远跳下去"。"树上落满了猫头鹰"④，暗示着大量的白人已经被杀，更多的人也将会被杀。

小说中的愤怒和暴力使很多读者感觉不舒服，尤其是白人读者。《时代杂志》说阿莱克西"已经被不可制止的愤怒烧焦了"⑤。《印第安杀手》从某种程度上表现了作者的情绪，但是这并不意味着阿莱克西支持暴力，只是说明印第安人有无限冤屈，需要诉说。正如格拉贤所说，"阿莱克西的意图在于表现印第安人因为被边缘化，被歧视，因为权力不济，而普遍经历了暴力和愤怒。这对于阿莱克西来说是一种更加准确的概括，远比将印第安人刻画成善良的、热爱自然的武士和野人要精确"⑥。格拉贤还建议说，通过写这部小说，阿莱克西很可能会引起政府更多的注意，也可能使得印第安人可以得到更多的平等权利和更好的福利。

阿莱克西使用了神秘主义作为制造悬念的一种手段，引发读者思考。阿莱克西笔下的多个人物都可能是杀手，有印第安人，也有白人：约翰、莱吉、玛丽、威尔逊。

阿莱克西吸引读者，让他们相信约翰是杀手。约翰和偶然碰到的一个白人有些冲突，那个傲慢的、种族主义的白人叫他"酋长"、"醉鬼"，然后问他需不需要帮助，他激怒了约翰，因为他的行为使约翰"想起他一生中多次感到

① Alexie, Sherman. *The Lone Ranger and Tonto Fistfight in Heaven*. New York：Atlantic Monthly Press，1993：239.

② Bjgfoot，the Minneconjou Sioux chief.

③ Alexie, Sherman. *The Lone Ranger and Tonto Fistfight in Heaven*. New York：Atlantic Monthly Press，1993：185.

④ Alexie，Sherman. *The Lone Ranger and Tonto Fistfight in Heaven*. New York：Atlantic Monthly Press，1993：420.

⑤ Grassian，Daniel. *Understanding Sherman Alexie*. Columbia, South Carolina：University of South Carolina Press，2005：105.

⑥ Grassian，Daniel. *Understanding Sherman Alexie*. Columbia, South Carolina：University of South Carolina Press，2005：116.

无能无助的时刻"①。他跟踪了那个白人。另外，约翰已经决定他需要杀一个白人，为所有的冤屈昭雪："约翰需要杀一个白人"，"需要看到蓝眼睛里的恐惧"②。他救了一名杜瓦弥实（Duwamish）族印第安老妇，使她免受四处寻找泄愤目标的阿朗和他的同伙之害，作为答谢，老妇给了约翰一把匕首。③

如前所述，莱吉在成长阶段，由于白人父亲虐待他，经常打他，所以他也形成了一种有暴力倾向的性格。他和他的同伙对白人实施了随机暴力，所以，他也是嫌疑杀手之一。

玛丽是另一个可能的人选。由于被马特博士的无耻谎言和吹嘘所烦恼，玛丽曾一度冲动，威胁马特说她将使用暴力，说要"吃了他的心"④。她还用关于印第安杀手的理论挑衅地说："我用刀还是有一套的。谁敢说我就不是印第安杀手呢?"⑤ 当残疾白人，布（Boo）帮她做汉堡时，布说："被杀的都是男性，杀手一定也是个魁梧的男人。"玛丽反驳说："也可能是一个有魔力的女人啊!"说着，她拿起一个餐刀，在空中晃了晃。她眼冒凶光看着布，用刀朝他比划了一下。布假装害怕，同时，他也真的感到了恐惧，"他在轮椅上向后闪了一下"⑥。

神秘主义的技巧揭示了白人对印第安人的偏见。他们经常对印第安人有先入为主的看法，根据很不可靠的证据对印第安人妄作评论，他们的证据其实都不能证明连环杀手是一个印第安人。

威尔逊，或者任何其他的熟悉印第安民俗的白人都可能犯下同样的罪行，正如舒尔茨在警察局的线人所说的。威尔逊也可能是嫌犯，尽管阿莱克西没有明确指出。威尔逊因为被朋友们孤立，对家庭宠物显示过暴力倾向，因为他觉

---

① Grassian, Daniel. *Understanding Sherman Alexie*. Columbia, South Carolina: University of South Carolina Press, 2005: 112.

② Grassian, Daniel. *Understanding Sherman Alexie*. Columbia, South Carolina: University of South Carolina Press, 2005: 25.

③ Grassian, Daniel. *Understanding Sherman Alexie*. Columbia, South Carolina: University of South Carolina Press, 2005: 253.

④ Grassian, Daniel. *Understanding Sherman Alexie*. Columbia, South Carolina: University of South Carolina Press, 2005: 394.

⑤ Grassian, Daniel. *Understanding Sherman Alexie*. Columbia, South Carolina: University of South Carolina Press, 2005: 247.

⑥ Grassian, Daniel. *Understanding Sherman Alexie*. Columbia, South Carolina: University of South Carolina Press, 2005: 332.

得有时候那些宠物也不喜欢他。他和美丽的玛丽的关系，以及白人目睹玛丽死去时的置之不理都使他憎恨白人。白人还嘲笑他自封的印第安身份，这些经历积累了足够的愤怒，使他有理由和动机杀死白人。

尽管前面提到的人物都可能是印第安杀手，然而，却没有任何可靠证据清楚地证明是谁杀的人。这正是阿莱克西骗人的小把戏，读者所有的猜想都会变成存有偏见的臆断。然而，隐喻意义上，诸如舒尔茨、威尔逊和马特等人都是"印第安杀手"，这里指的是这个词的双关意义，他们都在"杀"印第安人，或者通过煽动反印情绪，或者通过盗用印第安身份，或者通过窃取印第安文化，因此阻碍印第安青年形成健康的身份。① 不友好的社会环境及不能接触印第安传统是印第安青年身份形成和融入主流社会的致命因素。

第三节　对抗的意义

显然，阿莱克西并不认为暴力或者对抗是解决种族问题的最佳方式，玛丽、莱吉和约翰没有成功阻止对手对印第安人实施暴力就是有力的证据。抑制不住的愤怒会导致正面冲突和灾难性的后果。小说结束时，约翰·史密斯从四十层高的大楼上跳下来自杀了，莱吉·波拉特金奔上逃亡之路，玛丽被马特博士逐出课堂，她仍然愤恨不已，但是白人"权威"却得以说明"真相"的机会：杰克·威尔逊写了一本名为《印第安杀手》的书，其中约翰·史密斯是杀手；而克拉伦斯·马特告诉警察说莱吉·波拉特金是杀手，而玛丽是帮凶。

然而，阿莱克西确实希望引发读者思考，尤其是白人读者。他说："我意识到许多人一直以来读文学作品都是为了娱乐和逃避。我不希望我的书为他们提供这样的效果，我希望我的书会挑战、激怒甚至冒犯读者。"②这可能就是科特尼·雷巴所说的"令人不舒服的作品"③，这些作品令读者读起来不舒服，却能引发其思考，这才是文学作品应有的作用。阿莱克西在这里区分了文学作品和轻松读物，或称通俗作品，表现出对于文学功能的责任感。

郝丽·莱·布莫尔（Holly Rae Boomer）认为阿莱克西在对抗白人时显示

---

① 小说的标题可以理解成"Killer Indian"（身为印第安人的杀手），也可以理解成"Indian Killer"（杀印第安人的人）。

② Cline, Lynn. "About Sherman Alexie." *Ploughshares* 26. 4（Winter 2000/2001）：197～202；197.

③ Cline, Lynn. "About Sherman Alexie." *Ploughshares* 26. 4（Winter 2000/2001）：197～202；179.

了勇气和才气，使白人生畏。在她的博士论文《红色写作——小万·德劳丽亚和当代美国印第安作品》中，布莫尔认为通过呈现主人公约翰·史密斯所遇到的问题（与传统、部落联系、仪式的分离及身份的缺失）及让患有精神问题的约翰杀死白人并剥去他们的头皮，阿莱克西在"数点"（counting coup)，意即触及敌人而不被伤害，以示挑衅、蔑视、勇气和能力。愤怒的主人公开始还能忍住自己的怒火，但是一系列的事件让他相信，是白人，包括他的养父母，造成了美国土著人的所有痛苦。结果，他通过杀白人来治愈他自己的伤口，并将之视为仪式。[1] 约翰和保留地上很多顺从、坚韧、被动的受害者不同，他决定让白人尝一尝"愤怒、恐惧和忧愁"的滋味，这些都是印第安人平日的感受。"此刻，不是印第安人在体验恐惧、痛苦、愤怒和失落，而是西雅图的白人在体验这些感受。"[2] 阿莱克西似乎对于"以掩盖的模式治疗（主流文化对印第安人所带来的）伤害"[3] 并不感兴趣，相反，他通过写作，讲述"印第安传统仍然鲜活"的故事，以满足他的"生存需求"，这也是他的"生存仪式"[4]。借此，他在"采取行动，要求非印第安世界对印第安事务给予关注"[5]。

阿莱克西及其人物的愤怒可在当前印第安－白人关系的现状中找到解释。小说中，种族歧视仍然盛行，有巴克和他儿子阿朗的对话为证："那些印第安人一文不值，他们什么都不是。"[6] 当美丽的玛丽死掉时，没有人注意她，因为她是印第安人。威尔逊还记着，"她躺在立交桥下面的垃圾箱后面，到处是血。她的眼睛还睁着。当一个印第安人被杀时，警察局没有人会当回事，但是现在每个人都很紧张，因为一个印第安可能正在杀戮白人"[7]。当印第安人被

① Boomer, Holly Rae. *Writing Red: Vine Deloria, Jr. and Contemporary American Indian Fiction.* Diss. The University of Nebraska, 2000: 86.

② Boomer, Holly Rae. *Writing Red: Vine Deloria, Jr. and Contemporary American Indian Fiction.* Diss. The University of Nebraska, 2000: 93.

③ Boomer, Holly Rae. *Writing Red: Vine Deloria, Jr. and Contemporary American Indian Fiction.* Diss. The University of Nebraska, 2000: 93.

④ Boomer, Holly Rae. *Writing Red: Vine Deloria, Jr. and Contemporary American Indian Fiction.* Diss. The University of Nebraska, 2000: 99.

⑤ Boomer, Holly Rae. *Writing Red: Vine Deloria, Jr. and Contemporary American Indian Fiction.* Diss. The University of Nebraska, 2000: 101.

⑥ Alexie, Sherman. *Indian Killer.* New York: Atlantic Monthly Press, 1996: 284.

⑦ Alexie, Sherman. *Indian Killer.* New York: Atlantic Monthly Press, 1996: 242.

杀时，探员们称之为"控制虫害"，涉及印第安人的命案均为低优先级①。阿朗和巴里只在州监狱服刑六个月的事实也说明当前社会环境中仍然充斥着种族歧视。

另一事实是，城市里的印第安人生活状况依然很糟糕。很多人一贫如洗，无家可归；有的人刚来到城市，却没有钱往家里打一个电话；他们夜宿街头，经常挨打；有的人被杀了，但是也没有人在意。这和几百年前印第安人在边疆给白人留下的凶猛、嗜血的野人形象有天壤之别，现在，他们只是"害虫"。正如约翰·史密斯所言："白人不再害怕印第安人。不知为什么，二十世纪末期，印第安人变得不可见、温顺了。"② 换言之，印第安人已经不再对白人主流社会构成威胁了，所以，主流社会很少注意他们。印第安人变得"不可见"，相对而言，非裔美国人得到越来越多的关注。正如格拉贤注意到的：

确实，对于美国白人主流社会来说，来自于非裔美国人社区的威胁，尤其是在过去的四十年里，比来自于印第安人的威胁要大得多。阿莱克西刻画了想通过恐吓白人而获得力量的约翰等人物。从某种程度上讲，这可能就是阿莱克西写这部书的原因，也就是说，他可能觉得通过（使白人感到）恐惧，印第安人可以在争取社会平等的征途上获得一些进展。③

阿莱克西对城市印第安人的愤怒的描写和要求更多权利的本意无可厚非，然而，也许对抗中少出现一些暴力会是一种更好的选择。

每个印第安青年的身份形成都受到了社会状况的影响。玛丽和部落传统稍微有些疏离，她是纯种斯波坎印第安人，在保留地上长大，然而，她上大学之后就和保留地有些疏远了，被保留地上的人看做是"叛徒"：

城市印第安人在保留地居民眼中是负面的形象：堕落、缩水的印第安人，

---

① Alexie, Sherman. *Indian Killer*. New York：Atlantic Monthly Press, 1996：160 cited in Whitson, Kathy J. *Native American Literatures：An Encyclopedia of Works, Characters, Authors, and Themes*. Santa Barbara, CA：ABC–CLIO, 1999：250.

② Alexie, Sherman. *Indian Killer*. New York：Atlantic Monthly Press, 1996：30.

③ Grassian, Daniel. *Understanding Sherman Alexie*. Columbia, South Carolina：University of South Carolina Press, 2005：111.

出卖了自己的部落家园、信仰、政治，忘掉了印第安人的疾苦，转而去享受城市生活。这些思维定势影响了城市印第安社区和保留地社区之间的沟通，使得城市印第安人很难再回到他们的保留地家园。①

她的父母是保留地学校的老师，但是他们不愿意让玛丽学说斯波坎语，害怕会对她在城市的生活不利。再者，玛丽不唱歌，也不跳舞，使她不太像印第安人，可能也使她和部落传统相距更远。玛丽意识到，要想更加幸福，她需要联络其他印第安人，尤其是她认为"没有她正宗的印第安人"②。这反映了她想成为权威的自私需要，这种自私也是和部落传统所不符的。她和马特博士恒久的对立揭露了白人知识分子圈对印第安文学理解的虚假，暗示了印第安人和印第安文化处境的亟需改善，显示了她在这些事务中的权威，同时，也表明她需要积累更多的自信，而不应总是寻找机会证明自己。不同的人描述她时使用了下面的词："脾气火暴""激进""个人主义""不像部落人"。她确实需要了解更加传统，而非如此"个人主义"以及"自私"。

莱吉，作为一个混血，被红与白的势力撕得粉碎。斯科特·安德鲁斯（Scott Andrews）评论说："小说明显不能想象混血的成功，这使它很难平静。"③ 阿莱克西并非不喜欢混血，他的第三部小说《飞逸》中的主人公"青春痘"是个混血，他就成功地融入了白人社会。重要的是混血们是否可以形成健康的身份认同，莱吉不能融入主流社会恰恰是因为他不能找到一个健康的身份。他在保留地上的亲戚都将变化的希望寄托在他的身上，相信只有他才能改变现状。然而，他的种族主义的白人父亲，博尔德·劳伦斯憎恨印第安人，禁止他使用他的姓氏"劳伦斯"；相反，他让莱吉使用他母亲的姓氏"波拉特金"，直到"他知道怎么做一名印第安人，直到他够格使用劳伦斯这一姓

① Straus, Terry and Debra Valentino. "Detribalization in Urban Indian Communities." *American Indians and the Urban Experience.* Eds. Susan Lobo and Kurt Peters. New York: AltaMira Press (A Division of Roman and Littlefield Publishers, Inc.), 2001: 89.

② Grassian, Daniel. *Understanding Sherman Alexie.* Columbia, South Carolina: University of South Carolina Press, 2005: 112.

③ Andrews, Scott. "A New Road and a Dead End in Sherman Alexie's *Reservation Blues.*" *The Arizona Quarterly* 63. 2 (Summer 2007): 151.

氏"①。他的母亲根本不起作用，不能引导他成长。她嫁给莱吉的父亲因为她想摆脱保留地的贫穷，过一种富足的生活，所以她基本上对博尔德的暴力视而不见。莱吉的父亲使他相信印第安人是肮脏的、懒惰的②，白人上帝是公正的③，他应该爱自己的祖国——美国④。逐渐地，莱吉认为他的所有成功都归因于他父亲的白人血统。"他没去过当地的帕瓦集会，他没跳过舞，没唱过歌。他将自己的印第安身份深深地隐藏起来，隐藏得如此之好，以至于他成为隐形人。"⑤ 莱吉开始和克拉伦斯·马特的关系很好，马特和他的追随者都是望纳彼，都想成为印第安人，所以他们都很尊重莱吉的正宗性，莱吉就是他们的"巫师"，莱吉头一次为身为印第安人而感到自豪。马特还一度将莱吉视为自己的儿子⑥。然而，后来，当马特企图独占印第安文化传统时，莱吉感到非常困惑，非常失望。

莱吉在思考自己与马特的"友谊"时，总会想起被违背的条约："对于莱吉来说，马特（关于斯波坎故事磁带）的谎言成为分界点，此后他认为所有的白人一直都在撒谎。莱吉懂得历史（他是历史专业的学生）。马特和他的友谊成为又一个被违背的条约，又一系列的美丽承诺，实际上只是一堆一文不值的废纸。"⑦ 莱吉，在自己的性格成型时期，意识到和白人签订条约的微妙性和棘手性，这恰恰暗示了历史上印第安人和白人的种族关系。

美国土著人总体来说对于"白纸黑字都持怀疑态度"⑧。在《保留地布鲁

---

① Andrews, Scott. "A New Road and a Dead End in Sherman Alexie's *Reservation Blues*." *The Arizona Quarterly* 63. 2（Summer 2007）: 92.

② Andrews, Scott. "A New Road and a Dead End in Sherman Alexie's *Reservation Blues*." *The Arizona Quarterly* 63. 2（Summer 2007）: 94.

③ Andrews, Scott. "A New Road and a Dead End in Sherman Alexie's *Reservation Blues*." *The Arizona Quarterly* 63. 2（Summer 2007）: 91.

④ Andrews, Scott. "A New Road and a Dead End in Sherman Alexie's *Reservation Blues*." *The Arizona Quarterly* 63. 2（Summer 2007）: 94.

⑤ Andrews, Scott. "A New Road and a Dead End in Sherman Alexie's *Reservation Blues*." *The Arizona Quarterly* 63. 2（Summer 2007）: 94.

⑥ Andrews, Scott. "A New Road and a Dead End in Sherman Alexie's *Reservation Blues*." *The Arizona Quarterly* 63. 2（Summer 2007）: 137.

⑦ Andrews, Scott. "A New Road and a Dead End in Sherman Alexie's *Reservation Blues*." *The Arizona Quarterly* 63. 2（Summer 2007）: 138.

⑧ Courtney – Leyba, Karen E. *Uncomfortable Fictions: Cross – Cultural Creation and Reception of Contemporary Literature*. Diss. Northern Illinois University, 2001: 81.

斯》中，朱尼尔梦见谢礼丹将军让他签一张白纸来救他的命，当朱尼尔问为什么时，谢礼丹说："你就签吧。"① 朱尼尔没有签，相反，他"看了看笔，把它扔了"②。他不信任这个白人将军，因为，历史上，印第安人被骗走了土地，条约一遍又一遍地被违背。在《狼烟》中，维克多的妈妈一再叮嘱他照顾好自己，维克多开玩笑说："知道了，知道了。难道你想让我签条约吗？"他妈妈马上说："不可能！你知道印第安人对于签订条约的感受！"很显然，印第安人憎恨条约，莱吉逐渐意识到他不能信任马特博士的友谊。

被学校开除后，靠打零工糊口的莱吉充分意识到白人的残酷与虚伪，结果，他开始全面对抗白人，成为一名印第安极端激进分子。遗传自他的白人父亲的暴力倾向使得莱吉变得冷血、可怕，作为一名历史专业的学生，他反其父之道而行之，转而相信一种不妥协的种族关系哲学。他恨叛徒（如白人用刺刀刺死印第安民族英雄"疯马"时帮忙拧住他的胳膊的"小大人"）和投降主义者（如"红云"酋长）。他逐渐坚信白人的残酷和背信，所以他决心继续战斗。他决心不效仿头人杰克，一个加利福尼亚州的默多克族印第安酋长，这位酋长被围堵在俄勒冈，英勇地战斗了几个月后，为了保护妇女和儿童的安全，最后投降，被绞死，头被砍下来，展览于史密森博物馆。莱吉决心不步头人杰克的后尘。实际上，因为所有应该引导他成长的人——母亲、父亲、假父亲角色马特博士——都没有起到应有的作用，带他融入社会，莱吉最终成为一名逃亡的反白人主义者。

约翰·史密斯，这只"迷失的鸟儿"，也是由于他的身份危机而迷失的。约翰刚在保留地上出生，就被转给一对白人夫妇——丹尼尔和奥利维亚·史密斯，因为他们不能生育。在他成长的过程当中，约翰获得的所有关于他的信息就是他是印第安人，他的生母在生他时只有十四岁。至于他属于哪个部落，丹尼尔和奥利维亚不告诉他。约翰的第一次身份危机在他五岁时到来，他看到了父母半裸的躯体，他意识到他们是白色的，而自己却是棕色的。"他想和父母看起来一样。他用力搓自己的脸，想把棕色擦掉"③，但是，他当然是擦不掉了。那时他就知道他是不同的了。他上厕所时经常会被嘲笑，使得他怒火中

---

① Alexie, Sherman. *Reservation Blues*. New York：Atlantic Monthly Press, 1995：144.

② Alexie, Sherman. *Reservation Blues*. New York：Atlantic Monthly Press, 1995：145.

③ Alexie, Sherman. *Reservation Blues*. New York：Atlantic Monthly Press, 1995：306.

烧。他的名字使人想起弗吉尼亚的英国殖民者约翰·史密斯（1579～1631），这个人据说被印第安公主宝嘉红塔斯所救，后来娶了她。然而，当《印第安杀手》中的印第安人约翰·史密斯和白人女孩约会时，他们的父亲就会干涉了。在他对最理想的保留地生活的想象里，最漂亮的女孩晨曦让他吻她，而在真实世界里，他是一匹独狼。约翰一直都和别人"保持距离，他一直都在他的周围保持着一道障碍。如果有任何人踏入这一范围，约翰会马上移开"①。

作为养父母，丹尼尔和奥利维亚·史密斯尽力给约翰提供和印第安文化相关的东西，如书籍、集会等等。他们给约翰的书多数是白人写的，所以多数是思维定势的产物。当丹尼尔带约翰去一个全印第安篮球赛的时候，约翰不能够和那些印第安人产生认同。他"把他们的高频率的笑声和玩笑理解为安全感和幸福感，而实际上，更大程度上，那是一种避免绝望的自卫机制"②。有一样东西是史密斯夫妇不能告诉约翰的，那就是他的具体部落。他们实际上是不成功的父母，尽管有钱，但是他们却不能有自己的孩子，所以他们才领养约翰，这就像侵占印第安财产一样。在这个意义上讲，书中印第安杀手绑架白人儿童马克·琼斯则是对白人行径的反击。

因为不知道自己属于哪一个部落，所以约翰没有归属感，以至于他的一大部分身份是缺失的。当被问及部落归属时，他告诉白人他是苏族，因为那正是白人所期望的；他告诉印第安人他是纳法鹤人，因为那也是印第安人所期望的。他遇到玛丽，却不能和她沟通，例如，玛丽和约翰跟踪威尔逊的那天晚上，离开时，玛丽让约翰上车，而不知道为什么，约翰却跑了。约翰和莱吉·波拉特金也不能沟通，他们甚至还打了起来。"他没有能够表达自己的语言。"③ 约翰失语了；他越来越龟缩进自我当中，经常在脑子里听到各种声音，并幻想见到了给他施过洗礼斯波坎族耶稣会牧师邓肯神父，其实后者早就精神错乱，然后走进了沙漠，再也没有回来。约翰的脑子也出了问题，他甚至在20岁的时候梦想说自己怀孕了，还说莎士比亚是个女人。27岁时，约翰成为

① Alexie, Sherman. *Reservation Blues*. New York: Atlantic Monthly Press, 1995: 307.

② Grassian, Daniel. *Understanding Sherman Alexie*. Columbia, South Carolina: University of South Carolina Press, 2005: 107.

③ Whitson, Kathy J. *Native American Literatures: An Encyclopedia of Works, Characters, Authors, and Themes*. Santa Barbara, CA: ABC – CLIO, 1999: 210.

一名建筑工人，但是他"自闭、反社会，避免一切人类接触"①。约翰逐渐形成一个想法——他需要杀一名白人，但是，最终他把自己杀了。

不能接触自己的部落文化，也没有合适的身份和引导，约翰注定不能融入社会。领养是行不通的，正如阿莱克西解释的，"我遇到过很多像他这样的人，'迷失的鸟儿'——被非印第安家庭领养的印第安人被称做迷失的鸟儿。这些被领养的印第安人的社会问题和机能障碍问题是非常严重的，自杀率奇高，酗酒和吸毒的比率也奇高。"② 约翰"代表了和城市印第安人经历的内部压迫联系紧密的困惑和绝望"③。

在这部小说里，友好的社会环境还是缺失的。"美国印第安 210 万总人口中的三分之二都居住在城市这一事实使得对印第安人友好的城市环境和相关政策显得极其重要。"④ 对于年轻的印第安人来说，对部落传统和历史的了解和好的引导同等重要。然而，在《印第安杀手》中，这三个因素都不具备，难怪这些青年们如此愤怒，难怪他们要反抗。

总结前面所述，愤怒引发了印第安和白人两个种族之间的对抗。对抗呈现为以下三种形式：身体攻击、言语挑衅和有组织的激进行为。愤怒由公众的种族主义舆论、白人对印第安文化遗产的攫取或者冒充印第安人写作等行为所激起。对抗似乎不可调和，尽管引起一些动荡，但是却不能改变现状，因为白人仍然掌握着媒体和知识界，他们仍然用错误的信息影响着大众。阿莱克西用鬼舞作为一种武器来弥补印第安人的劣势，帮助印第安人用想象将殖民者驱逐回欧洲。对抗的战略显然是受了印第安民族主义者的影响，他们认为印第安人民和民族应该具有主权，相信只有印第安人才能写印第安的故事。尽管对抗的努

①　Grassian, Daniel. *Understanding Sherman Alexie*. Columbia, South Carolina：University of South Carolina Press, 2005：110.

②　Highway, Tomson. "Spokane Words：Tomson Highway Raps with Sherman Alexie." *Aboriginal Voices*, January － March 1997. ＜http：//www. fallsapart. com/art － av. html. ＞ accessed 10 September 2008, cited in Grassian, Daniel. *Understanding Sherman Alexie*. Columbia, South Carolina：University of South Carolina Press, 2005：105.

③　Straus, Terry and Debra Valentino. "Detribalization in Urban Indian Communities." *American Indians and the Urban Experience*. Eds. Susan Lobo and Kurt Peters. New York：AltaMira Press（A Division of Roman and Littlefield Publishers, Inc.）, 2001：89.

④　Fixico, Donald Lee. "Foreword." *American Indians and the Urban Experience*. Eds. Susan Lobo and Kurt Peters. New York：AltaMira Press（A Division of Roman and Littlefield Publishers, Inc.）, 2001：ix.

力不能解决种族问题，但是确实显示了弱者的力量和抗议的声音。为了使两个种族和睦共存，为了使印第安青年成功融入社会，需要有一个对少数民族友好的主流社会，需要印第安青年对部落身份和传统的深入了解，也需要值得信任的引路人。

第四章

被动融入

——《飞逸》

魔幻是重述精神历程和灵魂中善意之争的自然得体的语言。

——厄秀拉·凯·勒甘①

有人歧视魔幻，这些人通常认为魔幻仅仅是刀剑战恶龙等故事。这种歧视把魔幻当成一种装饰性的奶油，然而从历史的角度来看，它却恰恰是整个蛋糕。

—特里·普拉特斯特②

人类是一种创造故事的动物，是一种被奇幻和虚构界定的动物。

——阿斯·奈格伦③

如果说《印第安杀手》中的愤怒和暴力阻碍了其人物融入社会，那么二者却帮助《飞逸》中的青少年主人公"青春痘"完成了一次幻想寻求（也称精神探索）。主人公通过时间旅行和灵魂附体实现了精神顿悟，最终融入主流社会。在这个过程中，主人公逐渐获得了区分鬼祟与真诚、邪恶与善意的能力。他经历了从暴力到报复到背叛等各种事件，他也意识到报复是痛苦的，无

---

① Hunt, Peter, and Millicent Lenz. *Alternative Worlds in Fantasy Fiction*. London and New York：Continuum，2001：64.

② Pratchett, Terry, and S. Briggs. *The Discworld Companion*. London：Vista，1997：467.

③ Nygren, Ase. "A World of Story – Smoke：A Conversation with Sherman Alexie." *MELUS* 30.4（Winter 2005）：162.

止境的，也是解决不了问题的，杀戮没有意义，恐怖主义也是破坏性的、不可取的。人们不应以种族来评判人，而应看他们的行为，一个人应该凭良心做事，认真扮演好自己的角色：教师、丈夫、父亲。印第安人需要一些尊严和尊重，而原谅，才是印第安－白人关系的最终解决办法。

第一节　传统模式

换言之，《飞逸》是一部成长小说。成长小说是"关于一个人早年生活，或其道德、心理成长的小说……成长小说不注重探寻历险，而是追寻一个人物的不同成长阶段"（Maddan, *Novel*）。M. H. 布兰斯将成长小说定义为："主人公的心智和品格的发展，从儿童过渡到成年的过程，此过程中的各种各样的经历，经常包括精神危机，帮助主人公成长，这一过程通常涉及了人物对自己的身份及其在世界中的作用和认识。"①由于 Bildungsroman 一词"在英语里实际上是不可译的"②，不同的人也称之为学徒小说、形成小说、发展小说、教学小说、教育小说、成熟小说、成人仪式小说、成年小说、发育小说或融入小说③。在本书中，这些词可以互换使用。

成长小说主要的主题包括：人的孤独，寻找父亲，性焦虑，价值观的形成，与人沟通的困难，发现一个职业，接受个人局限，抗议社会不公正，童年幻想的破灭，对人类生活悲剧本质的认识，对家长权威的反叛。④

《飞逸》符合这一定义，因为它讲述了"青春痘"的孤独，他对父亲（"青春痘"一出生就消失了）的寻找，他的个人价值的形成，他和别人沟通

① Madden, David. "Novel." *Microsoft® Student* 2007 ［*DVD*］. Redmond, WA：Microsoft Corporation, 2006：193.

② Vanderwerken, David L. *Faulkner's Literary Children：Patterns of Development.* New York：Peter Lang Publishing, Inc., 1997：2, cited in Sun Shengzhong. *Eternal search for an Elusive Dream：A Study of Artistic and Cultural Expression of American Bildungsroman with a Focus on Twain, Faulkner and Salinger.* Diss. Shanghai International Studies University, 2004：13.

③ Sun Shengzhong. *Eternal search for an Elusive Dream：A Study of Artistic and Cultural Expression of American Bildungsroman with a Focus on Twain, Faulkner and Salinger.* Diss. Shanghai International Studies University, 2004：13.

④ Sun Shengzhong. *Eternal search for an Elusive Dream：A Study of Artistic and Cultural Expression of American Bildungsroman with a Focus on Twain, Faulkner and Salinger.* Diss. Shanghai International Studies University, 2004：18.

的困难，他对自身局限的接受（实际上所有人，无论白人还是有色人种都是有局限的），也讲述了他对社会不公正的抗议。

还有一种因素，在一般的成长小说中很少涉及，那就是种族关系。有学者指出，"对于在美国长大的青年来说，种族关系不可避免"①，原因是美国种族众多。民族价值体系是一个少数民族身份形成过程中的关键因素，一个少数民族的青年人必须要应对种族歧视及因之而来的贫困和无望，还要经常反抗白人权威或白人统治。

关于成长小说中的主人公或者成长主体，他（她）一般具有以下特征：

成长的孩子通常是个孤儿或至少没有父亲，父亲的缺失、死亡或离弃通常象征主人公家庭价值中信誉的缺失，不可避免地导致主人公去追寻一个替代父亲或信仰，父亲的缺失因而成为该青年独立的主要动力。②

"青春痘"就是这样一个孤儿。他在寻找他的父亲——他父亲在"青春痘"出生时就离弃了他的妈妈和他。"青春痘"六岁时，他妈妈死于胰腺癌，使他成为孤儿。他的姨妈祖伊收留了他，但是当姨妈的男朋友对他动手动脚时，"青春痘"恨得要放火烧死他。这时，祖伊姨妈抛弃了"青春痘"，此时他十岁。从那以后，"青春痘"就待在领养家庭里，他经常从这些家庭里逃出来。最后，"青春痘"被警官大福的哥哥收养，从此得到关爱。

"青春痘"父亲的缺失象征着他在文化传统方面的无根性，他必须独立，试图和自己的文化传统建立联系。在追寻"替代父亲或信仰"的过程中，"青春痘"被"公正"（一个白人青少年无政府主义者）所诱骗，差一点在他的怂恿下犯下暴力罪行。然而，这一经历也的确帮助了"青春痘"成熟，从而获得了他之后看穿欺骗的洞察力。

就成长小说的结构而言，范德沃肯有如下描述：成长模式，我们都知道，以一名青少年为中心，可能来自于农村，也可能来自于城市，但一般都是脱离家庭语境的。他会经历一系列的成长和教育经历，可以通过书籍和教室，但更多的是在市井，他们经常会遇到引路人或导师，这些人可能真诚，对他很有帮

---

① 芮渝萍：《美国成长小说研究》，北京：中国社会科学出版社，2004：216.

② Buckley, Jerome Hamilton. *Season of Youth*: *The Bildungsroman from Dickens to Golden*. Cambridge: Harvard University, 1974：19, cited in Sun Shengzhong. *Eternal search for an Elusive Dream*: *A Study of Artistic and Cultural Expression of American Bildungsroman with a Focus on Twain*, *Faulkner and Salinger*. Diss. Shanghai International Studies University, 2004：15.

助，但也不尽然。成长的过程经常在一个征程上完成，这一征程起到了加强主人公道德、情感、心智和精神成熟的效果。一般来说，主人公完成了在文化理想和社会两方面对成年自我的界定，作好了在社区中扮演某一角色的准备。① 如果将这一模式应用于《飞逸》中的"青春痘"，我们发现他是脱离家庭语境的，他在寻根。他经历了一系列的历险，这些历险对他的成长是有教育意义的。他遇到了真正的以及虚假的导师，这些人对他的转变都起到了催化作用。如前所述，他在成长的道路上遇到了一个白人无政府主义男孩"公正"，其实此人是一个骗子，怂恿他对无辜的人犯下暴力罪行。他也遇到了一位好导师——大福警官是一个真正关心"青春痘"的导师，而"小圣人"实际上是"青春痘"的榜样，是他改变了"青春痘"的精神顿悟。

范德沃肯的描述是基于古典成长小说的，一般指德国（有时也指英国）作家的作品，但是这一范式基本上适用于这一体裁的大多数作品。事实上，很多成长小说都是由一系列事件构成的，呈现出流浪汉小说的形式。

一部成长小说的情节通常包括以下几个阶段：诱惑，离家出走（踏上征程），经受考验，困惑，顿悟，失去天真，对生活和自我的新认识。② 主人公经受的考验中通常包括"选择错误的朋友"③。如果人物能够和社会达成妥协，他（她）就会顺利地融入社会，否则将发生悲剧。

第二节　主人公的成长

实际上，阿莱克西的四部小说均为成长小说，都以青少年为主要人物，他们都努力实现自己的目标，追寻自己的生物或文化根源，或者试图进入主流社会。有的主人公失败了，如《保留地布鲁斯》中的朱尼尔和维克多，和《印

---

① Vanderwerken, David L. *Faulkner's Literary Children*: *Patterns of Development*. New York: Peter Lang Publishing, Inc. , 1997: 2 ~ 3, cited in Sun Shengzhong. *Eternal search for an Elusive Dream*: *A Study of Artistic and Cultural Expression of American* Bildungsroman *with a Focus on Twain*, *Faulkner and Salinger*. Diss. Shanghai International Studies University, 2004: 28.

② 芮渝萍：《美国成长小说研究》，北京：中国社会科学出版社，2004：84。

③ Howe, Susanne. *Wilhelm Meister and His English Kinsmen*: *Apprentices to Life*. New York: AMS Press, Inc. , 1966: 4, cited in Sun Shengzhong. *Eternal search for an Elusive Dream*: *A Study of Artistic and Cultural Expression of American* Bildungsroman *with a Focus on Twain*, *Faulkner and Salinger*. Diss. Shanghai International Studies University, 2004: 24.

第安杀手》中的约翰和莱吉。然而在《飞逸》中，主人公"青春痘"成功地融入主流社会。此外，《飞逸》的情节结构还呈现出一个环形结构。对于少数远离家庭的青少年的成长来说，友好的主流社会和健全的身份必不可少。

"青春痘"自身及在社会中遇到的种种问题是他离开社会、踏上成长征程的根本原因。他从六岁起就成为孤儿，生活得很不幸福。他缺少母爱，经常回想起他妈妈唱着他最喜欢的歌《我爱你之深你永远不懂》的情景。① 他在社交方面很蹩脚，连怎么打领带、刷鞋油都不会。② 他很不自信，经常说"我的青春痘给我带来的耻辱简直要杀死我了"③。他举止粗俗，言语龌龊，别人对他视而不见，正如类似故事中的其他受害主人公一样。他除了无家可归的印第安人外不认识任何其他印第安人，他和这些印第安流浪汉喝酒，还经常喝醉。为了吸引注意力，"青春痘"经常到商店偷东西，所以成为少年管教所的常客，有一次他甚至想要纵火（他几乎是《印第安杀手》中杰克·威尔逊和特拉克·舒尔茨的混合体）。他"和所有的人争论，打架"，他气愤异常，以致于"气聋、气瞎、气哑"④。他并非纯粹的印第安人，所以他不受《印第安儿童福利法案》的保护。他因为这所有的原因而感到羞耻，但又无可奈何。如上所述，"青春痘"是一个愤怒的印第安孤儿，常人对他视而不见。

愤怒是使"青春痘"离开领养家庭、踏上征程的直接原因。作为一个15岁的爱尔兰－印第安混血孤儿，"青春痘"无法忍受领养家庭对他的冷漠和残忍，所以他离"家"出走了。他被太多的人领养过，已经寄居过20个不同的领养家庭，上过22所不同的学校，但是仍然频繁地更换家庭和学校。故事一开始，他说"我第21次闯进一个陌生的世界中的陌生的房间的陌生的粉色卫生间"⑤。"陌生"一词表明"青春痘"还没有和世界（社会）达成默契，他是被疏离的，自己把自己孤立起来，和外部世界隔离，沉迷于自己的幻想之中。他无意于和别人沟通（和《印第安杀手》中的约翰·史密斯非常相像），而且他对领养家庭的诸多规范也非常厌倦（这不禁使读者想起桀骜不驯的哈克·费恩）。结果，经过和上一个（第21个）领养家庭的冲突后，他逃出

① Alexie, Sherman. *Flight*. New York：Grove/Atlantic, Inc., 2007：2.
② Alexie, Sherman. *Flight*. New York：Grove/Atlantic, Inc., 2007：5.
③ Alexie, Sherman. *Flight*. New York：Grove/Atlantic, Inc., 2007：4.
④ Alexie, Sherman. *Flight*. New York：Grove/Atlantic, Inc., 2007：8.
⑤ Alexie, Sherman. *Flight*. New York：Grove/Atlantic, Inc., 2007：11.

来了。

　　"青春痘"成长道路上的第一次考验是认识了极具欺骗性的"引路人""公正"。两人在少年管教所相识，"公正"怂恿"青春痘"应该"掌握自己的命运"，大规模杀戮白人。"公正"显然是一个虚假的导师，一个真正的骗子和教唆犯，他假装关心"青春痘"从而赢得了他的信任。正如"青春痘"所说："他用和蔼的目光盯着我，诚挚的和蔼。我刚认识这小子，就觉得他好像关心我和我的皮肤。"①　一点点的关心就可以缩短两人之间的距离，因而，他们俩成了"朋友"。小说继续写道：

　　一时间，这个英俊的白人男孩成了我最好的朋友；也许是我一生中唯一的真心朋友。

　　我们一聊就是几小时，他非常理解我。他只比我大两岁，但是他好像已经活了 200 年。

　　我爱上他了，不是指恋爱那种……但是我真的感觉这个白小子可以将整个世界从孤独中拯救出来。②

　　骗子"公正"通过炫耀他的知识赢得了"青春痘"的信任。他引用西奥多·罗斯福关于印第安人的评论，还向"青春痘"讲述尼采的个性哲学和桑塔亚那的人生思想。他看起来非常博学，"青春痘"开始崇拜他了。"他令我吃惊。我从来没见过谁，尤其是个孩子，像他这样健谈。'你他妈真聪明，'我说，'你读过多少书啊？''所有的书。'他说。"③

　　"公正"虚伪的关心和表面的博学误使"青春痘"认为他可以承担起教育孩子的父亲角色。"公正"拥抱"青春痘"，"青春痘"也准备将他当做父亲了。"我是一个没有父亲的孩子，我想把他另一个青少年当成我的父亲。"④"公正"正因为年轻才具有欺骗性，17 岁一般被人认为是一个天真无邪的年龄。他的皮肤白得透明，"青春痘"甚至可以看到他的血管。"我看到他的血

①　Alexie, Sherman. *Flight*. New York：Grove/Atlantic, Inc., 2007：21.
②　Alexie, Sherman. *Flight*. New York：Grove/Atlantic, Inc., 2007：27.
③　Alexie, Sherman. *Flight*. New York：Grove/Atlantic, Inc., 2007：26.
④　Alexie, Sherman. *Flight*. New York：Grove/Atlantic, Inc., 2007：26.

管像河流一样穿过皮肤。我必须得承认，他是个模样俊俏的小子。"① "公正"就像撒旦（或称路西福）一样英俊，但同时又邪恶，且具有欺骗性。他的皮肤白皙、纯净，但是内心深处却酝酿着一个邪恶的计划。

"公正"是一个无政府主义者和恐怖主义者，他使得"青春痘"对政府充满仇恨，他说美国政府对印第安人的罪行十恶不赦，还说，如果"青春痘"想让他的父母回到他身旁，他需要跳一种新式的"鬼舞"——开枪杀人。他给了"青春痘"两把枪，一把真枪，一把玩具枪。他们首先对着杂志里的人物假装开枪，比如他们所憎恨的小布什和切尼，还有迈克尔·杰克逊，"还有《美国偶像》里的那个英国小子……"②。然后，他们跑到街上，开始伏击别人。当街人被吓得魂飞魄散的时候，一向软弱无力的"青春痘"开始觉得自己强大起来："（有一次），'公正'和我俯视着躺在地上，被吓得失去意识的那小子。他看起来像是死了，我觉得很强大。"③ 接着，在"公正"的怂恿下，"青春痘"就迫不及待地去银行开枪杀人，为此，"公正"拥抱了他："'好！''公正'说，然后不停地拥抱我。他爱我。我也爱'公正'。"④ 实际上，"青春痘"所爱的"公正"已经被盗用了，它的真正内容已经被转移，相反，一些邪恶的想法被植入其冠冕堂皇的外壳，这也正是对白人所鼓吹的虚伪的"公正"的有力讽刺。"公正"信口雌黄，使得"青春痘"相信对着银行大厅里一群无辜的群众开枪就是对白人政府几百年前不公正行为的纠正。"公正"就是白人主流意识形态的化身，它愚弄人民大众，其中也包括少数民族，它鼓吹杀戮就是公正。在这种逻辑之下，成年人让孩子们去打仗，来保护他们自己。在小大角战役中，"青春痘"附体在一个哑巴印第安孩子身上，观察到——这可能也是"青春痘"的第一次顿悟：

　　我爸爸抓住了一个白人士兵。他和我一样，还只是一个孩子，我还真不知道他们让孩子加入骑兵。⑤
　　噢，是的，这些小子在为他们的国家服务。他们中的一部分可能成为大英

①　Alexie, Sherman. *Flight*. New York：Grove/Atlantic, Inc., 2007：21.
②　Alexie, Sherman. *Flight*. New York：Grove/Atlantic, Inc., 2007：32.
③　Alexie, Sherman. *Flight*. New York：Grove/Atlantic, Inc., 2007：33.
④　Alexie, Sherman. *Flight*. New York：Grove/Atlantic, Inc., 2007：34.
⑤　Alexie, Sherman. *Flight*. New York：Grove/Atlantic, Inc., 2007：74.

雄，但是，现在他们还只是孩子，都只有十八九岁，幼稚、傻乎乎的、刻薄、满脸的痤疮疤痕、滑稽、愚蠢、无聊、对什么都不确定。

这就是我们派去打仗的孩子们。我就是"公正"派去打仗的孩子。我们这些孩子打仗，是为了保卫成年人。这难道听起来不怪吗？①

可以说"公正"是一个引诱者，他为"青春痘"提供了"突然之间的'灵感'（引号为笔者所加）……这种'灵感'使得主人公作出错误的决定"②。"公正"背叛了"青春痘"的信任，他实际上是"青春痘"寻求身份、融入社会的成长历程中的阻止者。如巴尔指出："背叛者以帮助者的面目出现，但是，随着故事的发展，他会逐渐暴露自己的真实面目。"③ "青春痘"最后意识到了他被"公正"愚弄了，因为后来他和大卫警官去"公正"的栖身之所找他时，他早已不见了踪影。

用苏珊娜·豪（Susanne Howe）的话说，这是"青春痘""择友道路上的一个闪失"④，他从中得到了教训。后来，当他被迫向一个印第安激进分子的尸体开枪时，他想到了"公正"的建议，他意识到"公正"的话是不对的："'公正'使得杀戮听起来很正确，但是他说的不对，不是吗？我要疯了！我已经疯了！我多想有个人告诉我我不是真的！"⑤ "青春痘"想起了在他开枪杀人的时候，"公正"却不在场，他意识到"公正"是个骗子。"我开始琢磨'公正'，我认为他骗了我，我认为他给我洗了脑。如果他那么有正义感，那么，他为什么没有和我一起去银行（杀人）呢？他现在还逍遥法外，而我却死定了。"⑥ 接近故事结尾时，警察试图在监控录像里找到"公正"，却未见他的踪影。"青春痘"甚至不知道"公正"是他的名还是姓，现在，他知道

① A Alexie, Sherman. *Flight*. New York：Grove/Atlantic, Inc., 2007：83～84.

② Bal, Mieke. *Narratology：Introduction to the Theory of Narrative*. Trans. Christine van Boheemen. Toronto：University of Toronto Press, 1985：35.

③ Bal, Mieke. *Narratology：Introduction to the Theory of Narrative*. Trans. Christine van Boheemen. Toronto：University of Toronto Press, 1985：35.

④ Alexie, Sherman. *Flight*. New York：Grove/Atlantic, Inc., 2007：4, cited in Sun Shengzhong. *Eternal search for an Elusive Dream：A Study of Artistic and Cultural Expression of American* Bildungsroman *with a Focus on Twain, Faulkner and Salinger*. Diss. Shanghai International Studies University, 2004：24.

⑤ Alexie, Sherman. *Flight*. New York：Grove/Atlantic, Inc., 2007：53.

⑥ Alexie, Sherman. *Flight*. New York：Grove/Atlantic, Inc., 2007：38.

了，"公正"只是个骗子。

"公正"在本故事中是一个寓言式的邪恶人物，但是，从功能上讲，他却帮助了"青春痘"走向成熟。他向"青春痘"施骗，从而使"青春痘"渐渐地能够区分诡诈和诚恳、邪恶和善良。

"公正"还起到了另外一个作用——他对"青春痘"使用暴力的建议给后者提供了时间旅行的工具。有评论说："H. G. 威尔斯使用了时间机器实现时间旅行，杰克·芬尼使用催眠术，而阿莱克西则将枪作为交通工具。"① 换言之，哈克贝利·费恩乘坐木筏沿密西西比河顺流而下，经历种种历险，而"青春痘"则骑着子弹穿越时空，"像流星一样燃烧，把燃烧碎片撒满了世界"②，正如他所梦想的那样。

暴力的想法将"青春痘"推上了时间旅行之路。"青春痘"午饭时间走进西雅图市中心的一家银行的营业大厅，然后，对着大厅里不同肤色、讲着四五种不同语言的五六十名无辜的人——男人、女人、孩子——开火，直到银行保安朝他脑后开了一枪③。他应枪倒地，子弹穿透他的脑壳。当他醒来时，他逐渐发现自己附体在一位名叫汉克·斯托姆的联邦调查局特工的身上，当时他正在爱达荷州红河地区的纳纳布什印第安保留地执行任务，而时间是1975年。随后，"青春痘"又附体于1876年小大角战役中一名十二三岁的印第安男孩，和同时期一名叫嘎斯的老印第安追踪者身上。然后，他又向未来旅行，附体于一名飞行员教练身上，此人"不经意地"训练了一名来自埃塞俄比亚的自杀式恐怖主义分子，这个恐怖分子在交通高峰期撞上了芝加哥闹市区的一辆通勤车。"青春痘"最后附体在他走失很久的，正在华盛顿州塔口马市流浪的父亲身上。

通过各种不同的视角和换位思考，主人公成熟了。在他所附体的身体里，"青春痘"经历了不同的历险，这些历险通常都和暴力有关，在这些历险中，他不得不面对现实困境和"道德困境"，不得不在每一个困境中都作一个决定。联邦调查局的特工汉克·斯托姆不得不向一个本土权力组织的激进分子的

① Cummins, Ann. "Time – traveling Boy: A Native American Orphan Finds a Way to Escape His Misery." *Washington Post*. Sunday, April 15, 2007; Page BW06. < http: //www. washingtonpost. com/wp – dyn/content/article/2007/04/12/AR2007041202510. html? referrer = emailarticle > accessed 10 October 2008.

② Alexie, Sherman. *Flight*. New York: Grove/Atlantic, Inc. , 2007: 16.

③ Alexie, Sherman. *Flight*. New York: Grove/Atlantic, Inc. , 2007: 35.

尸体开枪，那个年轻的激进分子（约有二十岁）已经被摧残得肢体不全了：脸部受击打，满是鲜血，牙齿都被打断、打碎，右手的手指都已被砍掉。汉克的搭档阿尔特逼问激进主义者朱尼尔，让他说出他的组织的秘密，朱尼尔一再重复"不，不，不，不，不"，然后，阿尔特就把朱尼尔打死了。然后，阿尔特让汉克也向朱尼尔开枪，说："我想让你的子弹也射进他的身体…… 我们俩必须拴在一起。"①"青春痘"（汉克）面临着旅途上第一次危机：

我怕极了，拿出枪，站在朱尼尔的尸体旁。他看起来那么小，还只是一个孩子，和我一样。我用枪瞄准了他的胸部，瞄准了他的心脏。

我无法开枪，不知为什么，打死人比打活人还难。正义使得屠杀堂而皇之。但是，这根本说不通，不是吗？

我要疯了！我疯了！要是有个人告诉我我不存在多好啊！

"开枪！"阿尔特说。

我闭上眼睛，扣动了扳机。

也许你不能把一个人打死两次，但是，你的心仍然会痛苦不堪。②

"青春痘"（汉克）经历了一次道德危机。他对于开枪杀人感到非常不舒服，但这是被强迫而不得不为之。在阿尔特杀死了充满恐惧但是仍然很坚决的（本土权力组织的激进分子）朱尼尔后，"青春痘"（汉克）两次呕吐，厌倦了暴力，但是，最后还是对着尸体扣动了扳机。他承认扣扳机时"心里很痛苦"③，面对开枪还是不开枪的道德窘境，他的良心受到了袭扰。④

通过这个经历，主人公知道杀戮是令人作呕的，后来，他还感受到"报复是他妈很痛苦的事"⑤。

附着在印第安男孩的身体上的时候，男孩的父亲让"青春痘"（男孩）把

---

① Alexie, Sherman. *Flight*. New York：Grove/Atlantic, Inc., 2007：53.

② Alexie, Sherman. *Flight*. New York：Grove/Atlantic, Inc., 2007：53.

③ Alexie, Sherman. *Flight*. New York：Grove/Atlantic, Inc., 2007：53.

④ 这使读者想到了《哈姆雷特》中的名句：活着，还是死去。《哈克贝利·费恩历险记》中也有类似情节，即哈克犹豫是否告发黑奴吉姆。

⑤ Cummins, Ann. "Time - traveling Boy：A Native American Orphan Finds a Way to Escape His Misery." *Washington Post*. Sunday, April 15, 2007；Page BW06. < http：//www. washingtonpost. com/wp - dyn/content/article/2007/04/12/AR2007041202510. html？ referrer = emailarticle > accessed 10 October 2008.

一个年轻的骑兵战士（卡斯特的士兵）的脖子割断，来报复白人士兵的恶行（白人士兵把男孩的声带割断了）。男孩的父亲还想把杀人当做他的成人仪式（Tuzin，*Rites of Passage*），父亲想让这个大约十二岁大的男孩杀戮，以便他将来成为一名武士。然而，白人士兵也比男孩大不了多少："他还只是个孩子，和我一样。我还不知道他们让孩子加入骑兵呢！"①"青春痘"（男孩）犹豫不决。他有些懵懂："仅仅因为另一个白人士兵割了我的喉咙，这个白人小士兵就该死吗？如果我杀了他，我该不该被他的家人和朋友杀死？复仇是不是冤冤相报永不休的？"②

主人公意识到复仇是无止境的，况且，他要杀的这个人并没有犯罪，所以他会杀错人。他的犹豫表明他开始思考暴力和复仇的性质，不久，他就会作出自己的决定了。

顿悟和行动开始于主人公目睹的一个出于良心的行动，当时，"青春痘"附体于印第安老追踪者加斯的身体内。加斯是一个很有经验的追踪者，曾帮助美国骑兵完成了很多次任务，并且赢得了他们的信任。他花了两个月时间跟踪在堪萨斯屠杀了25个白人（男女老少）的一伙印第安人。现在，他正带领约100人的骑兵，在"胡子将军"的指挥下，沿着科罗拉多河去找印第安人寻仇。实际上，印第安人只有25名武士，而且武器简陋。毫无疑问，这是一个一边倒的战局。印第安人很快就被屠杀，被践踏，被强暴，所见之处，都是暴行。"青春痘"（加斯）感到恶心，他不能容忍战争的残酷。"我希望我还留着我的来复枪，也好开枪打死自己。我不想再看到这些残酷行径，我想瞎掉。我想离开这里，我不管到哪儿，不管谁的躯体和时间段在等着我。我会很愿意游离于无人之处，我情愿做一个鬼魂，情愿做一个看不见、听不着的鬼魂。"③

很明显，战争的暴行对眼睛、耳朵和其他感官造成了巨大的冲击，主人公不得不忍受整个事件，战争加速了他的成长，促使他思考战争和暴力的性质。

正在主人公还在犹豫的时候，他看到一个不到五岁的印第安男孩正想用箭射白人士兵，但是拉不动弓。绷紧的弓弦一次又一次地把他的手磨出血，但是他还是不停地努力着。接着，一个白人士兵向他骑过去。加斯老头（和附体

① Alexie，Sherman. *Flight*. New York：Grove/Atlantic，Inc.，2007：74.
② Alexie，Sherman. *Flight*. New York：Grove/Atlantic，Inc.，2007：77.
③ Alexie，Sherman. *Flight*. New York：Grove/Atlantic，Inc.，2007：91.

在他身上的主人公"青春痘")非常担心小男孩,却帮不上忙,他想他可能要眼睁睁地看着小男孩被杀了。然而,事情突然出现转机,一个年轻的白人士兵做了一件令人吃惊的事,给"青春痘"作出了榜样:

　　那个白人士兵没有停下,他弯腰将"弓箭男孩"抱起来,用一只胳膊抱着他,继续奔跑。他朝着远处的山峦,朝着远处的树林,朝着安全的地带奔跑。一个白人士兵抱着一个印第安儿童,在和印第安人一起逃跑。
　　我简直不敢相信。这不可能是真的,但是却又千真万确!
　　那个白人士兵,简直就是一个小圣人,他在试图挽救"弓箭男孩"。
　　我不知道其他的逃跑的印第安人是否看到了这一幕,我不知道这个壮举是否给了他们希望,我不知道这种博爱之举是否使他们更从容地面对死亡。
　　在一片疯狂的屠杀之中,一名士兵拒绝参与,他选择了复仇的反面。神奇地,那个白人男孩,那个"小圣人"还留有一颗善良之心,一颗勇敢的、美丽的心灵。
　　我必须得帮他一把。①

　　白人士兵的博爱之举和善良、勇敢、美丽的心灵唤醒了主人公的良知。白人士兵拒绝参与疯狂屠杀的勇气启发了主人公,使他能够凭良心行事,而不是盲目地追随疯狂的多数人。
　　"小圣人"——那个年轻的白人士兵——背叛了他自己的事业,而去帮助一个印第安小男孩逃跑。"青春痘"从未见过这样的举动,他决定帮助他,他驱使着老加斯的病体完成了令人难以置信的壮举——他用捡来的枪托砸到了正在瞄准的"胡子将军",将"小圣人"和"弓箭男孩"拉上马。
　　一旦受到启发,主人公马上表现出他的牺牲精神。为了让"小圣人"和"弓箭男孩"成功跑掉,加斯("青春痘")决定让他们俩先骑马逃跑,而自己则留下了阻击敌人。当"小圣人"和"弓箭男孩"跑远之后,加斯("青春痘")思考了屠杀的残酷,他再一次犹豫,不知自己是否有勇气朝追击者射击。他有着一颗挽救他人的善心,却没有杀戮的残忍:

---

　　① Alexie, Sherman. *Flight*. New York: Grove/Atlantic, Inc., 2007: 93.

我认真地瞄准，然后，我大笑起来。我因为在银行里朝着一群陌生人开枪而开始了附体时间之旅，真是邪恶可怕的举动。现在，我趴在土里，准备朝另一群陌生人开枪，这次是为了自卫，并保卫骑马跑得离我越来越远的两个男孩。

那次杀戮和这次杀戮真的有区别吗？上帝真的赞同一些屠杀之举而反对另一些屠杀之举吗？如果我射杀了追击者，让"小圣人"和"弓箭男孩"逃掉，我会成为英雄吗？①

……

我认真瞄准，我不知道自己是不是有勇气射杀他们。真是很怪啊！我曾经在银行里疯狂扫射，那些人根本就不会伤害我，现在，我却不确定敢不敢向要杀我的人射击。

我听到了尖叫声。我意识到是我自己在尖叫。

我听到哭泣声。我意识到是自己在哭泣。

我闭上了眼睛。②

附体在加斯身上的"青春痘"意识到杀戮是没有意义的，他很反感杀戮，于是，他不再有任何杀人的欲望，索性闭上了眼睛。这是一个重大顿悟，一旦印第安人和白人停止相互杀戮，他们是有可能和睦共处的。

主人公后来的历险在人际关系、忠诚/背叛和义务等方面都给予他启发。"青春痘"的历险之旅将他带到了不同的关系中——师生关系、夫妻关系、父女关系、父子关系等。"青春痘"由过去跳跃到未来，他附体在飞行教练吉米的身上。吉米正面临着很多抉择，试图决定是否要教埃塞俄比亚的穆斯林阿巴德开飞机，他还必须决定是跟情人在一起，还是跟妻子在一起。由于他对妻子的不忠，他还要面对他妻子的枪口（他不知道枪里没有子弹）。吉米最终决定教阿巴德开飞机，离开他的情人，回到妻子身边。然而，当他的学生阿巴德把飞机撞向交通高峰时段的芝加哥市中心时，吉米的心都碎了，他感到阿巴德背叛了他，欺骗了他。阿巴德不能原谅美国对他的祖国埃塞俄比亚所犯下的恶行，吉米的妻子琳达不能原谅吉米的背叛不忠，然而，"青春痘"却似乎理解

① Alexie, Sherman. *Flight*. New York：Grove/Atlantic, Inc., 2007：105.

② Alexie, Sherman. *Flight*. New York：Grove/Atlantic, Inc., 2007：106.

了或者说原谅了"有通奸行为的、企图自杀的飞行教练（吉米）"①。当飞行教练（"青春痘"的附体）下坠时，他想到了"我恨的人，我背叛过的人，背叛过我的人，我们都是一样的…… 我闭上眼睛祷告"②。"青春痘"是在为原谅和赎罪祈祷，为暴力和复仇的终结而祈祷。

主人公和他父亲的"相遇"使得他对父亲身份有了新的理解。最富有戏剧性的一幕便是"青春痘"发现自己附体在他父亲——一个无家可归的印第安人——的身上。他父亲在华盛顿州的塔克玛，遍体鳞伤、衣衫褴褛，当时正和码头上的一只老鼠对视。"青春痘"发现他的父亲实际上很爱他和他的母亲，因为他兜里带着他们俩的照片。"青春痘"的父亲之所以在他的母亲生他时离开，是因为他自己的父亲经常酗酒，虐待他，给他的心灵造成阴影，导致他没有信心，不能确定自己是不是有能力做一个好父亲。当时产房的护士看到的是一个"懦弱的男人，因为他的懦弱感到羞耻"，"上帝啊！她想，帮这个可怜的人找到自信吧！"③ 有趣的是，"青春痘"的父亲要求一个路人通过给他讲一件隐私的事情（一件他没有告诉过任何人的事情）对他显示一点尊敬。这个陌生人告诉他，他女儿的宠物鹦鹉（名叫哈利·波特）企图跳到热水里自杀，后被送到急救病房抢救，当他看到鹦鹉插着氧气管时觉得很可笑，就笑出声来，他女儿非常失望，非常气愤，跑到姥姥家，再也不愿意理他。从这个故事中，"青春痘"感悟到，作为一位父亲是一件非常严肃的事情。他也意识到，这位父亲内心很痛苦，"在默默地流泪"④，因为他的女儿不肯原谅他。于是，"青春痘"决定原谅他的父亲，父亲离开他和母亲不是因为他不爱他们，而是因为他自身有苦恼。

在上述的事件中，"青春痘"有了很多顿悟。他经历了很多窘境，这些窘境促使他思考，使他良心发现，给了他很多顿悟。他意识到愤怒、暴力、恐怖主义、憎恨和复仇都不是最终的解决办法，人们最终要学会原谅。如康明斯所

① Tepper, Anderson. "A Boy's Life, Zits and All: Sherman Alexie's Young Hero Sets Off on a Journey Across Time and Race." *The Village Voice*. March 15, 2007. http://www.villagevoice.com/2007 – 03 – 13/books/a – boy – s – life – zits – and – all/ < accessed Oct. 10, 2008 >.

② Alexie, Sherman. *Flight*. New York: Grove/Atlantic, Inc., 2007: 130.

③ Alexie, Sherman. *Flight*. New York: Grove/Atlantic, Inc., 2007: 153.

④ Alexie, Sherman. *Flight*. New York: Grove/Atlantic, Inc., 2007: 148.

说，"青春痘"的"复仇之旅变成了换位思考的教育课"①。"青春痘"通过这个旅程"对他自己和他的国家有了一个新的理解"②，当然，他对历史和其他的人也有了新的理解。

从这些经历中，"青春痘"对背叛也有了更深刻的理解，他逐渐意识到背叛是一种普遍现象，有时是不可避免的，还有的时候是可以原谅的。"公正"背叛了他的信任；"小大人"背叛了"疯马"，当白人士兵用刺刀刺他时，"小大人"帮忙拧着他的胳膊；爱达荷州红河的那那普世保留地上的印第安人"马"和"麋鹿"背叛了同胞朱尼尔，但是坚持要让他按照传统葬礼下葬，否则他的灵魂"上不了天堂"③；"小圣人"和加斯背叛了美国骑兵，为的是拯救一个生命。他们都有充足的理由：

"小圣人"和我救了一个印第安孩子。这使我们成了叛徒。叛徒是永远、永远也不会被原谅的，也是不会被忘记的。④

……

"你为什么要救那个印第安男孩？"

"小圣人"想了一会儿，"我参军是为了保卫人民的，"他说，"我现在所做的不就是保卫人民吗？"⑤

……

我从他的眼睛里能够看到他已经准备好面对一切了，他为了救那个印第安男孩，会和一百万士兵厮杀。⑥

恐怖主义分子阿巴德背叛的了他的教练吉米，他也可以找理由说，他是为

① http：//www. washingtonpost. com/wp - dyn/content/article/2007/04/12/AR2007041202510. html? referrer = emailartic le.

② Tepper, Anderson. "A Boy's Life, Zits and All: Sherman Alexie's Young Hero Sets Off on a Journey Across Time and Race. " The Village Voice. March 15, 2007. http：//www. villagevoice. com/2007 – 03 – 13/books/a – boy – s – life – zits – and – all/ ＜ accessed Oct. 10, 2008 ＞.

③ Alexie, Sherman. *Flight*. New York: Grove/Atlantic, Inc. , 2007: 53.

④ Alexie, Sherman. *Flight*. New York: Grove/Atlantic, Inc. , 2007: 100.

⑤ Alexie, Sherman. *Flight*. New York: Grove/Atlantic, Inc. , 2007: 103.

⑥ Alexie, Sherman. *Flight*. New York: Grove/Atlantic, Inc. , 2007: 104.

了他的祖国才这么做的，他的祖国被美国"毁了"①。还有吉米背叛了他的妻子。"他琢磨着多少对夫妻在相互背叛，多少父亲遗弃了自己的孩子，多少人在发起战争，攻击其他的人。我们时时刻刻都在相互背叛。"② 每个人都会时不时地背叛别人，"青春痘"认为这是人类的弱点，阿莱克西本人可能也是这么想的。"青春痘"的父亲背叛了他和他的母亲，但是他有自身的苦楚。背叛如果不能算做人类航程中的"幸福的颠簸"③ 的话，也应该被视为一般的气流颠簸。飞行"一般被认为是美丽无比的，纯洁无比的"④，然而，现实中，飞行不可能纯洁无比。生活的纯洁之旅中不可能没有颠簸，所以，"青春痘"意识到问题是一个人如何应对这些颠簸。

换言之，"青春痘"意识到人们不能简单地以善恶、黑白、对错来判断其他人，而是应该允许一些灰色地带的存在。《飞逸》中的人物总是在转换身份，而不再是简单的、一成不变的白人－印第安人对抗。印第安人"马"和"麋鹿"帮助联邦调查局的白人探员，印第安人加斯帮助美国骑兵，而白人士兵"小圣人"拯救了一个印第安男孩。"青春痘"的旅途"跨越了时间和空间，也完成了更为巨大的种族鸿沟跨越"⑤。事情的复杂化是青少年认知发展过程中一个自然的阶段，因此，"青春痘"对复杂性的认识和接受标志着他的成熟。

实际上，阿莱克西在《保留地布鲁斯》中就已经开始使他的人物多样化，逐渐解构刻板形象。在《保留地布鲁斯》中，虽然印第安人的死对头菲利普·谢礼丹还是一个恶魔，他企图强奸柴克斯，阿姆斯壮先生（乔治·阿姆斯壮·卡斯特的化身）也还是一个印第安杀手（屠杀印第安人的人），因为他拒绝和"郊狼跳跃"乐队签商业合同，也不愿意让他们再试唱一次，从而扼杀了乐队的前途，而乔治·莱特却已经从一个嗜血的印第安死敌变成了一个充满悔恨、善解人意的人，他替"郊狼跳跃"乐队问阿姆斯壮能不能再给他们一次机会，实际上是在帮助乐队成员，他后来还从谢礼丹的魔爪里解救出柴

① Alexie, Sherman. *Flight*. New York：Grove/Atlantic, Inc., 2007：121.

② Alexie, Sherman. *Flight*. New York：Grove/Atlantic, Inc., 2007：121.

③ Alexie, Sherman. *Flight*. New York：Grove/Atlantic, Inc., 2007：121.

④ Alexie, Sherman. *Flight*. New York：Grove/Atlantic, Inc., 2007：128.

⑤ Tepper, Anderson. "A Boy's Life, Zits and All：Sherman Alexie's Young Hero Sets Off on a Journey Across Time and Race." *The Village Voice*. March 15, 2007. http：//www. villagevoice. com/2007 – 03 – 13/books/a – boy – s – life – zits – and – all/ ＜accessed Oct. 10, 2008 ＞.

克斯。

在《印第安杀手》中，并不是所有的白人都对印第安持邪恶的态度。尽管读者会读到善战的阿朗，但是同时也会读到不情愿的帮凶巴里·车尔池，还会读到由帮凶转变成告密者的肖恩·沃德。读者会读到充满憎恨的特拉克·舒尔茨，但也会读到并无恶意的约翰·史密斯的养父母，还有位于两极之间的各类人群。读者还可以读到马特博士和杰克·威尔逊等篡夺并扭曲印第安文化的白人，但是除此之外，他们对印第安人还是比较好的。书中的印第安人也并非千篇一律的好，莱吉·波拉特金就是一个例外，他有极其强烈和残忍的暴力倾向。

在《飞逸》中，人物的刻板形象被进一步解构了。印第安人不再是野人（白人视角），也不再是贵族（印第安视角）；白人不再全部都是文明的、体面的人（白人视角），也不再都是恶魔（印第安视角）。他们不再以肤色划分，而是看他们是善良还是邪恶。除了上述的白人－印第安人的二元对立，"青春痘"（阿莱克西也是如此）还把领养家庭重新分类，也不按领养父母的肤色，而是按他们对领养儿童的态度。"青春痘"想道："提到领养父母，只有两种，第一种凌乱但是善良，努力帮助孩子们，第二种是绝对的福利秃鹰，每个月拿着政府给的支票去取现时都乐得合不拢嘴。"① 他观察到，"我有过两个印第安养父，他们比我的 18 个白人养父中的任何一个都流氓。"② 他提及其中一个印第安养父埃德加，他开始挺好，但是当输掉了和"青春痘"的飞机航模比赛时，他气急败坏地把"青春痘"的飞机模型扔到大树上，航模摔毁了。③ "青春痘"还提及一个有着很长的轨道和很多玩具火车的白人养父，当"青春痘"八岁的时候，他借着玩玩具火车的名目，在黑暗的地下室对"青春痘"做了"邪恶的事情……，令人痛苦的事情，让他流血的事情"④。白人不一定都是坏人，印第安人也并非都是好人。

达夫警官就是一个非常善良、非常富有同情心的白人父亲形象，他真的关心"青春痘"，在"青春痘"和第 21 个领养家庭发生冲突后，达夫帮助他去

① Alexie, Sherman. *Flight*. New York：Grove/Atlantic, Inc., 2007：8.
② Alexie, Sherman. *Flight*. New York：Grove/Atlantic, Inc., 2007：9.
③ Alexie, Sherman. *Flight*. New York：Grove/Atlantic, Inc., 2007：8～10.
④ Alexie, Sherman. *Flight*. New York：Grove/Atlantic, Inc., 2007：75.

了一个过渡教习所，而不是再次入狱。他是一个"麻烦湖边的救生员"①，他真正关心问题少年。达夫警官不仅自己真心关怀"青春痘"，他还说服他的弟弟罗伯特和弟妹玛丽领养了"青春痘"。

里索尔律师也是一个好例子，他是一名公设辩护律师，他很强，但是不去"赚取公司的大钱"②，而成了"拯救我（'青春痘'）这样的问题少年的另一个救生员"③。

在"青春痘"的眼里，并不是所有的白人都是印第安人的敌人，也不是所有的印第安人都有爱心，有些人会充满憎恨。"青春痘"目睹了来自双方的憎恨和残忍。一场战斗结束后，印第安人会侮辱战死的白人士兵的尸体：

我理解士兵为什么必须死，但是我不理解眼前所发生的事，不理解他们对白人士兵尸体所做的一切。

在我的周围，印第安男人、妇女、孩子都在亵渎白人士兵的尸体。

就在那儿，一个印第安祖母在用白人士兵的刺刀刺他自己的尸体。他已经死了，浑身是血，但是她还在不停地刺他的尸体。

我站在那儿，看着她把他的衣服剥下来。她想让他赤身裸体，想让他在来世蒙羞。

……

在我周围，祖母们将（白人士兵的）阴茎、耳朵、手、手指、脚掌切掉。

我看到一个年轻妇女，一个小姑娘，可能只有十岁大，在戳一个白人士兵的眼睛。我跑过去，把她推开了。她想把他的眼睛挖出来。④

印第安人充满了仇恨。他们对白人士兵尸体的亵渎大大冲击了附体在哑巴印第安男孩身上的"青春痘"。

在另一场战斗中，白人士兵为了报复，也在对印第安人做着残忍的、不体面的事情：

---

① Alexie, Sherman. *Flight*. New York：Grove/Atlantic, Inc., 2007：18.
② Alexie, Sherman. *Flight*. New York：Grove/Atlantic, Inc., 2007：19.
③ Alexie, Sherman. *Flight*. New York：Grove/Atlantic, Inc., 2007：19.
④ Alexie, Sherman. *Flight*. New York：Grove/Atlantic, Inc., 2007：73.

我看到一名战士骑着他的马撞向一个印第安老妇。她被撞倒。士兵调转马头，践踏她，然后，他又调转马头，从她身上又一次踏过。

一名士兵跳下马，追逐一名妇女和她的小女儿。他开枪从击中那位妇女的背部。她倒下了。小姑娘跪倒在妈妈身旁。女儿在痛哭。战士瞄准了小姑娘，但是他的枪卡壳了，他又一次扣动扳机，枪还是不响。于是，他抓着来复枪的枪管，枪管还热着，烫了他的手，但是，他感觉不到疼痛，至少现在还感觉不到。他用枪托向小姑娘的头颅砸去，他一遍一遍地击打，一直地击打，直到来复枪断成两截。

一伙战士——大概有七八个吧——把两个尖叫着、踢打着的妇女拖到了帐篷里。

一个战士在一个老头的胸腹部跳起来，又落下，跳起来，又落下……

到处都是士兵射杀印第安人的景象。

子弹横飞。

我看到"胡子将军"单腿跪地，在瞄准四处逃窜的女人、孩子和老人。他们朝着远处的山峦跑去，朝着山上的茂密丛林跑去，朝着两三英里远的山林跑去。

将军扣动扳机，一次又一次，每开一枪一个人就应声倒下。

这简直是疯狂。

我希望我还留着我的来复枪，也好开枪打死自己。我不想再看（到这些残酷行径），我想瞎掉。我想离开这里，不管到哪儿，不管谁的躯体和时间段在等着我。我会很愿意游离于无人之处，我情愿做一个鬼魂，情愿做一个看不见、听不着的鬼魂"。①

双方都是无比的残忍，他们杀人已经杀红了眼，完全不是人们常说的"文明的白人"和"热爱自然的印第安人"。这些形象都被解构了。

阿莱克西还通过"青春痘"的视角解构了充满神秘色彩的英雄人物"疯马"和敌人卡斯特。在他的刻画中，被神化了的神秘人物疯马并不是刀枪不入的，相反却被一个白人士兵用刺刀刺死。他"矮小，比我高不了多少"②，

① Alexie, Sherman. *Flight*. New York: Grove/Atlantic, Inc., 2007: 90 ~ 91.

② Alexie, Sherman. *Flight*. New York: Grove/Atlantic, Inc., 2007: 67.

全非高大英武的形象。他皮肤偏白，几乎和白人一样，"从他的后背、胸脯和胳膊上剥落了一块一块的皮。这个（不典型的）印第安人太白了，都被太阳灼伤了"①。他的头发是浅棕色的，接近棕色，一点都不黑，他的眼睛是"金色的"②。疯马没有一点典型的印第安人模样，他看起来很像混血白人。"小大角"河（著名的小大角战役即发生于"小大角"河边），只是一条"很窄很窄的小河"③，臭气熏天的营寨四周都是尘土飞扬的低山，没有一丝浪漫或者英勇的气息。

乔治·阿姆斯壮·卡斯特在历史上几乎被神化，他因小大角战役而闻名。作为历史上印第安与白人军队对抗中所取得的最著名的胜利，小大角战役被滑稽地命名为"卡斯特的最后一役"。失败者卡斯特反而成了最大的赢家：

他们彻底地把这场战斗命名错了。

他们不应该管它叫做"卡斯特的最后一役"。当然，也是他的最后一役，因为在那场战斗中，他死掉了。哦，不，是这场战斗中。但是，卡斯特并不重要，任何一个人都可以替换他，还有很多其他的士兵很聪明，更擅长屠杀印第安人。

小大角是印第安战争中最后一场真正意义上的战争，自那以后，印第安人放弃了武装抵抗。所以说，卡斯特的最后一役实际上是印第安人的最后一役。但是，哦，那天，不，是今天，印第安人打得非常好，他们准备得也非常充分。④

正如阿莱克西所说，那场战争应该命名为"印第安最后一役"，来纪念印第安武士的战术、勇气和英雄主义精神，但是，却被错误地以败将卡斯特命名。在阿莱克西眼里，卡斯特是一个非常愚蠢、非常自负的怪人。卡斯特之所以成为了民族英雄，是因为他是白人扫除西进运动中的障碍——印第安人的阻挠——的过程中战死的军衔比较高的军官（不管死得有多么不光彩）。

卡斯特在阿莱克西其他的作品中被神秘化，而在《飞逸》中却被去神秘

---

① Alexie, Sherman. *Flight*. New York：Grove/Atlantic, Inc., 2007：67.
② Alexie, Sherman. *Flight*. New York：Grove/Atlantic, Inc., 2007：68.
③ Alexie, Sherman. *Flight*. New York：Grove/Atlantic, Inc., 2007：68.
④ Alexie, Sherman. *Flight*. New York：Grove/Atlantic, Inc., 2007：70.

化。在《保留地布鲁斯》中，卡斯特（化身为阿姆斯特朗先生）是菲利普·谢礼丹和乔治·莱特的老板，而实际上，1863年内战时，他只是谢礼丹将军的下属。他虽然没有谢礼丹军衔高，但是名气却比他大，因为对于白人来说，他是美国扩张和侵略过程中的烈士。

在《飞逸》中，阿莱克西将卡斯特刻画成一个想将一切功劳都揽到自己身上的、虚荣的怪人，从而针砭他华而不实的形象。卡斯特全然不顾上级阿尔弗雷德·豪·特里将军每天只能行军二十英里的命令，相反，他逼迫他的士兵每天推进七十英里。他本应该等格林机关枪和兄弟部队（约二三千人）到位后再发起攻击，"但是，他没有等。他想将所有荣誉揽到自己身上 …… 他是一个多么自负的卑鄙小人啊！……他本想吓唬一下印第安人，把他们打跑算了，然而，他冲进了数千名配备了连发来复枪的印第安人有组织的包围圈"①！这个嗜血的白人压迫者因为虚荣和愚蠢得到了应有的下场。

"青春痘"现在明白了：有些事情并非表面上看到的那样，他对历史事件和当代事件必须有自己的见地和明确想法。

第三节　身份形成

通过历险，"青春痘"经历了各种各样的关键时刻，通过各种各样的人的视角看问题。附体在不同人的身上，透过不同的人的视角，他对于各种情况和各种人的理解更深刻，找到了自己的身份，因而，形成了自己的身份。他所附体的人包括各个年龄段的：十二岁的印第安男孩、三十五岁的联邦调查局探员汉克·斯托姆、不惑之年的飞行教练吉米、五十岁的父亲、老年的加斯（很可能六七十岁）。他所附体的人还为不同的方面效力，他被迫用枪、刀等武器指着受害者，也被别人用枪指过。随着故事的推进，暴力的级别在降低，暗示着暴力的平息和和谐平安的产生。当他附着在他的父亲和加斯的身体上的时候——加斯的爱尔兰口音暗示他是在扮演"青春痘"姥爷的角色——"青春痘"似乎已经找到了自己的根——生理根源、历史根源、文化根源，这一切都帮助"青春痘"形成自己的身份。

在"青春痘"的身份形成过程中，"镜像"（不管是纯镜像还是比喻意义

---

① Alexie, Sherman. *Flight*. New York：Grove/Atlantic, Inc., 2007：71.

上的镜像）都起到了重要的作用。"青春痘"（汉克·斯托姆）照了照镜子，发现他的脸上没有任何青春痘，是一张完美的脸，他感觉吃惊极了：

我转身看到了我在镜子里的像。我本想看到一个装出来的克林特·伊斯特伍德，① 但是，我看到的并不是我的脸。

嘿，是不是很神奇啊？

他们一定给我做了整形手术。我的脸一定被子弹给炸烂了，于是，他们不得不把我那长满了粉刺的印第安少年的小脸换掉，换成了一个潇洒英俊的白人的脸。

没错，我在镜子里看到的正是一个英俊的白人的脸。他的头发是金黄色的，他的眼睛是蓝的，他的皮肤白皙透明。这小子整张脸上没有一个粉刺。这小子就是我。

现代医学多么令人难以置信啊！

"哇！"我对着警察叫道："我太喜欢我的新脸了。"②

在镜子里，"青春痘"看到，如果没有粉刺（象征着他所遇到的问题），他也可以成为一个英俊、完美的人。"青春痘"的信心大大提高，也正是因为如此，在小说结尾时，他同意了让他的养母玛丽给他治痤疮。

同样地，附体在印第安男孩身上的"青春痘"在他父亲要他杀的白人士兵的眼中看到了自己的影子，这个影子帮助他开始了换位思考，阻止了他的杀戮行为——他们还都是孩子，不应该杀戮。附体在加斯身上时，"青春痘"从年轻的白人士兵"小圣人"的行动中也看到了自己的应有形象，"小圣人"良心发现，英勇地救下了处于危险境地的印第安男孩"弓箭小子"。吉米在他飞机的喷漆表面上看到了自己的影子，他认为他的飞机是完美的，但是，他没有预见到他的家庭和学生即将遇到的问题，以致于问题发生时，他万念俱灰，只想寻死。"青春痘"的父亲在码头上的老鼠、听到的故事中被剪了翅尖的鹦鹉和给他讲故事的白人父亲的身上看到了自己的影子：码头老鼠的凝视使他意识到了他是一个人，而不是一直老鼠，所以他需要一些尊敬和面子；被剪掉翅尖羽毛的鹦鹉反映出他的无力和无望——不能为了生活的理想而展翅高飞；街头

---

① 克林特·伊斯特伍德：美国男演员，由于塑造了一系列西部片中的硬汉形象而闻名。
② Alexie, Sherman. *Flight*. New York: Grove/Atlantic, Inc., 2007: 40.

遇到的白人父亲使得"青春痘"的父亲意识到做父亲是一件非常严肃的事情。虽然白人父亲给"青春痘"的父亲起各种充满歧视的外号——"酋长""显而易见首领""大地至上博士"等①，表达白人对族裔人群的偏见——认为族裔人群原始、简单、愚昧、懒惰、奴性②，然而，"青春痘"的父亲通过要求白人父亲给他讲一个故事，洞穿了白人父亲的父亲身份，获得了有关白人统治阶级的知识，解构了无所不能、始终正确的白人父亲形象，颠覆了白人／族裔的权力等级关系③，赋予自己力量，使得双方站在同一水平线上。

　　身份形成的过程是通过主人公身体症状反映出来的。首先，他的青春痘（痤疮）象征着他作为青少年在社会中所遇到的问题。当"青春痘"附体在联邦调查局探员的身上时，他被迫目睹谋杀，他呕吐了。身体的反应暗示着他对所见所闻的不适应。当"青春痘"附体在喉管被白人士兵用刺刀割断的印第安男孩的身体中的时候，他不止一次地想叫喊，却发不出声音，例如当卡斯特带兵冲向山谷时，又如当他想叫那个很强壮的印第安武士"父亲"的时候。"失声"象征着他和别人沟通的困难，一旦他可以用声音表达自己的观点，他的身份形成过程就完成了。另一个例子是他很有特点的口头语"爱咋地咋地"（正因如此，达夫警官称他为"咋咋地先生"）。他还胡乱编出一些怪异而又无意义的声音，如"扑棱"或者"扑扑楞楞扑棱"，来表示对他的第21任养父的不屑。附体在他酒鬼父亲的身体里的时候，"青春痘"深受胃病困扰，因为他父亲长期饮酒过量，胃已经被酒精烧得不成样子，他经常呕吐。附体在飞行员吉米身上时，"青春痘"也经历了类似的问题。他盲目地选择了学生，在处理家庭事务和婚外恋的事情上非常没有洞察力。吉米在他的飞机的反射中看到自己的影子，他认为他的飞机和他自己都完美无缺，因此，他对飞机关爱有加，非常钟情。但是，他对自己的问题视而不见（或者用他自己的话说，他不能预见自己的"气流颠簸"），他愚蠢地选择了一个恐怖主义分子作为学生，而且看不到他的婚姻就要走进坟墓。也就是说，"青春痘"在身份形成过程中经历了各种各样的身体方面的问题，这些问题一旦解决，他的身份形成就完成

①　Alexie, Sherman. *Flight*. New York: Grove/Atlantic, Inc., 2007: 144~145.

②　Chen, Xu. "An Interpretation of the Indian Fiction of the American West. " *Journal of Sichuan International Studies University* 122. 6 （Nov., 2006）: 359.

③　Hall, cited in Chen, Xu. "An Interpretation of the Indian Fiction of the American West. " *Journal of Sichuan International Studies University* 122. 6 （Nov., 2006）: 360.

了。又如，加斯有严重的关节炎，他因此跛行，也就是说，"青春痘"在加斯身体里不能够很好地控制他的身体。当他试图将"胡子将军"和他的士兵领入歧途时，他的身体不听使唤，相反，它（加斯的身体）根据自己的记忆将军队带到了他们想去的地方。当他看到"弓箭小子"处于危难境地的时候，他试图跑过去帮助他，但是，他膝盖一软，跌倒在泥土里。① 然而，逐渐地，"青春痘"获得了控制自己身体（或者是宿主身体）的能力，当"胡子将军"要射杀"弓箭小子"和"小圣人"的时候，加斯在"青春痘"的控制下捡起一支来复枪，追上了一匹马，"痛苦地翻身上马"②，然后，朝"胡子将军"冲去。加斯（"青春痘"）用来复枪将"胡子将军"打倒，救下了"弓箭小子"和"小圣人"。现在，他们成为所有白人士兵的射击目标。

我身体的一部分（加斯的部分）想让我停下了，转身重新加入白人军队，重新宣誓效忠，但是，我现在可以战胜加斯。我所做的是正义的，我在努力营救想救"弓箭小子"的士兵。

……

单凭加斯衰老多病的身体，他是做不到这些的，现在我拥有这具躯壳。③

随着"青春痘"所目睹的暴力的升级，他的良心被唤醒，所以，他的意志已经克服了加斯身体上缺陷。"青春痘"现在很清楚他要和谁站在一边，也很清楚他要采取什么样的行动。

卡明斯评论道："即使当'青春痘'附体在别人身上时，他也很少丢掉'青春痘'意识，所以，我们（读者）是用一个精神、一个声音、一颗心感受'他人'的。"④ 开始，"青春痘"为了控制他宿主的身体必须努力挣扎，后来，他逐渐地可以自如地控制他们的身体了。当后来白人夫妇罗伯特和玛丽要领养他时，他同意让玛丽给他治疗脸上的青春痘，身体症状的终结象征着他身

---

① Alexie, Sherman. *Flight*. New York: Grove/Atlantic, Inc., 2007: 92.

② Alexie, Sherman. *Flight*. New York: Grove/Atlantic, Inc., 2007: 94.

③ Alexie, Sherman. *Flight*. New York: Grove/Atlantic, Inc., 2007: 95.

④ http://www.washingtonpost.com/wp-dyn/content/article/2007/04/12/AR2007041202510.html? referrer = emailarticle.

份形成的完成。他的最后一句话"我真正的名字叫麦克尔。请叫我麦克尔"①象征着他已经不再受"青春痘问题"的困扰，已经了解了历史和人世，并和社会达成了妥协，形成了自己的身份。他已经羽翼渐丰，放弃了自杀的念头，也放弃了诉诸暴力、逃离社会的想法，他已经冲向云霄（像一架飞机一样），开始了一段充满了希望的飞行。

"青春痘"的时间旅行和身体寄宿实际上只是幻想，他只是站在银行大厅的一个花盆后犹豫是否开枪杀人。他的犹豫也许只有分钟甚至几秒钟，然而，在这短暂的时间里，他的想象（谁又能说这不是阿莱克西的想象呢？）使他从多个角度重新思考问题。正如召斯特（Jost）所说，"一天胜似十年"②，几秒钟或几分钟可能与十年一样有影响力。"青春痘"的幻想使读者想起阿姆布罗斯·比尔斯（Ambrose Bierce）的短篇小说《猫头鹰溪桥上的事件》（An Occurrence at Owl Creek Bridge）和马克·吐温的长篇小说《亚瑟王朝廷上的美国佬》。前者描写了一个美国南方奴隶主士兵幻想着他被绞死前逃跑。后者中，主人公黄粱一梦，穿越时间和空间，从十九世纪的美国回到了亚瑟王时期，来到了中世纪亚瑟王的朝廷凯莫罗（Camelot）。在《猫头鹰溪桥上的事件》中，主人公在幻想的逃跑中被士兵追杀，在《飞逸》中，"青春痘"一直在逃离暴力和追击。在《亚瑟王朝廷上的美国佬》中，美国佬将当时（十九世纪）的现代发明（如电灯、电话、电报等）都移植到了中世纪王廷，在《飞逸》中，"青春痘"嘲笑汉克·斯托姆斯不知道手机为何物。想象着实可以将过去和现代的想法汇合一处，相互作用，因此，可以产生对现实事物全新的视角。

因此，经过一系列想象中访古探未来的时间旅行之后，"青春痘"最终融入了善意的社会，罗伯特和玛丽组成的白人领养家庭就是这一社会的缩影。虽然，这一融入过程有些被动，但是意义却十分重大，因为11～12年前，阿莱克西的两部小说《保留地布鲁斯》和《印第安杀手》中的主人公都不能融入主流社会。

孙胜忠总结了以德国、英国为主的欧洲经典成长小说和美国成长小说的差别，认为：

① Alexie, Sherman. *Flight*. New York: Grove/Atlantic, Inc., 2007: 181.

② Alexie, Sherman. *Flight*. New York: Grove/Atlantic, Inc., 2007: 106, cited in Sun Shengzhong. *Eternal search for an Elusive Dream: A Study of Artistic and Cultural Expression of American* Bildungsroman *with a Focus on Twain, Faulkner and Salinger*. Diss. Shanghai International Studies University, 2004: 17.

前者呈现成长主体的道德和精神发展，由耽于幻想到肯定实际行动，最后融入社会——戏剧性结局；后者描述的主人公驻足于通向成人世界的门槛上，未能进入现实生活和客观世界，徘徊在社会之外，通常走向不可知的未来——悲剧性结局。前者线性的文本结构勾勒出主人公走向既定目标的清晰路径，而后者环状的文本结构消解了对一个确定的、可达到的目标的预设。①

孙胜忠的结论是基于他对三部作品的分析得出的——马克·吐温的《哈克贝利·费恩历险记》、威廉·福克纳的《熊》和 J·D·塞林格的《麦田守望者》。他的分析结果如下：

（三部小说代表了）美国成长小说中的三种成长形态——未竟的成长、典仪式的成长和迷失的成长。与此相对应，成长模式的艺术表达在三个路径上呈现出来：在第一条路径上，主人公由懵懵懂懂到逐渐清醒，最后准备再次踏上历险的征程；在第二条路径上，主人公被引入自然，被灌输了一种崇高但已不适合时宜的价值观念，因而他生活在现代社会却沉浸在古老的道德境界中，由"顿悟"走向"遁世"；在第三条路径上，主人公怀着对孩童的热爱和对成人的偏见甚至敌意，遭遇了各种挫折和失败，最后十分震惊地认识到其理想的虚幻本质，但却迷失了前进的方向。②

由于孙胜忠的分析并没有考虑到美国土著文学，所以，如果我们拿他总结出来的规律来套阿莱克西的作品的话，会发现它只适用于其中一部小说，其他的都不适用。有环形结构的作品可能以破碎的梦结尾（如《保留地布鲁斯》，也是唯一的巧合），或者是主人公成功融入一个社会（《飞逸》）或者两个社会（《一个兼职印第安人绝对真实的日记》，这部作品的结构也可以看做是直线

① Sun Shengzhong. *Eternal search for an Elusive Dream: A Study of Artistic and Cultural Expression of American* Bildungsroman *with a Focus on Twain, Faulkner and Salinger.* Diss. Shanghai International Studies University, 2004: v.

② Sun Shengzhong. *Eternal search for an Elusive Dream: A Study of Artistic and Cultural Expression of American* Bildungsroman *with a Focus on Twain, Faulkner and Salinger.* Diss. Shanghai International Studies University, 2004: v.

型）。阿莱克西的《印第安杀手》似乎呈线性但又没有描述主人公完整的融入。换言之，阿莱克西的小说不符合经典成长小说的模式，也不符合美国成长小说的模式。

《印第安杀手》可以看做是约翰·史密斯的线性成长的描述，但是，他没有成功融入社会，而是选择了自杀。在同一本书里，莱吉·波拉特金成了逃亡者，也不能融入社会。换言之，《印第安杀手》使用了线性描述，但是成长主体的结局并不圆满，尽管如此，故事结尾的"鬼舞"场景对所有印第安人来说还是可以看做是积极结尾。

《飞逸》的故事结构是环形的，结局也比较圆满。故事以主人公在第21个领养家庭的开场白开始："叫我'青春痘'。"① 然后，他和养父打了一架，从领养家庭逃了出来。他被达夫警官带到了管教所，在那儿，他结识了"公正"，并和他成为了朋友，"公正"唆使他寻求暴力。然后，"青春痘"来到银行，他的幻想使得他踏上了历险之旅，回溯历史，预期将来，旅程结束后，他获得了"顿悟"，并回到了银行，下定决心不开枪。接下来，他找到了达夫警官，上缴了武器，达夫警官和"眼镜"探长帮助他调查"公正"的存在。最终，达夫安排他的弟弟罗伯特的家庭领养"青春痘"。"青春痘"在罗伯特家很高兴，所以，他告诉读者叫他麦克尔。从上述可见，这部小说完成了一个圆，有艺术对称美，并且是完美结局。

至于三种成长模式（未竟成长、典仪式成长和迷失的成长），在阿莱克西所有的小说中，托马斯·生火和温水姐妹（《保留地布鲁斯》）属于第一种模式，经历了一个回路式的历程，故事结尾时，他们作好了重踏征程的准备（纽约发展不利，准备去小城市斯波坎）。阿莱克西作品中的人物都不符合第二类成长，然而，莫马黛《黎明之屋》中的亚伯属于这种成长，他回归了传统。约翰·史密斯（《印第安杀手》）和朱尼尔以及维克多（《保留地布鲁斯》）属于第三类，他们收获的只有梦碎，最终不能融入社会。《逃逸》是环形结构，但是结局却很完美，或者说"有点完美"②，这一点和孙胜忠的结论也不一致。尽管"青春痘"融入社会的过程有些被动，完全是靠白人的慷慨，

---

① Alexie, Sherman. *Flight*. New York：Grove/Atlantic, Inc., 2007：1.

② Buchan, James. "This Charming Man：Sherman Alexie's *Flight* Is in Danger of Losing the Plot." *The Guardian*（Saturday January 19, 2008）. ＜http：//www.guardian.co.uk/books/2008/jan/19/fiction3/print＞ accessed 24 Oct., 2008.

但是，这也不失为一种积极的迹象。正如布禅（Buchan）所指出，"从一个方面来讲，这部小说在我看来比阿莱克西早期的作品有优势。此前作品中似乎挥之不去的殉难者形象似乎已经不再……他现在可以写一些圆满的，或者是接近圆满的结局。"①

从上述分析可以看出，阿莱克西的小说不太符合孙胜忠总结的规律。即使是《保留地布鲁斯》（上文提到的唯一巧合），情况也有不同，起点不同——主人公从保留地出发，试图融入主流社会，然而，一般的成长主体（如《麦田守望者》中的霍尔顿）只需要应对一个社会。

并不是所有的作品都可以归类，这也是很正常的事。孙胜忠只研究了三部作品，尽管三个作者都很有名气，但在此基础上泛言美国成长小说的规律似乎有些冒险。值得人们思考的是，在提及美国文学时，很多人并没有考虑本土作家。

因此，笔者试图提出有关美国印第安成长小说的假说。笔者认为当我们考虑美国印第安裔成长小说时，首先要探究身份认同和种族关系。首先，成长主体需要有一个很清楚的身份，熟悉自己的传统文化和生理根基，换言之，他（她）必须清楚从文化角度和族谱角度讲自己是谁。他（她）必须熟悉部落传统，并从中汲取力量（如形成保护性的弹性），以便于他（她）在努力融入主流社会的过程中不迷失自我。证据表明，在阿莱克西的作品中，身份认同清楚的主人公都能够成功地融入社会（如《飞逸》中的"青春痘"和《一个兼职印第安人绝对真实的日记》中的阿诺德（朱尼尔）·斯皮利特），或者有机会东山再起（如《保留地布鲁斯》中的托马斯和温水姐妹）。有身份认同问题的主人公（经常因为与部落传统的主观或者客观隔绝）经常会结局悲惨或者结果不确定（如《保留地布鲁斯》中的维克多和朱尼尔以及《印第安杀手》中的玛丽、莱吉和约翰）。

另一方面，种族关系需要对成长主体有利，换言之，主流社会对族裔人群的态度应该友好，至少不是充满敌意的。阿莱克西的前两部小说中，主流社会对族裔人群极其敌视，所以成长主体的努力都以失败告终；他的后两部小说，

① Buchan, James. "This Charming Man: Sherman Alexie's *Flight* Is in Danger of Losing the Plot." *The Guardian* (Saturday January 19, 2008). < http: //www. guardian. co. uk/books/2008/jan/19/fiction3/print > accessed 24 Oct., 2008.

由于描述了比较友好的主流社会，因此刻画出一个成功融入主流社会的成长主体。

作者的态度也很重要。通过在后两部小说中成功刻画融入主流社会的成长主体，阿莱克西表现出融合的倾向，并且回击了有关他偏爱纯种印第安人，不喜欢混血印第安人的说法①。《飞逸》中的"青春痘"是对后者的有力支持。一个印第安青年，而且是一个混血印第安人，能够成功融入主流社会，恰恰因为他理清了他的文化根源和身份问题。他作为一个有自己民族特性的、自主的个体融入社会，而不是一个"迷失的傻鸟"（与自己的民族传统根源隔离，没有价值取向的印第安人）。

再重申一下小说《飞逸》的主题：在主人公的幻想探索②的征程上，他目睹了暴力、战争、恐怖主义、背叛、复仇，并经历了一次重要顿悟——即杀戮和报复是痛苦的、无用的，而宽容和谅解是缓和印第安－白人关系的关键。主人公还学会了区分鬼祟和真诚、邪恶和善意。他意识到不应该以人的肤色来判断人，而是根据他们的行为论事；一个成熟的人应该根据良心行事；为了做好自己的社会角色——教师、丈夫、父亲——一个人需要认真对待自己的身份；任何人都需要一定的尊严和尊重。

这部小说称环状结构，并且刻画了一个成功融入的混血主人公，这一点和前人总结的规律不尽相符。当论及族裔青少年的成长时，两个因素是必不可少的——一个友好的主流社会和成长主体在谙熟文化传承的基础上形成的健全身份。

---

① James, Meredith K. *" Reservation of the Mind"：The Literary Native Spaces in the Fiction of Sherman Alexie*. Diss. University of Oklahoma, 2000.

② 幻象探索（vision quest）：在某些美洲印第安人中的一段精神寻求时期内，常作为一个人进入青春期的仪式，通常通过隔绝、禁食和诱使自己进入一种恍惚的状态，其目的在于了解超自然力或从中得到保护。

第五章

主动融入

——《一个兼职印第安人绝对真实的日记》

阿莱克西归根结底不想让印第安人彻底地拒绝西方理想、文化和宗教，相反，他试图在两者之间找到一条出路。

——格拉贤①

美国不是由一根线、一种颜色、一片布织成的毯子。

——杰西·杰克逊②

如果说杂糅是异端邪说，那么亵渎神灵则是做梦。

——霍米·巴巴③

如果说《飞逸》中的"青春痘"因为幸运而被动地融入社会，那么阿莱克西的新作《一个兼职印第安人绝对真实的日记》中的阿诺德·朱尼尔·斯皮瑞特则朝着融合迈出了积极的一步。他熟知传统，得到家人的支持，作出了一个重要决定，跨越界限，和白人打成一片，得到了白人的鼓励和友谊。他也受到来自部落的压力，但是他勇敢承受，最终得到了他们的谅解。阿莱克西呈现给读者一个清醒、幽默、勇敢、成功的印第安人新形象——一个后印第安武

---

① Grassian, Daniel. *Understanding Sherman Alexie*. Columbia, South Carolina: University of South Carolina Press, 2005: 101.

② 杰西·杰克逊（1941~），美国牧师、民权运动领袖政治家。引用部分出自他于亚特兰大民主党全国大会上的演讲词。

③ Bhabha, Homi. *The Location of Culture*. New York: Routledge, 1994.

士形象。

"后印第安武士"是美国印第安作家、理论家杰拉德·维泽诺造的新词，指二十世纪的美国印第安作家，这些作家"是新一代故事讲述者，他们刻画转型和生存，他们在后现代语境下讲述土著人的故事"①。

维泽诺认为后印第安人的言行反抗了主流文化关于印第安人的不准确印象和种族主义行径，因此，后印第安人并不受限于时间，而是受行为、态度以及理解的影响。后印第安武士用愤怒、讽刺、幽默与占统治地位的世界观和活动抗争，有时也用笔，"他们在文学领域，以祖辈骑马征战敌人所表现出的同样勇气和敌人作战"②。

阿莱克西就是一名后印第安作家，因为他就是用幽默、讽刺和手中的笔来纠正主流社会对印第安人的印象。他告诉白人读者当今的印第安人充满了抱负，并不只是等着消失。此处，我们将这一概念应用于具有同样特征的所有印第安人。"后印第安人"是"印第安"人的对照和延续，后者指的是"没有文化的原始人"③。朱尼尔是一名后印第安武士，因为他不愿意放弃，不甘心失败，不甘于落入白人俗套，不甘心被白人刻板化。他自信可以立足白人主流社会，也最终做到了。

对于一名新印第安人来说，勤劳、智慧和毅力帮助朱尼尔在主流社会取得成功，而更新了的部落传统和家庭支持对他的顺利融入至关重要。新印第安人可以轻松地游走于印第安和白人两个世界，他充满冒险精神、抱负和恒心。他学习优秀，社会生活丰富，擅长体育运动。体育运动，尤其是篮球运动在帮助新印第安人朱尼尔提高信心方面起到非常重要的作用，给他力量，帮助他获得白人社会的认可，还增进了他与部落成员之间的团结。

① Tatonetti, Lisa Marie. *From Ghost Dance to Grass Dance*: *Performance and Postindian Resistance in American Indian Literature*. Diss. The Ohio State University, 2001: 152.

② Vizenor, Gerald. "Preface." *Manifest Manners*: *Narratives on Postindian Survivance*. Lincoln: U of Nebraska P, 1999: 4, cited in Tatonetti, Lisa Marie. *From Ghost Dance to Grass Dance*: *Performance and Postindian Resistance in American Indian Literature*. Diss. The Ohio State University, 2001: 152.

③ Tatonetti, Lisa Marie. *From Ghost Dance to Grass Dance*: *Performance and Postindian Resistance in American Indian Literature*. Diss. The Ohio State University, 2001: 152.

第一节　跨越界限

首先,《一个兼职印第安人绝对真实的日记》中的主人公很果敢,勇于跨越界限。主人公朱尼尔作出离开保留地的决定,是因为保留地上一潭死水,充满了绝望。自从 1830 年《印第安迁移法案》通过,印第安人就被迫西迁,并被限制在贫瘠、不适合耕作的土地上,是为保留地。由于多数印第安部落是游牧部落,不善耕作,也由于越来越多的白人盯上了他们的土地,在 1887 年《道斯法案》颁布后,印第安人丢掉了很多土地。截止到 1934 年,印第安人已经失去了他们保留地的四分之三。① 留在保留地上的印第安人多数处于孤立、压抑的状态,多数保留地"落后、贫穷,保留地上的居民处于美国最贫穷的人群之列"②。正如格拉贤所言,保留地上的印第安人"努力抗争,在深渊之中求生存,其境况接近第三世界,贫困使人们难以自豪,经常有损其尊严"③。贫困和绝望经常导致印第安人酗酒成性,正如短篇小说《亚利桑那菲尼克斯意味着什么》中的主人公维克多·约瑟夫所说,"我真正和别人分享的只有酒瓶和破碎的梦"④。贫穷和失望使人们意志消沉,他们通常采取自杀或者酗酒的方式寻求毁灭。

在《一个兼职印第安人绝对真实的日记》中,贫穷随处可见,多数人处于疏离、抑郁、绝望的境况。朱尼尔调侃说他的父母"来自贫穷的人,这些穷人父母也是穷人,依此类推,直至最早的穷人。亚当和夏娃用无花果树叶挡住了他们的私处,而最初的印第安人用他们的小手遮羞"。保留地上的生活似乎以酒精和死亡为中心,人们喝酒、死去。到十四岁时,朱尼尔已经参加过四十多场葬礼了,在雷尔丹高中读书期间就参加了三场。在一次访谈中,当阿莱克西回忆"在令人绝望的贫穷中长大的痛苦"时,他提及酒精引起的暴力和

① Bee, Robert L. "Native American Reservations." *Microsoft* ® *Student* 2007〔DVD〕. Redmond, WA: Microsoft Corporation, 2006.

② Bee, Robert L. "Native American Reservations." *Microsoft* ® *Student* 2007〔DVD〕. Redmond, WA: Microsoft Corporation, 2006.

③ Grassian, Daniel. *Understanding Sherman Alexie*. Columbia, South Carolina: University of South Carolina Press, 2005: 21.

④ Alexie, Sherman. *The Lone Ranger and Tonto Fistfight in Heaven*. New York: Atlantic Monthly Press, 1993: 74.

自我毁灭，这些都在《一个兼职印第安人绝对真实的日记》这部半自传性质的小说中有所体现。阿莱克西说："那一年的实际情况比书中写的更糟，书中死了三个人，而实际上，那一年之间死了九个人。"① 他的祖母被一个酗酒的人撞死，他父亲最好的朋友尤金因为和别人争酒瓶里最后一滴酒而和别人斗殴致死，他的姐姐玛丽酒醉后昏睡在拖车里，死于拖车大火。

很多人都日趋沮丧，而主人公朱尼尔则不同，他好像是保留地上唯一一个有志向、有抱负的人。他刚生下来时得了脑积水，经常受癫痫之苦。他很聪明，在学校也很勤奋，但是经常被其他孩子欺侮。在保留地高中的第一天，他在几何教材的内封看到了他母亲的名字——艾格尼丝·亚当斯——他愤怒了，将书扔向老师 P 先生，然后决定转学到一所全白人学校雷尔丹。雷尔丹位于距保留地 22 英里的农场小镇，就读的都是富有的白人孩子。

朱尼尔描述了他在书的内封上发现母亲名字时的感受：

她生我的时候三十岁。对！就是说，我盯着的那本书至少要比我大三十岁。

我简直不敢相信！

多么可怕啊！

我们的学校和部落穷得（连书都买不起）我们只能用我们父母用过的破书。这简直就是世界上最惨的事情。

让我告诉你，那本老旧、老旧、老旧的几何衰书以原子弹的威力击中了我的心。我的希望和梦想都随着蘑菇云飘散而去。②

在一次访谈中，阿莱克西回忆了自己的真实经历，他说："实际上，我是把书扔到墙上的，而不是像小说中写的那样扔到老师的脸上。"③尽管目标不

① Kcoberdanz, Kristin. "Angst and Comedy. Tales of Racism, Amnesia, Fantasy and Death. " *Chicago Tribute.* （October 13, 2007）. < http: archives. chicagotribune. com/2007/oct/13/books/chi – teens-bw13oct13 > accessed 20 October 2008.

② Alexie, Sherman. *The Lone Ranger and Tonto Fistfight in Heaven.* New York: Atlantic Monthly Press, 1993: 31.

③ Kloberdanz, Kristin. "Angst and Comedy: Tales of Racism, Amnesia, Fantasy and? Death. " *Chicago Tribune.* （October 13, 2007）. < http: //archives. chicagotribune. com/2007/oct/13/books/chi – teens-bw13oct13 > accessed 20 October 2008.

同，朱尼尔的暴怒还是显而易见的。他受不了这种落后，所以，他决定跨越界限。

朱尼尔，这名新印第安人，是一个跨越边界的人。保留地初建时是为了限制印第安人，因为白人认为印第安人是肮脏的野蛮人，他们的肮脏和懒惰是传染的。白人希望印第安人消失，然而，他们却鼓吹说保留地的设立是为了保持印第安文化的纯洁性。威廉·P·多尔，林肯任命的印第安事务专员认为："红色人种和白色人种不可能相安无事，两者混在一起不可能不导致对印第安人的污染，他们也不可能不最终灭绝。"①保留地上的境况非常糟糕，因为白人在西进运动中就要将印第安人清除掉。然而，很多印第安人拒绝被限制在指定的区域内，很多人想回到他们的祖先聚居的地方。一个很好的例子是耐姿·珀斯族的约瑟夫酋长和他的部族成员，即使是在被打败之后，他们仍然拒绝放弃回到位于爱达荷州的祖居之地的目标。②

《一个兼职印第安人绝对真实的日记》中的主人公朱尼尔拒绝被束缚在一潭死水的保留地上，他选择了自己的命运。《印第安保留地》中的祖母总是提醒她的邻居说"命运掌握在他们自己手里"③，而阿莱克西解释说"这是一条双行道，（保留地）这种体制就是让你失败，而不知为什么，你却偏偏选择了保留地"④。朱尼尔这个有思想的印第安人并没有盲目走进白人政府设下的圈套，因为他知道那是一条死路，相反，他把命运抓在了自己的手里。于是，在和P先生谈过一次话之后，朱尼尔向他的父母宣布说他要转学到雷尔丹——一所全白人学校，"也是州里最好的学校之一"⑤。当他的父母问他能不能等到学期结束，或者下个学年，他说，"不行，如果我现在不转，那么我永远都转

① Prucha, Francis Paul. *American Indian Policy in Crisis：Christian Reformers and the Indian*，1865 - 1900. Norman：U of Oklahoma P, 1976：106，cited in James, Meredith K. *"Reservation of the Mind"：The Literary Native Spaces in the Fiction of Sherman Alexie.* Diss. University of Oklahoma, 2000：25.

② James, Meredith K. *"Reservation of the Mind"：The Literary Native Spaces in the Fiction of Sherman Alexie.* Diss. University of Oklahoma, 2000：26.

③ Marx，Doug. "Sherman Alexie：A Reservation of the Mind." *Publishers Weekly*；Sep 16，1996；243，38；ABI/INFORM Global：40.

④ Marx，Doug. "Sherman Alexie：A Reservation of the Mind." *Publishers Weekly*；Sep 16，1996；243，38；ABI/INFORM Global：40.

⑤ Marx，Doug. "Sherman Alexie：A Reservation of the Mind." *Publishers Weekly*；Sep 16，1996；243，38；ABI/INFORM Global：46.

不成。我必须现在就转学。"① 此处，读者可以看到朱尼尔的决心。

朱尼尔克服了来自于他最好的朋友罗迪的阻力，尽管罗迪给了他"再见的一拳"，他第二天早上还是去了雷尔丹，在那里，除了他之外，唯一的印第安元素就是学校篮球队的标志。大家都用异样的眼神看他，背地里嘀咕着，但是，他并没有被吓倒，相反，他执着地坚持下来，并且用优异的成绩和出色的篮球技艺赢得了同学的尊重。

朱尼尔的跨越边界意义重大，因为这种行为是史无前例的。"朱尼尔不是（塞林格的《麦田里的守望者》中的）霍顿·考菲尔德式的梦想者，而是由于看到了哪怕遥远的希望也要为之努力的冒险者——他在 22 英里之外的全白人学校雷尔丹如巨星闪耀。这段路程从前从来没有人试图跨越过，更不用说在白人世界生存了。"②"从距离上讲，雷尔丹距保留地只有 22 英里，但是从文化差异和心理差异上来说，这段路似有百万英里之遥。"③换言之，朱尼尔此举跨越了巨大的种族、政治鸿沟。作者阿莱克西是这样解释他的经历的："对于我来说，很显然，最大的鸿沟存在于印第安和白人世界之间。因此，由于我在保留地上长大，这一界限是政治性的、地理上的，也是种族的。然而，我一直以来都自由地跨越这条界线，轻易地往返于界线两边。"④ 用兰哲斯黛的话说，"朱尼尔是在摆脱当今强大的身份政治的引力场。作为一个印第安人，他是在生理、历史、贫穷、社区、家庭和命运的困境中成长起来的，因此有勇气给自己一个机会，不管这个机会存在于何处，哪怕是一个他认为对他充满了敌意的世界。"⑤

用史蒂芬·F·埃文斯的话说，朱尼尔在打破限制。保留地就像一个用福尔马林保存标本的瓶子，而朱尼尔拒绝被限制，他下定决心打破这个瓶子，跨

① Marx, Doug. "Sherman Alexie: A Reservation of the Mind." *Publishers Weekly*; Sep 16, 1996; 243, 38; ABI/INFORM Global: 46.

② Lenfestey, Jim. "Books: Straight Shooter." *Minneapolis - St. Paul Star Tribune* (September 13, 2007). < http://www.startribune.com/ entertainment/books/ 11381521. html > accessed 21 October 2008.

③ Carpenter, Susan. "Misfit." *Los Angeles Times.* (September 16, 2007). < http:// articles.latimes.com/2007/sep/16/books/bk - carpenter16 > accessed 15 October 2008.

④ Alexie, Sherman. Interview. *POV Borders Talk.* PBS. 14 September 2003. < http://www.pbs.org/ pov/pov2002/borders/talk/dialogue010 - sa.html > accessed 10 Sept. 2008, cited in Bolt, Julie. *Border Pedagogy for Democratic Practice.* Diss. The University of Arizona, 2003: 125.

⑤ http://www.startribune.com/ entertainment/books/ 11381521. html.

越政治鸿沟和种族界线。朱尼尔跨越了保留地的界线，将固若金汤的"瓶子"打碎，迎来了一线希望，也使无精打采的保留地呼吸到了一些新鲜空气。他试图"为现代保留地生活和人们注入现实意义"①。事实证明，他成功了，然而，从另一个角度来讲，不管这种界线的跨越多么具有政治性和种族意义，此举还是免不了归结到一个个体的私人决定。"阿诺德（朱尼尔）明白，世界不是按照肤色划分的，而是按照行为划分的。你要么快步跟上，要么永远落后。"②

于是朱尼尔采取了实质性的行动，摆脱了保留地的限制，踏入雷尔丹这个白人社会的缩影。在雷尔丹，他为了融入社会，采取了一系列的行动。首先，他打了领头围攻他的白人青少年——罗杰，因为他侮辱朱尼尔，管他叫"酋长""唐托""邋遢小子"等。③ 朱尼尔知道他必须采取行动，他不无幽默地自言自语："是啊！这些绰号非常难听，可是我还是可以忍受的，尤其是当叫我这些绰号的人是一个健壮得吓人的小子的时候。但是，我知道我必须及时制止他，否则别人都会管我叫'酋长''唐托''邋遢小子'了。"④ 朱尼尔强压怒火，没有跟罗杰一般见识，但是，罗杰得寸进尺，午饭时又带众人来招惹朱尼尔。这次他有点儿过火了，用黑人和野牛来侮辱印第安人，说道："你知道吗？印第安人就是黑鬼和野牛交媾的活证据！"⑤ 朱尼尔这次忍无可忍了，他遵循赤拳搏击的规则，率先打出第一拳。罗杰被打趴在地上，鼻子鲜血直流，因为，如果他不先出拳，他根本就没有机会。罗杰的随从都吓傻了，罗杰也没有还手。后来，朱尼尔的奶奶解释说，朱尼尔打败了领头的，所以赢得了其他人的尊敬。

然后，朱尼尔又以他的聪明才智和渊博知识赢得了老师和同学的尊重。有

① Evans, Stephen F. "Open Containers: Sherman Alexie's Drunken Indians." *American Indian Quarterly* 25.1 (Winter 2001): 54.

② Carpenter, Susan. "Misfit." *Los Angeles Times.* (September 16, 2007). < http://articles.latimes.com/2007/sep/16/books/bk - carpenter16 > accessed 15 October 2008.

③ Alexie, Sherman. *The Absolutely True Diary of a Part - Time Indian.* Illus. Ellen Forney. New York: Little Brown, 2007: 64.

④ Alexie, Sherman. *The Absolutely True Diary of a Part - Time Indian.* Illus. Ellen Forney. New York: Little Brown, 2007: 64.

⑤ Alexie, Sherman. *The Absolutely True Diary of a Part - Time Indian.* Illus. Ellen Forney. New York: Little Brown, 2007: 64.

一次他们遇到有关"石化木"的问题。自然课老师和同学们分享着对于木头变石头的感叹，朱尼尔举手表示质疑，他再一次采取了果断的行动。

我举起手。

"什么事，阿诺德？"道奇先生问。

他感到吃惊。这是我第一次在他的课堂上举手。

"哦……，啊……，嗯……"我不知道说什么好。

是的，我有时候可以口若悬河的。

"有话就说！"道奇说道。

"怎么说呢？"我终于开口了，"'石化木'并不是木头。"

我的同学都盯着我，他们不敢相信我在顶撞老师。

"如果不是木头，"道奇说，"那么为什么人们管它叫'木'？"

"我也不知道，"我说，"名字又不是我取的。但是我知道原理。"

道奇的脸红了。

红得发胀。

我还没有看到任何一个印第安人的脸色那么红，可是为什么他们管我们叫红皮呢？

"好，阿诺德，如果你真的这么聪明，"道奇说，"那么你告诉我们原理是什么。"

"噢，是这么回事，呃，当木头被埋在土下面，然后矿物质等就好像，呃，浸入木头。这些物质，呃，就像是溶化了木头以及将木头粘连在一起的胶。同时，这些物质就取代了木头和胶。我是说，矿物质和木头的形状保持一致。就好比说，如果矿物质将木质和胶质从一棵树里面溶出，呃，那么，树还是树，呃，只不过，已经变成一棵由矿物质组成的树。那么，呃，你明白了吧？木头已经变成了石头，石质已经取代了木质。"

道奇狠狠地盯着我，他非常愤怒，脸色难看得吓人："好啊！阿诺德，"道奇说，"你是从哪儿学到这些的？在保留地？是的，我们都知道保留地上有很多令人难以置信的科学现象。"①

---

①　Alexie, Sherman. *The Absolutely True Diary of a Part – Time Indian*. Illus. Ellen Forney. New York: Little Brown, 2007: 84 ~ 85.

朱尼尔（阿诺德）知道他比雷尔丹的大多数白人孩子都聪明，并且，他也自信自己的知识是正确的，因为他在保留地上就是一个读书狂。况且，道奇先生并不是一个专业的自然老师，他只是一名代课老师。班里的天才高尔迪举手说朱尼尔是对的，于是，同学们就都相信他说的话了。尽管老师没有感谢朱尼尔，高尔迪也没有承认他发言是为了支持朱尼尔，朱尼尔却的的确确地在学业方面赢得了他人的尊重。后来，他还和高尔迪成为好朋友，高尔迪告诉他应该严肃认真地对待书中的每一个字，并且说，"生命当中的每一刻都应该认真对待"①，这使朱尼尔对读书和人生有了顿悟。

朱尼尔还赢得了篮球教练的尊重，并且俘获了校花珀涅罗珀的芳心。换言之，朱尼尔在雷尔丹有了新朋友，得到了新社区的接纳，适应了新环境和新生活。通过他积极、果断的行动，朱尼尔和雷尔丹社区，尤其是雷尔丹中学打成一片，成功地融入白人主流社会。

第二节　解构印第安刻板形象

朱尼尔的故事是成功的，有力地反击了"就要消失的印第安人"的刻板形象。这一模拟形象的典型例子是雷尔丹中学篮球队的名字"雷尔丹印第安人"以及他们的队徽，一个肤色鲜红、插着羽毛、带着伤疤、长着鹰钩鼻子、豁牙漏齿的印第安头像。实际上，印第安人已经被文化性地抹杀了，很多主流人群甚至都不知道现在还有土著人口的存在。他们以为印第安人已经消亡，已经把他们当做文化古董了，他们心目中存留的印第安人形象只不过是学术界和流行文化捏造的或者说是模拟的印第安人形象。经过白人军队的种族灭族行动、教职人员对"异教野人"的信仰同化和旨在同化印第安人的重新安置项目，印第安人已经所剩无多。于是，政府出资命令人类学家和民族志学家保留（或称挽救）濒危的文化。这些"学家"们则根据自己坚信的印第安人特征"发明"了他们认为真实的印第安人——手拿弓箭、斧头，头戴羽毛头饰，身穿贝壳装饰的服装等。他们将这些模拟的印第安形象摆放在博物馆里，供人参

① Alexie, Sherman. *The Absolutely True Diary of a Part – Time Indian*. Illus. Ellen Forney. New York: Little Brown, 2007: 95.

观。这些假象再加上诸如库柏的《最后的莫西干人》等作品中所刻画的缄默的印第安人形象，以及好莱坞电影中（这些电影毫无例外地以悲剧结尾）所描绘的咆哮呼号的印第安野蛮人形象，致使普通大众坚信美国的印第安人已经彻底地消失了。比如说，在《印第安保留地》中，柴斯和托马斯被酒店的服务员误认为是波多黎各人，因为他们认为世界上已经不存在印第安人了。"印第安人既作为一个象征性肖像深深地根植于美国故事之中，又因悲剧性消亡的印第安神话而被彻底地从活人世界根除。"①

雷尔丹高中用一个印第安人的头像作为其校篮球队的队徽和以"雷尔丹印第安人"为其球队命名的做法显示出其种族主义歧视的倾向。在朱尼尔转学之前，雷尔丹是一所全白人学校，所以，无论如何，篮球队都不应该被命名为"雷尔丹印第安人"，然而，为了增加新奇感，校方却贸然为之。实际上，这种现象在整个美国都很普遍。沃德·丘吉尔（Ward Churchill）作了一项关于借用印第安形象作为队徽或者队名的职业球队或者大学球队的调查。名单很长，如亚特兰大"勇者队"、克利夫兰"印第安人队"、华盛顿"红色人种"队、堪萨斯城"酋长"队、佛罗里达州立大学"米诺尔人"队、伊利诺斯大学"奋斗的伊里尼人"队、科罗拉多拉尔玛高中"野人队"等。他们的队徽都是些羽毛、鹿皮、贝壳、长矛、战漆等。② 丘吉尔抗议说这是一种"恶毒的种族主义行径"。③ 他评论道，这种行径已经激起了众怒，但是除了斯坦福大学和华盛顿州波特兰市的一家地方报纸提出道歉并决定停用这些标志和名称外，美国其他地方还没有表现出任何的忏悔之意。相反，他们狡辩说，他们这样做是纪念土著人，是为国人找一点儿"健康、纯洁的乐趣"④，还说土著抗议者不应该为了自己的局部利益而影响全国人的心情。丘吉尔对此极为愤怒，他认为之所以如此，是因为印第安人口太少，所以抗议并没有多大效果。他还质问为什么其他的弱势群体没有受到这样的待遇，如犹太人、爱尔兰人、波兰人、亚洲人、妇女和同性恋等。

种族主义行径令人发指，然而印第安人势力太弱，不足以引起实质性的变化。阿莱克西本人也表达了同样的观点，他解释说由于印第安人力量太弱、人

---

①　Harad, Alyssa D. *Ordinary Witnesses*. Diss. The University of Texas at Austin, 2003：72

②　Churchill, Ward. *Acts of Rebellion：The Ward Churchill Reader*. New York：Routledge, 2003：219.

③　Churchill, Ward. *Acts of Rebellion：The Ward Churchill Reader*. New York：Routledge, 2003：219.

④　Churchill, Ward. *Acts of Rebellion：The Ward Churchill Reader*. New York：Routledge, 2003：220.

口太少，所以他们很难改变种族主义的境况。几十年前，其他族群，如犹太人和黑人抗议白人使用夸大了的种族主义形象，如大鼻子和厚嘴唇，都产生了效果，最终迫使政府严令禁止类似行为。然而，印第安人却太弱，又找不到同盟，所以抗议不会导致实质性的变化。阿莱克西说，"我们没有经济权力、政治权力、社会权力，我们没有力量来改变我们的生活。我们太弱小。"①

雷尔丹高中的校徽和其他基于印第安形象的徽标一样是种族主义的、具有贬损性质的，僵化了印第安形象。然而，朱尼尔的到来改变了这一局面，他以自己的聪明才智、勤奋好学、坚忍不拔和篮球绝技赢得了白人社区的接受和尊敬。朱尼尔解构了白人塑造的印第安人刻板形象，他是一个活生生的印第安人，不是一个僵化的、没有生命的标志。通过他在学业上的卓越超群和在体育（尤其是篮球）方面的惊人技艺，他成为了一名21世纪的武士。

从"石化木"的例子，读者可以看到朱尼尔很聪明，而且有勇气向老师提出质疑，他还忠实于真理，不会轻易让错误掩盖了真理。这一点他跟别的印第安人不一样，后者生活态度消极，沉溺于流行文化垃圾和酒精之中，等同于慢性自杀。朱尼尔却态度积极，他期末取得了很好的成绩，七门课中得了五个A，两个B。

朱尼尔是通过勤劳、毅力和坚韧取得这样的成就的。他经常要起得很早，胡乱吃点早饭即可，赶上父亲没钱买汽油或者接到亲友死讯不能送他时，他就或搭车或步行上学。在一年当中，朱尼尔经历了三次亲人的死亡（如前所述，阿莱克西经历了九次）——祖母、姐姐玛丽和父亲的好朋友尤金。祖母被一个醉鬼杰拉德撞死；尤金为了和别人争夺酒瓶中的最后一滴酒被人一枪命中面部死亡；玛丽被拖车房中的大火烧死，她烂醉如泥，根本没有注意到危险，甚至不能醒来，更不用提逃脱了。这些死掉的人都是朱尼尔最亲近的人，对他来说都是致命打击，但是，朱尼尔强忍悲痛，执着地在雷尔丹坚持着。而且，朱尼尔有时还要忍受种族歧视，比如来自珀涅罗珀的父亲厄尔的警告，让朱尼尔离他女儿远一点，以免到时候生出"黑炭一般的孩子来"②。上述的一切对朱尼尔来说都是挫折和困难，但是他并没有因此而放弃，相反，他以惊人的毅力

① Nygren, Ase. "A World of Story – Smoke：A Conversation with Sherman Alexie. " *MELUS* 30. 4 (Winter 2005)：159.

② Alexie, Sherman. *The Absolutely True Diary of a Part – Time Indian.* Illus. Ellen Forney. New York：Little Brown, 2007：109.

坚持下来，逾越了从家到学校的遥远距离，忍辱负重，将痛苦的眼泪埋在心底，承受并化解着种族主义。

　　然而，最值得注意的是，朱尼尔通过他在篮球方面的超人技艺重现了武士形象。由于战马和弓箭现在已经过时了，真正意义上的战争也不复存在，印第安人开始用其他形式表现他们的技艺和勇敢，篮球就是一个很好的选择。阿兰·菲力（Alan Velie）如是解释篮球在保留地上的作用：

　　跟大多数少数族群相比，印第安人有一种更强的历史感：他们总是无法释怀他们骑马作战的光辉历史。他们很清楚偷取敌人的马匹、对敌宣战的日子已经一去不返，并因此而痛苦不堪，却又不知道何以替代这些活动。篮球是其主要的替代活动，和城里的黑人一样，保留地上的印第安人非常热爱这项运动。①

　　由于保留地上的生活非常无聊、单调、压抑，印第安人经常通过篮球给这种生活带来一线生机，同时也发泄他们心中的怒火。换言之，篮球具有"改变保留地上沮丧、沉闷气氛的力量"②。篮球还可以帮助打球的人得到一些自信。格拉贤评论道："保留地上的阿莱克西和其他人全心全意接受的西方文化的一个方面就是运动——更具体地说是篮球运动。好像只有通过运动，保留地上的一些人才能获得客观的自我价值和自尊。"③

　　阿莱克西在他的好几部作品中都涉及篮球主题。在短篇小说《保留地上的唯一红灯不再闪亮》中，叙事者——一个前篮球球星——与保留地上的篮球明星尤利西斯·生风息息相通："我仍然能够感觉到我的骨头在痛，我仍然能够感觉到我要比所有人都优秀的欲求。是想成为最好的的那种感觉，是想成为永恒不朽的那种感觉驱使着一名球员勇往直前；当这种感觉消失了，不管是

---

　　① Velie, Alan. "The Trickster Novel. " *Narrative Chance: Postmodern Discourse on Native American Indian Literatures.* Ed. Gerald Vizenor. Norman: University of Oklahoma Press, 1993, cited in Grassian, Daniel. *Understanding Sherman Alexie.* Columbia, South Carolina: University of South Carolina Press, 2005: 74.

　　② Grassian, Daniel. *Understanding Sherman Alexie.* Columbia, South Carolina: University of South Carolina Press, 2005: 74.

　　③ Grassian, Daniel. *Understanding Sherman Alexie.* Columbia, South Carolina: University of South Carolina Press, 2005: 26.

由于什么原因，这名球员将雄风不再，不管是在场上，还是在场下。"① 篮球很重要，因为篮球英雄们会通过保留地上代代相传的故事被人们铭记在心，成为永恒。篮球明星就是武士，就是英雄，篮球技艺赋予球员们无穷的魅力。下面的歌词可能会提供一些线索：

篮球，篮球。
喂— 呀— 嗨— 哟— 喂— 嗨— 哟—
传给我球，传给我球。
喂— 呀— 嗨— 哟— 喂— 嗨— 哟—
让我投球，让我投球。
喂— 呀— 嗨— 哟— 喂— 嗨— 哟—
让我赢球，让我赢球。
喂— 呀— 嗨— 哟— 喂— 嗨— 哟—
这样她就会爱我，这样她就会爱我
喂— 呀— 嗨— 哟— 喂— 嗨— 哟—
直到永远，永远，直到永远，永远。②

阿莱克西本人还写了一首关于篮球的诗——《我们为什么打篮球》。在诗中，他描述了印第安儿童对篮球的投入：

我们是印第安人
我们想打
篮球。没什么

能够阻止我们，
腹中
饥肠辘辘，不

---

① Alexie, Sherman. *The Absolutely True Diary of a Part – Time Indian*. Illus. Ellen Forney. New York：Little Brown, 2007：46.

② Alexie, Sherman. *The Toughest Indian in the World*. New York：Atlantic Monthly Press, 2000：188，cited in Bolt, Julie. *Border Pedagogy for Democratic Practice*. Diss. The University of Arizona, 2003：132.

惧怕投不中，
不惧怕白

雪的威胁。我们是小男孩
我们会长大
成为小男人。我们打篮球
直至天黑，然后接着打
直到我们看
不到篮圈，也看不到篮球。
我们打篮球，一直到我们的
母亲和父亲
来找我们
把我们背回家。

    阿莱克西刻画了印第安人如何热爱篮球运动。仿佛没有什么能够阻止他们，仿佛篮球已经成为他们生活的一部分，仿佛篮球是他们成长过程中必不可少的一部分。接下来，他提供了这种狂热的原因：

这只是一种游戏
那些不会打的人
告诉我们
……
对我们来说，这是战争。
……
我们打篮球
因为我们仍然热爱
我们曾经生活的地方。
……
……我们打篮球
因为我们相信
我们的皮肤和双手。

我们的双手持着球。

我们的双手维持着部落。

我们的双手生起火。

我们是一个小部落。

我们生起星星之火。

篮球即是战争。篮球给保留地上的印第安人注入了一种认同感和凝聚力，篮球就像一种将部落凝聚在一起的粘合剂，给人们带来一丝希望。格拉贤评论道："尽管任何一个运动员若想完全改变印第安人的厄境都会非常困难，然而篮球的确给人们带来希望。"[1] 在短篇小说《圣朱尼尔》中，阿莱克西描述了投篮的场景，预示了一个婚姻出现问题的篮球运动员的新的希望：

格蕾丝和罗曼笑了。

"这种生活真好！"她说。

他看着她，看着篮筐，看着手里的球。然后，他把球举过头顶，皮革摩擦着他的手指。他把球向篮圈掷出。

球在空气中漂浮，然后，奇迹般地，它冒出火花。球在穿过空气时起了火。

罗曼和格蕾丝看着它燃烧，而并不感到奇怪。

接着，火球击中篮板，在篮圈上打了几个转儿，进了。格蕾丝走向她的丈夫。球在冰冷的地上滚了一段距离，停下了，还在燃烧。罗曼走向他的妻子。

庆祝。[2]

可以看出，篮球不仅可以改善普通部落成员之间的关系，还可以改善家庭成员之间的关系，比如上文中的夫妻。

如前所述，印第安人把打篮球看做战争，以展示他们的技艺、战术和智

---

① Grassian, Daniel. *Understanding Sherman Alexie*. Columbia, South Carolina：University of South Carolina Press, 2005：75.

② Alexie, Sherman. *The Toughest Indian in the World*. New York：Atlantic Monthly Press, 2000：188.

慧，重演、改编历史场景，发泄仇恨。在阿莱克西早期的作品《保留地布鲁斯》中，部落成员萨缪尔·生火和莱斯特·散架把篮球当成战争，他们在横穿马路中线时被斯波坎保留地警官威尔逊抓获。威尔逊是白人，但是声称有一小部分印第安血统，他因此获得了警官的职位，但是他不愿意居住在保留地上，而且，"每当他给另一个印第安人戴上手铐时，他就把自己的印第安血统抛到脑后了"①。萨缪尔和莱斯特挑战威尔逊说用打篮球来了断，于是，整个警队——威尔逊、威廉、柏拉图、苏格拉底、亚里斯多德·重负、部落警察局长大卫·跟班（后来被选为部落主席）——对阵萨缪尔和莱斯特。比赛刚开始，萨缪尔就"抢了球，运球到篮下，然后扣篮"②。第二分，他说是"献给疯马的"③，疯马是印第安民族英雄，被小大人出卖，被白人杀死，这就有点像印第安血统的白人警察出卖印第安人一样。然后凭着超群的技术，萨缪尔又得了一分，他说这一分是为了惩罚"你们这帮给保留地的人们开罚单的狗屎的"④。他接着质问道："我说，你们怎么好意思给甚至没有足够的钱给自己孩子买吃的印第安人开罚单呢？"⑤ 接下来，威尔逊警官犯规，他用胳膊肘将莱斯特的鼻子撞断，并得了一分。莱斯特痛苦不堪，但当萨缪尔抗议时，威尔逊却说："我们什么都没看见。"⑥ 萨缪尔很清楚"旧戏重演了"⑦，意思是说白人在历史上总是不诚实的，屡次违背条约。随着警官不断地犯规、得分，马上就到了局点。萨缪尔

抢断，运球到篮下，准备完成一个双手抱球，惊天地泣鬼神的、签署条约的、取消个人所得税的、关闭铀矿的超人灌篮。

"这个是惩罚你们这些自称为印第安人的部落警察的，"萨缪尔说道，"是惩罚那些帮助过美国骑兵的印第安侦察兵的。是纪念两次伤溪谷事件的，是纪念沙溪事件的。妈的，是纪念肯尼迪兄弟的，是纪念马丁·路德·金的，是纪

① Alexie, Sherman. *Reservation Blues*. New York：Atlantic Monthly Press, 1995：102.
② Alexie, Sherman. *Reservation Blues*. New York：Atlantic Monthly Press, 1995：103.
③ Alexie, Sherman. *Reservation Blues*. New York：Atlantic Monthly Press, 1995：106.
④ Alexie, Sherman. *Reservation Blues*. New York：Atlantic Monthly Press, 1995：109.
⑤ Alexie, Sherman. *Reservation Blues*. New York：Atlantic Monthly Press, 1995：109.
⑥ Alexie, Sherman. *Reservation Blues*. New York：Atlantic Monthly Press, 1995：110.
⑦ Alexie, Sherman. *Reservation Blues*. New York：Atlantic Monthly Press, 1995：110.

念马尔科姆·X 的。"①

可以看出，萨缪尔把对白人剥削者和印第安叛徒的仇恨都注入篮球比赛之中。莱斯特以前从来没打过篮球，竟然也接过萨缪尔的传球，"端尿盆，撞篮板，进了一个，这也是莱斯特·散架拉斯特整个篮球生涯投中的第一个，也是最后一个进球"②。当篮球赛马上就要结束时，警察们包围了萨缪尔和莱斯特，准备逮捕他们。

萨缪尔看了看跟班警长，看了看部落警察们，看了看莱斯特。他将球从他左侧运到右边，再把球在手里转了几转，闭上眼睛，用指尖感觉着球皮的质感。

"你他妈干什么呢？"警长问。

萨缪尔没有睁眼睛，他把球运到篮下，绕过对方防守队员，然后跳投。球在空中优美地旋转着。多年以后，莱斯特还在向人发誓，说当时球停留在半空中，像是在一根棍子上不停旋转，仿佛想让每个人注意到它的美丽。③

这段话表现出萨缪尔在打篮球方面的高超技艺，他可以闭着眼睛投篮。尽管从一开始比赛就不是公平竞争，因为警察队以多欺少，六打一，而且频繁犯规，充满暴力，但是比赛本身和萨缪尔的言语讨伐使读者不忘白人对印第安人、其他少数族裔，以及关心少数族裔的人士所犯下的滔天罪行。因此，篮球是一项具有高度隐喻意义和政治意义的运动，它不仅仅是一项运动，而且是一场延续了抗议和抵抗的战争。

从上述讨论可以看出，在阿莱克西前期的作品中，篮球给了无生趣的保留地带来了生气，凝聚了一盘散沙似的保留地，燃起了人们的希望，改善了成员之间的关系，体现了延续的战争（如抵抗白人统治、释放愤怒、缔造武士/英雄、增加个人魅力等）。

在《一个兼职印第安人绝对真实的日记》中，阿莱克西把篮球当做一种

①　Alexie, Sherman. *Reservation Blues*. New York：Atlantic Monthly Press, 1995：117.

②　Alexie, Sherman. *Reservation Blues*. New York：Atlantic Monthly Press, 1995：117.

③　Alexie, Sherman. *Reservation Blues*. New York：Atlantic Monthly Press, 1995：121.

主要手段，来重塑积极的新印第安形象。通过篮球运动，主人公朱尼尔·神灵赢得了白人主流社会的认可，建立了自己新的身份，并且和自己在保留地上最好的朋友——劳迪重归于好。

朱尼尔在自己的新学校雷尔丹高中和原来的学校威尔皮尼特部落学校之间的一场比赛中证明了自己的优秀。他是一个优秀的投球手，尽管个子很矮，一只眼近视，另一只眼远视（这一形象是对现实生活中阿莱克西有讽刺意味的扭曲，因为阿莱克西身高六英尺有余，身体健硕）。朱尼尔热爱篮球是因为他的父亲和最好的朋友劳迪都喜欢这一运动。他训练非常刻苦，当教练为校队选秀时，他坚持围着体育馆跑完五十圈，并且在防守老队员巨人罗杰时，他表现很坚强，所以，教练选了他。他在比赛前还自言自语："也不知为什么，随着赛季的推进，我这个一年级学生成了校队的首发队员。当然了，我所有的队友都比我高，跑得比我快，但是他们投篮都没有我准。"① 在保留地时，朱尼尔也是一名很好的篮球运动员，但是还不足以入选校队，他只是一名替补队员。但是，在雷尔丹，他却成了首发队员，不再需要坐冷板凳了。当朱尼尔思考这个问题时，他发现自信和别人的期望非常重要。

> 我认为这和自信有关。我是说，我在保留地上总是图腾柱上最低的印第安人——没有人期望我会成为优秀的人，所以我也就不优秀了。但是在雷尔丹，我的教练和其他队员期望我有所作为，他们需要我优秀，他们期望我优秀。于是，我也就变优秀了。
>
> 我不想辜负谁。
>
> 我想这就是原因吧。
>
> 期望的力量。
>
> 随着他们期望值的增加，我对自己的期望值也逐日增加，于是，期望值与日俱增，直到我每场比赛可以得到十二分。②

期望和鼓励对自信心的培养非常关键，一旦一个人获得了信心，他经常可

---

① Alexie, Sherman. *The Absolutely True Diary of a Part – Time Indian.* Illus. Ellen Forney. New York: Little Brown, 2007: 179.

② Alexie, Sherman. *The Absolutely True Diary of a Part – Time Indian.* Illus. Ellen Forney. New York: Little Brown, 2007: 180.

以突破限制，把自己的潜力发挥到极致。自信滋生抱负，抱负也是成功和成就所需的关键因素。朱尼尔和珀涅罗珀都有抱负，他们不想被拘囿在小镇里，他们想另辟蹊径，做些新鲜的事情。正因如此，朱尼尔说很难让拜仁把他和旧时的印第安人相比，而"二十年后，他们将把他当做榜样让孩子们来学习"①。

朱尼尔在比赛中非常勇敢，他的拼搏精神驱使他攻克难关。比赛中，朱尼尔被教练指派盯防劳迪。朱尼尔知道劳迪对他来说太强大了，所以他使用了自己的智慧。一开局，当劳迪抢到球，准备灌篮时，朱尼尔提前起跳，在劳迪还没有跳到最高点时把球抢了过来：

闪念之间，我曾想我是不是该故意犯规来阻止他灌篮。他会得到罚球两次的机会，但是那也不能让他灌篮，因为灌篮对场上气氛影响太大。

可是，不行，我不能那么做，我不能犯规，犯规就等于放弃。于是，我加快步伐，准备好和劳迪一起起跳。

我知道他会飞到篮圈上方五英尺的高度，我知道他的起跳高度会比我高出约两英尺，所以，我需要提前起跳。②

于是，当劳迪起跳时，朱尼尔跳了起来，稍稍比劳迪高出一点，从他的手里把球抢了出来。他评论说："对，如果我相信魔法，如果我相信鬼神，那么，我想我可能是站在我死去的祖母和我父亲最好的朋友尤金的肩膀上抢球的，也可能是我爸爸妈妈对我的希望把我送入空中。"③ 这件事确实显得有点神奇，但是，不可否认，朱尼尔的父母和尤金确实给了他很多鼓励和力量，因此，他的表现大大提高。朱尼尔在空中看到了劳迪脸上失望的表情，但是，他急需胜利，于是他将球运到自己篮下，劳迪只能在后面无谓地追赶，朱尼尔跳投，得了三分。整个体育场想起雷鸣般的掌声、欢呼声和音乐声。整场比赛，朱尼尔只得了这三分，而劳迪也只得了四分，整场比分雷尔丹高中赢了威尔皮

① Alexie, Sherman. *The Absolutely True Diary of a Part – Time Indian*. Illus. Ellen Forney. New York: Little Brown, 2007: 182.

② Alexie, Sherman. *The Absolutely True Diary of a Part – Time Indian*. Illus. Ellen Forney. New York: Little Brown, 2007: 191.

③ Alexie, Sherman. *The Absolutely True Diary of a Part – Time Indian*. Illus. Ellen Forney. New York: Little Brown, 2007: 192.

尼特四十分。朱尼尔击溃了劳迪和整个威尔皮尼特队的士气,观众们为朱尼尔欢呼,队友们也一拥而上,把他扛到肩膀上绕场一周,他俨然是个英雄。

因此,阿莱克西借用篮球解构了印第安人的刻板形象,同时刻画了 21 世纪的印第安新形象。朱尼尔不同于被盗用的幻象——雷尔丹的印第安校徽,也不同于库柏小说中的最后一个莫西干人——即将消失的高尚野蛮人形象,更不同于莫马黛《晨曦之屋》中不能适应城市主流社会生活的亚伯,相反,朱尼尔是一个有上进心和适应能力的,为主流社会所接受的成功青年。

"石化木"的例子本身也很能体现印第安人的模拟形象。当矿物质取代了木质,虽然形状还是原来的形状,然而它已经不具备生命,而是变成了化石。印第安形象的盗用和刻板化也是如此,白人将太多的注意力投在印第安人和印第安文化的外表而不是本质。他们将印第安人及印第安文化的一些元素和特征提取出来,尤其是他们感兴趣的那些元素和特征,然后将其塑成徽标。这是他们意志的投射,所以,最后他们得到的结果只是一个模拟形象——只是印第安人的扭曲和不准确呈现。由于真正的印第安人时刻在变,而模拟的形象(刻板形象)不变,因为它们没有生命,所以两者之间的差别越来越大。实物和形象不相吻合,而人们总是把形象/幻象当做实物本身。亚力桑德拉·威特金钮霍利指出,"不久前,现在也如此,关于土著民族的研究一直是为方便西方人的抽象,使西方人——研究人员、读者、听众、机构等——受益的。"[1] 阿莱克西也同意亚力桑德拉·威特金钮霍利的这些说法。威氏还说:"数十,甚至数百白人都写过关于印第安人的书,所有这些作者都认为他们的作品是特殊的、有创意的、有权威性的。"[2] 由于白人对印第安人的刻板化处理,尤其是以好莱坞为首的大众媒体,主流文化根据它们的"凝视"[3] 成功地创造了模拟印第安形象,以致于人们或者认为真正的印第安人已经灭绝,或者把他们当做

① Witkin – New Holy, Alexandra. "Oglala Obscurity: A Review of Ian Frazier's *On the Rez*." *American Indian Quarterly* 24. 2 (2000): 1, cited in Peeterse, Natalie. "Can the Subaltern Speak . . . Especially without a Tape Recorder? A Postcolonial Reading of Ian Frazier's *On the Rez*." *American Indian Quarterly* 26. 2 (Spring 2002): 271.

② Alexie, Sherman. "Some of My Best Friends." *Los Angeles Times*, 23 January 2000: 1, cited in Peeterse, Natalie. "Can the Subaltern Speak . . . Especially without a Tape Recorder? A Postcolonial Reading of Ian Frazier's *On the Rez*." *American Indian Quarterly* 26. 2 (Spring 2002): 271 ~ 272.

③ Peeterse, Natalie. "Can the Subaltern Speak . . . Especially without a Tape Recorder? A Postcolonial Reading of Ian Frazier's *On the Rez*." *American Indian Quarterly* 26. 2 (Spring 2002): 273.

波多黎各人。

阿莱克西打破的另一刻板形象是坚忍的武士形象——相貌凶猛但少言寡语的武士形象。朱尼尔和上述形象有很大不同，他个子矮小，戴着厚厚的近视镜，一个十足的书呆子，幽默滑稽，口若悬河。他从不孤立自己，而是跟很多人交朋友，跟他们享有共同的兴趣——和罗杰打球，和高尔迪一起读书、学习，和珀涅罗珀陷入爱河，共享远大志趣。

通过塑造许多朱尼尔这样的人物，阿莱克西向主流人群呈现了当今印第安人的生活，从而使他们从印第安刻板形象的幻觉中惊醒。从这种意义上说，阿莱克西可以被称做一名"后印第安"作家，他笔下的人物，如朱尼尔，可以被称做"后印第安"人物，因为他们都清楚刻板形象的荒唐，并努力与这些刻板形象作斗争。

第三节　成功应对两种文化

篮球在朱尼尔应对两个种族矛盾的过程中起到了媒介作用，并帮助他形成自己新的身份。朱尼尔被"困在两个世界之间——把他当成叛徒的保留地和一个几乎只能看见他的肤色的富庶白人社区（虽然朱尼尔赢得了他们的尊敬）"[1]。他每次比赛前都要呕吐一番，因为他不习惯和自己的部落对阵。他把自己比做帮助美国骑兵的印第安叛徒，他深受背叛感和负罪感的折磨。在篮球比赛中，朱尼尔忍受着极大的痛苦，因为保留地上的人把他当成叛徒，他们管朱尼尔叫苹果——外面红，里面白。[2] 在威尔皮尼特和雷尔丹的第一场比赛期间，观众大声叫喊："朱尼尔恶心！"并把后背对着他。他们不愿意理他。尽管朱尼尔的父母和祖母一如既往地支持他，愿意随他经历各种考验，朱尼尔感觉还是不好。朱尼尔刚一入场，就有人向他扔了一个二十五美分硬币，把他的额头上砸出一个口子，后来缝了三针（是尤金给缝的，而尤金并不是专业的医务人员）。

朱尼尔被球场上的经历折磨，被称做叛徒的感觉是非常糟糕的，但是他同

① Carpenter, Susan. "Misfit." *Los Angeles Times.* （September 16, 2007）. ＜ http：//articles. latimes. com/2007/sep/16/books/bk－carpenter16 ＞ accessed 15 October 2008.

② Carpenter, Susan. "Misfit." *Los Angeles Times.* （September 16, 2007）. ＜ http：//articles. latimes. com/2007/sep/16/books/bk－carpenter16 ＞ accessed 15 October 2008.

时也清楚，保留地上糟糕的、看不到希望的生活也必须改变。贫穷、无聊、酗酒夺走了人们的生命，在朱尼尔十四岁的生命中，他已经参加过四十场葬礼了。在故事发生的一年时间里，朱尼尔最亲密的三个人相继死去：祖母、玛丽、尤金。在雷尔丹战胜威尔皮尼特的那天晚上，朱尼尔知道雷尔丹人是高利亚特①，他们非常富足，要什么有什么；保留地的孩子则是大卫②，因为他敢确定那天早晨他们当中一定有人连早饭都没吃，他也知道他们中大多数人的父母都酗酒，有些父母还倒卖毒品，还有些父母正在蹲监狱，他很清楚所有的孩子都不会去上大学③。篮球场上的痛苦经历帮助朱尼尔提高忍耐力，并逐渐成熟。他盼望着保留地上的人们会理解他、原谅他，最后我们在朱尼尔与劳迪和好的一幕中看到了一线曙光（劳迪就是保留地的代表和缩影）。

篮球帮助朱尼尔和他的老朋友劳迪和好。他们一开始成为朋友就是因为两个人都喜欢篮球，但是，当朱尼尔准备离开保留地去白人城镇雷尔丹时，他们的关系恶化了。劳迪把他当成保留地的叛徒，并朝他脸上打了一拳，所以第二天他就黑着眼圈去雷尔丹上学了。在万圣节之夜，朱尼尔给无家可归的印第安人募捐，但是他被三个蒙面的人打劫，他们还揍了他一顿，朱尼尔怀疑其中一个人就是劳迪。在朱尼尔代表雷尔丹对阵保留地高中的第一场比赛中，劳迪还把朱尼尔打成脑震荡。最糟糕的是，劳迪不再和朱尼尔说话，尽管朱尼尔三番五次去他家找他，给他画漫画，给他写电子邮件。最后，在故事结尾，他们又重新走到一起，在一起打篮球。打球时，他们进行了一次谈话，讨论保留地，讨论过去和将来。他们最终相互原谅了对方，并且衷心祝愿对方有一个美好前程。篮球是和好过程中的一个重要手段："劳迪和我一连几个小时打着一对一的比赛。我们一直打到天黑，一直打到路灯把球场照亮，一直打到蝙蝠扑棱着翅膀从我们的头顶飞过，一直打到黑暗的夜空中月亮圆圆、金光灿灿、完美无缺……我们没有计分。"④

篮球帮助朱尼尔赢得白人社区的认可，也帮助他和劳迪和好。在比赛期

---

① 圣经《旧约》中，高利亚特是非利士人的代表，被大卫所杀，大卫后来成为以色列国王。

② Ibid.

③ Alexie, Sherman. *The Absolutely True Diary of a Part – Time Indian*. Illus. Ellen Forney. New York: Little Brown, 2007: 195.

④ Alexie, Sherman. *The Absolutely True Diary of a Part – Time Indian*. Illus. Ellen Forney. New York: Little Brown, 2007: 230.

间，朱尼尔思考了自己的身份和所作所为，他因被称为叛徒而痛苦，但是他也知道自己跨越保留地界线的决定是正确的，他只是希望保留地上的族人能够尽快理解和原谅他。

朱尼尔对待部落土地和传统的态度非常明确，这一点是和其他部落成员不同的，这种明确的态度帮助他形成了健全的身份，并帮助他作出明智的决定。朱尼尔热爱他的部落，但是部落成员的生活态度是消极的，他们认为他们必须待在保留地上，以接近民族文化。印第安传统告诉部落成员他们都是相互联系的，都是同宗，"就像父母之于孩子，兄弟之于姐妹"①，印第安人应该"从身体上和精神上和部落社区保持一体"②：

在美国土著传统中，土地是他们社区必不可少的一部分；由于有"伟大的神秘"的神圣力量支持，土地维持着土著部落，给他们提供精神指南，塑造他们的世界观，并作为"联结人类和诸元素、动物、植物、部落典仪和创造者的复杂网络的一部分"。这种对土地独特的认识使美国土著人心里产生了一种"对土地深厚的感情"③。他们不仅非常尊敬土地，赋予土地很高的荣誉，而且将自己的身份认同和祖居土地融合在一起，相信只有身在用神圣力量养育了自己部落祖先的土地上，部落成员才能保持他们的集体感，完成他们对于家庭成员、亲属和整个部落集体的精神和道德责任。④

美国印第安人相信他们只有靠近他们的部落土地才能形成一个集体，才能传承他们的文化。朱尼尔有如下感想：

印第安家庭都像世界上粘合力最强的"金刚固力胶"一样胶在一起。我

---

① Lincoln, Kenneth. *Native American Renaissance*. Berkeley: University of California, 1983: 45, cited in Zou, Huiling. A *Postcolonial Study of American Indian Literature Written in English*. Diss. Shandong University, 2005: 46.

② Zou, Huiling. A *Postcolonial Study of American Indian Literature Written in English*. Diss. Shandong University, 2005: 46.

③ Sanders, Thomas E. and Walter W. Peek, eds. *Literature of Native American Indian*. Beverly Hills: Benziger Bruce & Glencoe Inc. , 1973: 226.

④ Zou, Huiling. A *Postcolonial Study of American Indian Literature Written in English*. Diss. Shandong University, 2005: 46～47.

的妈妈和爸爸现在住的地方离他们出生的地方不超过两英里，我的祖母生活的地方离她出生的地方只有一英里。自从 1881 年斯波坎印第安保留地建立以来，我们家还没有什么人住在别处。我们神灵家就住在一起，非常像一个部落，不管什么情况，我们都不离不弃。①

然而，保留地上的印第安人忘记了一个事实，那就是他们现在的部落土地是当局指定给他们的，而不是他们世代祖居的土地。他们被当局隔离、孤立了，如果他们老老实实地呆在当局指定的地方，无异于屈从了殖民压迫。保留地上的破旧设施和一潭死水似的经济只会将他们引向末路。

劳迪找到一本书，书上说印第安人原来是游牧民族，所以他将朱尼尔比做一个游牧人，"浪迹天涯，寻找食物、水和牧草"②。其他的印第安人也应该积极寻找适合生存的地方，他们需要变通，需要变化，而不是一味地在保留地上等待死亡。

关于传统，朱尼尔知道传统应该是一个不断更新的概念，如果人们一味守旧，不思进取，那么他们注定要灭亡。

阿莱克西在此前的作品中也已经涉及了这一问题。仅举一例，在《飞逸》中，"青春痘"回忆起历史上，印第安人击败卡斯特的骑兵时，使用的是连发来复枪，而不是弓箭。"是的，这些（几千名手持多发来复枪的、有组织的）印第安人说：'让弓箭见鬼去吧！我们要采用新技术！'"③

《一个兼职印第安人绝对真实的日记》中，祖母是一个很好的例子。她非常传统，擅长跳舞，还有很多各式各样的技能，"聪明，热心，去过大约一百个不同的印第安保留地"④，"仍然保持着旧时印第安的精神"⑤，但是，同时她也很具有前瞻性和时代感。有力的证据是她以在 eBay 上卖贝壳装饰的钥匙

① Alexie, Sherman. *The Absolutely True Diary of a Part – Time Indian*. Illus. Ellen Forney. New York：Little Brown, 2007：89.

② Alexie, Sherman. *The Absolutely True Diary of a Part – Time Indian*. Illus. Ellen Forney. New York：Little Brown, 2007：230.

③ Alexie, Sherman. *Flight*. New York：Grove/Atlantic, Inc. , 2007：71.

④ Alexie, Sherman. *The Absolutely True Diary of a Part – Time Indian*. Illus. Ellen Forney. New York：Little Brown, 2007：154.

⑤ Alexie, Sherman. *The Absolutely True Diary of a Part – Time Indian*. Illus. Ellen Forney. New York：Little Brown, 2007：155.

链为生，口号是：这些钥匙链是"高度神圣的土著交通神符"①。当朱尼尔决定要转学到雷尔丹时，祖母非常支持，并且为他提供了很多有价值的建议。如果每一个部落成员都像祖母这样灵活，那么，保留地的未来一定更光明。

保留地上的印第安人在对人的态度方面一般比较僵化，他们对于白人的态度一直是"憎恨的、存有偏见的"②。朱尼尔希望这种态度能够有所改变，这样，他们才能原谅他的越界。和多数保留地上的人不同的是，祖母十分宽容，总是能原谅别人，她被车撞伤，临死时还原谅了那个酒后驾车的司机。朱尼尔希望保留地上的印第安人都能像他的祖母那样原谅他人。

朱尼尔的成功主要靠他的勇气和理想，但是，还有一个重要因素，那就是来自于他人的鼓励，主要是来自家庭和主流社会的鼓励。白人社会对于印第安人的态度是决定印第安主人公能否成功融入社会的关键因素。在《一个兼职印第安人绝对真实的日记》中，尽管存在一些有种族主义思想的人（如珀涅罗珀的父亲）和一些刻板形象（如雷尔丹学校的校徽），但是整个的大环境对印第安人还是友好的。朱尼尔结交的白人朋友都鼓励着他：罗杰成了他在体育运动方面的好朋友；高尔迪启发他努力学习，认真读书；珀涅罗珀成为他的恋人，和他共同追逐梦想；教练在雷尔丹输给威尔皮尼特、朱尼尔被劳迪撞伤那天晚上，引用文思·朗巴蒂③的话鼓励他："输赢并不重要，重要的是你以什么样的态度打球。…… 一个人生命的质量和他对卓越的追求是成正比的，无论他从事什么行业。"④ 教练接着鼓励朱尼尔说："我还从来没看见比你更执着的人。"⑤ 他的鼓励大大增强了朱尼尔的自信心。另一个鼓励朱尼尔的白人是P先生。朱尼尔曾把过时的几何课本砸到他的脸上，他却还不计前嫌来到朱尼尔家，劝他离开保留地，他就像朱尼尔的人生导师一样。总而言之，白人社区

① Alexie, Sherman. *The Absolutely True Diary of a Part–Time Indian*. Illus. Ellen Forney. New York：Little Brown，2007：69.

② Alexie, Sherman. *The Absolutely True Diary of a Part–Time Indian*. Illus. Ellen Forney. New York：Little Brown，2007：155.

③ 文思·朗巴蒂（1913～1970），美国历史上最著名的美式橄榄球教练之一，擅长启发、鼓励他的队员。朗巴蒂率领绿湾包装工队五次赢得全国橄榄球联赛冠军，还两次赢得超级杯。

④ Alexie, Sherman. *The Absolutely True Diary of a Part–Time Indian*. Illus. Ellen Forney. New York：Little Brown，2007：148.

⑤ Alexie, Sherman. *The Absolutely True Diary of a Part–Time Indian*. Illus. Ellen Forney. New York：Little Brown，2007：148.

的鼓励对于朱尼尔的成功融入是必不可少的。

朱尼尔的家人对他也一直都很支持，这些支持帮助朱尼尔形成了一个健全的身份。祖母很睿智，充满爱心，她为朱尼尔提供了卓越的远见和对事物的深刻认识，比如说擒贼先擒王的主意，她对于朱尼尔的决定也一直都很支持；姐姐玛丽非常有勇气，她跑到蒙大拿州，和一个刚认识的人结婚，开始了新的生活，她的勇气也鼓舞了朱尼尔；父亲最好的朋友尤金就像一个叔叔一样一直鼓励着朱尼尔。朱尼尔回忆道：

噢，对呀，这听起来就是尤金，只要我一打比赛，他就会高声叫喊。打比方说，就算我参加的是两人三足比赛，醉醺醺的尤金也会非常高兴地坐在看台上，大声叫喊："朱尼尔，你肯定行的！"

是呀，这个尤金啊！尽管他是个酒鬼，最后被人击中面部而死，但是，他仍然是一个很不错的家伙！①

朱尼尔的父母充满了爱心，当朱尼尔决定转学到雷尔丹时，他们支持他的决定，尽他们所能满足他所需要的条件。尽管朱尼尔的父亲是个酒鬼，但他并不是一直醉着的。正如朱尼尔所评论的，"是的，我的爸爸是个指望不上的酒鬼，但是他从来都没有错过我任何一场比赛、音乐会、戏剧表演、野餐。他对我的爱可能不是完美无缺的，但是他尽其所能去爱我。"② 朱尼尔的父亲给他解释"因为比赛而紧张"和"害怕比赛"的差别，他说："紧张说明你想比赛，害怕说明你不想比赛。"③ 他很乐观，鼓励朱尼尔说，只有怀有远大理想，才能有出息。④ 有一次，圣诞节期间，他出去狂饮好几天，回来时酒气熏天，朱尼尔以为他的圣诞礼物泡汤了，然而，他的爸爸却给他留了一张五美元的钞票，尽管钞票放在鞋垫底下已经皱得不像样子。这是多么感人的一幕啊！"阿

① Alexie, Sherman. *The Absolutely True Diary of a Part - Time Indian*. Illus. Ellen Forney. New York： Little Brown, 2007：188.

② Alexie, Sherman. *The Absolutely True Diary of a Part - Time Indian*. Illus. Ellen Forney. New York： Little Brown, 2007：189.

③ Alexie, Sherman. *The Absolutely True Diary of a Part - Time Indian*. Illus. Ellen Forney. New York： Little Brown, 2007：181.

④ Alexie, Sherman. *The Absolutely True Diary of a Part - Time Indian*. Illus. Ellen Forney. New York： Little Brown, 2007：136.

莱克西暗示读者家庭和集体的稳定可以抵消印第安人所承受的延绵不断的冲突给他们带来的影响，尤其是当他们生活在以白人为主的地区时。"①

上述论述表明，朱尼尔的白人朋友的帮助和鼓励，以及他的家人给他的支持和爱心，是他在主流社会获得成功的关键因素。

朱尼尔爱他的家人、朋友以及整个部落和保留地，但是他知道生活一定要有所变化。为了生存，为了生活得更好，印第安人必须要有上进心，必须敢于冒险。他在保留地上爬最高的松树和在深不见底的乌龟湖游泳的经历都对他有所启发，起到教育的作用，帮助他成长。他探索了自己潜能的极限，也获得了新的见地。对于态度消极的劳迪来说，和朱尼尔一起爬树的经历也起到了促其上进的作用：

我们爬到了半空中一百英尺的高度，从那个高度我们可以看到数英里之外的景象。我们可以从保留地的一端看到另一端，我们可以看到我们的整个世界。我们的世界在那时显得郁郁葱葱、金光四射、完美无缺。

"哇！"我喊道。

"真美啊！"劳迪说，"我还从来没有看到这么美的景色呢！"

那时唯一的一次我听他如此说话。②

爬树的经历使他们开阔了眼界，使他们的思维超出了保留地的界限。朱尼尔期望整个部落都像他们这样敢于冒险，做出惊天动地的事情来。他不想让部落里的人恨他，因为他爱他们。他曾经自己思考：

我会一直爱劳迪，我也会想他的，就像我会一直爱、一直想我的奶奶、大姐和尤金一样。

就像我会一直爱、一直想我的保留地和部落一样。

我希望、我祈祷有一天他们会原谅我离开他们。

---

① Grassian, Daniel. *Understanding Sherman Alexie*. Columbia, South Carolina: University of South Carolina Press, 2005: 69.

② Alexie, Sherman. *The Absolutely True Diary of a Part – Time Indian*. Illus. Ellen Forney. New York: Little Brown, 2007: 226.

我希望、我祈祷有一天我会原谅自己离开他们。①

朱尼尔离开保留地是为了寻求更美好的生活，而不是因为他不热爱保留地，也不是因为他不热爱保留地的人们和传统。他很希望其他部落成员也这样做，他希望他们过得好，也想和他们保持良好的关系，正如，他通过自己的努力把劳迪对他的恨变成了理解和原谅。感恩节时，他为劳迪画了一幅漫画，还给他发邮件，尽管那时劳迪还对他怀有憎恨，然而，朱尼尔并不放弃。最终，劳迪理解了他，虽然拒绝了朱尼尔邀请他一起去雷尔丹上学，但他和朱尼尔和好了，并祝愿他前途美好。朱尼尔知道他跨越界线的决定是正确的，他也希望部落成员和他一样，因为他非常清楚，留在保留地上将意味着消亡，而融入主流社会会给部落带来希望。

阿莱克西是一个融合主义者，他塑造了一个坚定的融合主义人物——朱尼尔。朱尼尔热爱保留地和印第安人民，但是，既然走出了这一步，朱尼尔就不会永久性地回到保留地，他决心实现他的伟大梦想。正如他在八九十来岁时，有一次在卧室的衣柜里睡觉，他姐姐嘲笑他想回到母亲子宫时，他反驳说，"你别误会！我对妈妈的子宫并没有什么不好的看法，毕竟我是在那里缔造的，所以我必须说我是亲子宫派，但是，这么说吧，我并没有丝毫兴趣搬回去住。"② 同样，朱尼尔成功地应对两个世界：在保留地上他是个兼职印第安人，在全白人的雷尔丹镇，他也和白人心目中根深蒂固的印第安刻板形象大相径庭。用阿莱克西的话说：

对于我来说，很显然，最大的德尔界线是印第安人和白人世界之间的界线。因为我在保留地上长大，那条界线是政治性的、地理性的和种族性的。但是，我一直都在自由地跨越那条界线，自如地穿梭于两地之间。结果，我被两边都看做叛徒……我认为政治性和种族性界线是建立在恐惧的基础上的。难

① Alexie, Sherman. *The Absolutely True Diary of a Part－Time Indian*. Illus. Ellen Forney. New York：Little Brown, 2007：230.

② Alexie, Sherman. *The Absolutely True Diary of a Part－Time Indian*. Illus. Ellen Forney. New York：Little Brown, 2007：26.

道界线不都是想象出来的吗？①

　　阿莱克西和朱尼尔都是无所畏惧的，他们勇于跨越界线。他们都熟谙部落传统，都有健全的人格，都有在主流社会生存的能力。他们的冒险精神、上进心以及认为整个部落是一家人，应该相互关心的信念缔造了一个杂糅的新印第安人形象。实际上，如阿莱克西所说，"生存是个很低的希望。我不想仅仅生存，或者'可持续性生存'（surivivance）。我需要胜利！"② 在保留地上活下来并不值得憧憬，印第安人需要有能力在保留地界限之外过一种普通人的生活，而不是现在这种被视为异类的保留地生活。用阿莱克西的话来说，"我已不再是一个保留地印第安人。我不再想被当做异类，不想有异域风情……我只想做一个普通人……我想做普通人中的胜者！"③

　　综上所述，本章讨论了印第安人积极融入主流社会，认为果断、勤劳、聪明才智和坚忍不拔会帮助印第安人在主流社会落稳脚跟。传统是主人公顺利融入主流社会的不可缺少的条件，然而随着时间的推移，传统也应该随时更新。家庭的支持，再加上传统，会帮助主人公形成一个健全的身份。小说文本显示，白人社会基本上还是友好的。新印第安形象是一个具有健全身份，目标明确，可以自由地跨越印第安人和白人世界之间政治、种族界线的印第安人。阿莱克西塑造的印第安新形象是一个敢于冒险、具有上进心、充满毅力，在学业、社交、体育方面都很优秀的人。篮球运动在帮助新印第安人获得白人社会认可、加强部落成员之间的联系、应对印白两个世界、建立新身份方面起到了重要的作用。

----

① Alexie, Sherman. Interview. *POV Borders Talk*. PBS. 14 September 2003. < http://www. pbs. org/pov/pov2002/borders/talk/dialogue010 - sa. html > accessed 10 Sept. 2008 cited in Bolt, Julie. *Border Pedagogy for Democratic Practice*. Diss. The University of Arizona, 2003: 125.

② Nygren, Ase. "A World of Story - Smoke: A Conversation with Sherman Alexie." *MELUS* 30. 4 (Winter 2005): 156. 杰拉德·维泽诺杜撰了"可持续性生存（surivivance）一词，来替换生存（survival）。对于维泽诺来说，生存意味着在当代世界中简单延续传统，而"可持续性生存（surivivance）"则意味着一个不断变化的过程。

③ Nygren, Ase. "A World of Story - Smoke: A Conversation with Sherman Alexie." *MELUS* 30. 4 (Winter 2005): 168.

第六章

结论

> 边界不是事物止步的标志，而是——根据希腊人的世界观——事物呈现的开端。
>
> ——马丁·海德格尔《建筑、居住、思考》

阿莱克西的四部长篇小说因循"受压迫→对抗→被动融入→主动融入"的模式发展。综观四部小说，第一部小说以保留地开端，第二三部情节在城市展开，第四部又回到保留地，四部小说从整体上构成了一个循环。

如前所述，印第安人的时空观影响了他们的思维模式，所以当代很多印第安作家在谋篇布局时采用圆形结构或者螺旋式结构。莫玛黛的《晨曦之屋》中，主人公亚伯从保留地出去，先参加二战，又被安置到城市，最后又回到了保留地，形成了一个圆形。托马斯·金（Thomas King，1943~ ）的《药河》（*Medicine River*，1990）、韦尔奇的《浴血之冬》中都描写了主人公回到保留地的故事，都构成了圆形结构。

阿莱克西的四部小说中（《保留地布鲁斯》（*Reservation Blues*，1995）、《印第安杀手》（*Indian Killer*，1996）、《飞逸》（*Flight*，2007）、《一个兼职印第安人绝对真实的日记》（*The Absolutely True Diary of a Part - time Indian*，2007）），有三部呈现出圆形结构：《布鲁斯》、《杀手》、《日记》。《布鲁斯》中印第安青年在保留地上成立乐队，在临近部落的斯波坎市获得初步的成功，但是在纽约受到挫折，最终回到保留地。《飞逸》中主人公"青春痘"（Zits）幻想他进行了一次灵魂附体的时空旅行，最后回到现实，被白人领养。《日记》中主人公朱尼尔（Junior）主动跨越保留地和白人世界间的界限，通过自信、勤奋、运动天赋（尤其是篮球）等赢得白人社会的认可，融入主流社会，最后回到部落，和一度反目的部落好友和好。

四部小说均涉及种族关系，历经种族压迫、种族对抗、被动融入、主动融入，最终完成种族融合，综观四部小说，其布局构成一个圆形结构，第一部小说（《保留地布鲁斯》）发生在保留地，第二部（《印第安杀手》）和第三部（《飞逸》）发生在城市，第四部（《一个兼职印第安人绝对真实的日记》）又回到了保留地。《保留地布鲁斯》主要场景为印第安保留地，《印第安杀手》发生在西雅图市，《飞逸》也发生在城市，《日记》的场景又回到了保留地。《布鲁斯》表达了保留地上的印第安青年融入主流城市社会，与白人和平互补地相处的美好愿望，但是这一愿望不能以线性形式直接实现，相反印第安青年受到白人的商业剥削，遭遇挫折，去大都市纽约的梦想成为泡影，融合主题只有经过环形迂回才能得以实现。《印第安杀手》为融合之路上最为曲折的一个阶段，表现了白人对印第安文化的侵占，因此招致印第安青年的反抗。《布鲁斯》和《杀手》构成了白人对印第安人拒绝的半圆，《飞逸》和《日记》则构成白人对印第安人的接受半圆；《布鲁斯》和《日记》构成保留地半圆，《杀手》和《飞逸》构成城市半圆。总而言之，四部作品既构成了一条首尾相连的曲线，又具备了圆形的对立特征。

以上是阿莱克西作品的主题模式，下面总结一下其他方面的特点。就人物成长来说，《保留地布鲁斯》中的人物为邪恶势力所诱惑，无力取得胜利；《印第安杀手》中的人物更坚强一些，但是，还是不能战胜白人；《飞逸》中的主人公貌似被动，却在经历诸多事件之后开始思考，停止了斗争；《日记》中的主人公是自立自主的，有力地与不利因素抗争，赢得了伟大的胜利。

就人物身份而言，《保留地布鲁斯》中的人物居住在保留地上，但是与传统割裂，因此，他们不知道自己的目标是什么，也不知道自己的文化身份；《印第安杀手》中的人物是"迷失的鸟儿"，完全迷失了自我，找不到出路；《飞逸》中的主人公通过精神附体和时空旅行，洞悉了历史，了解了传统，找到了自己的身份；《日记》中的主人公对于自己的身份和人生目标非常清楚，因此取得了成功。

就人生导师而言，《保留地布鲁斯》中，人物的父亲们缺场或者沉醉不醒，祖母起到了引领年轻人的作用；《印第安杀手》中，父母或者不在场，或者没有爱心，虐待子女，白人养父母又起不到应起的引导作用；《飞逸》中，主人公的父母在故事开始时都是缺场的，但是，主人公在时间旅行的过程中找到了父亲；《日记》中，主人公的父母都健在，而且对主人公的决定非常支持。因此，可以看出，主人公的父母和人生导师在他们融入社会的过程中起到了非常重要的作用。

就白人的态度而言，读者在《保留地布鲁斯》中看到残酷的霸权主义；在《印第安杀手》中看到深刻的憎恨和厌恶；在《飞逸》中看到一些漠然，但多了些关心；在《日记》中更多看到的是善意和鼓励。

就结局而言，阿莱克西的作品结尾都比较积极。《保留地布鲁斯》通过托马斯和温水姐妹的新征程呈现了某些新的希望；《印第安杀手》描写了一个"鬼舞"场景，也是乐观的；《飞逸》的结尾时主人公融入社会；《日记》则留给读者一个圆圆明月的意象。

从发展轨迹讲，《保留地布鲁斯》是一个圆形结构，从保留地开始，经历其他保留地，小城镇，到大城市，最后又回到保留地；《印第安杀手》的线索较乱，没有固定线条；《飞逸》结构呈圆形，从城市开始，经历时空转换，回归城市；《日记》突出了从保留地到城镇的转移。

四部小说构成一个指向融合的圆形。圆的各个部分有延续，也有对立，这都是融合之路的必经阶段。前两部小说构成对抗半圆，后两部小说构成融合半圆。第一部小说（《保留地布鲁斯》）和第三部小说（《飞逸》）自身都是圆形结构，然而，《保留地布鲁斯》以被拒绝结尾，而《飞逸》则以被接受结尾。第二部小说（《印第安杀手》）和第四部小说（《日记》）自身均呈线性，但是，前者充满了敌意，而后者却有了更多的认可。

印第安人圆形宇宙和循环时间的概念告诉我们，阿莱克西笔下的人物在种族融合之路上不会直线前进，而是要螺旋式前进。《日记》中主人公朱尼尔取得了初步的胜利，故事的结尾也非常乐观："月亮圆圆、金光灿灿、完美无缺。"[1] 然而，我们知道，印第安人和白人的故事并不会止步于此，如果有续集，或者在阿莱克西将来的作品中，印第安人还会遇到新的挑战。不过，我们坚信印第安人和白人的关系在新的循环中会有更大的进步。

本书仅分析了阿莱克西的四部长篇小说，偶尔论及其部分诗作和短篇小

---

[1]　Alexie, Sherman. *The Absolutely True Diary of a Part - Time Indian.* Illus. Ellen Forney. New York: Little Brown, 2007: 230.

说，在将来的研究中，笔者还将对其诗歌、短篇小说、剧本等进行系统的研究。而且，阿莱克西作品的其他主题，如印第安知性主义、家庭关系、疾病、同性恋、教育、传统等，及写作手法，如魔幻现实主义、布鲁斯小说等，都有待研究。

参考文献

Abrams, M. H. *A Glossary of Literary Terms* (7th edition) [M]. Beijing: Foreign Language Teaching and Research Press, 2004; Thomson Learning, 1999/1993/1988/1981.

Alexie, Sherman. Interview [OL]. POV Borders Talk. PBS. 14 September 2003. < http://www. pbs. org/pov/pov2002/borders/talk/dialogue010 − sa. html > accessed 10 Sept. 2008.

Alexie, Sherman. Some of My Best Friends [J]. *Los Angeles Times*, 23 January 2000.

Alexie, Sherman. Why We Play Basketball [J]. *College English* 58. 6 (Oct. , 1996): 709 ~ 712.

Alexie, Sherman. Interview with Bernadette Chato [OL]. "Book − of − the − Month: *Reservation Blues.*" Native America Calling. Prod. Harlan McKosato (Sac & Fox/Ioway). KUNM 89. 9FM Albuquerque, NM. 26 June 1995, 2 June 2001 American Indian Radio on Satellite (AIROS) http://www. airos. org.

Alexie, Sherman. Flight [M]. New York: Grove/Atlantic, Inc. , 2007.

Alexie, Sherman. Indian Killer [M]. New York: Atlantic Monthly Press, 1996.

Alexie, Sherman. Reservation Blues [M]. New York: Atlantic Monthly Press, 1995.

Alexie, Sherman. The Absolutely True Diary of a Part − Time Indian [M]. Illus. Ellen Forney. New York: Little Brown, 2007.

Alexie, Sherman. The Lone Ranger and Tonto Fistfight in Heaven [M]. New York: Atlantic Monthly Press, 1993.

Alexie, Sherman. *The Summer of Black Widows* [M]. Brooklyn, New York: Hanging Loose Press, 1996.

Alexie, Sherman. The Toughest Indian in the World [M]. New York: Atlantic Monthly Press, 2000.

Andrews, Scott. A New Road and a Dead End in Sherman Alexie's *Reservation Blues* [J]. *The Arizona Quarterly* 63. 2 (Summer 2007): 137 ~ 152.

Ashcroft, Bill, Gareth Griffiths, and Helen Tiffin. *The Empire Writes Back: Theory and Prac-*

tice in Post – Colonial Literatures [M]. London: Routledge, 1989.

Bal, Mieke. *Narratology: Introduction to the Theory of Narrative* [M]. Trans. Christine van Boheemen. Toronto: University of Toronto Press, 1985.

Bee, Robert L. Native American Reservations [CD]. Microsoft? Student 2007 [DVD]. Redmond, WA: Microsoft Corporation, 2006.

Bhabha, Homi. *The Location of Culture* [M]. New York: Routledge, 1994.

Bierce, Ambrose. An Occurrence at Owl Creek Bridge. *The Norton Anthology of Short Fictions* (*Fourth Edition*) [G]. Ed. R. V. Cassill. New York: W. W. Norton & Company, 1990/1986/1981/1978. 99 ~ 107.

Bird, Gloria. The Exaggeration of Despair in Sherman Alexie's *Reservation Blues* [J]. *Wicazo Sa Review* 11. 2 (Autumn 1995): 47 ~ 52.

Black Elk. *Black Elk Speaks* [M]. Ed. John G. Neihardt. Lincoln: University of Nebraska Press, 1961. < http://www. blackelkspeaks. unl. edu/blackelk. pdf. > accessed 8 Sept. 2008.

Bolt, Julie. *Border Pedagogy for Democratic Practice* [D]. The University of Arizona, 2003.

Boomer, Holly Rae. *Writing Red: Vine Deloria, Jr. and Contemporary American Indian Fiction* [D]. The University of Nebraska, 2000.

Buchan, James. This Charming Man: Sherman Alexie's *Flight* Is in Danger of Losing the Plot [N]. The Guardian (Saturday January 19, 2008). < http://www. guardian. co. uk/books/2008/jan/19/fiction3/print > accessed 24 Oct. , 2008.

Buckley, Jerome Hamilton. *Season of Youth: The Bildungsroman from Dickens to Golden* [M]. Cambridge: Harvard University, 1974.

Carpenter, Susan. Misfit [N]. *Los Angeles Times.* (September 16, 2007). < http://articles. latimes. com/2007/sep/16/books/bk – carpenter16 > accessed 15 October 2008.

Churchill, Ward. *Acts of Rebellion: The Ward Churchill Reader* [M]. New York: Routledge, 2003.

Cline, Lynn. About Sherman Alexie [J]. *Ploughshares* 26. 4 (Winter 2000/2001): 197 ~ 202.

Courtney – Leyba, Karen E. *Uncomfortable Fictions: Cross – Cultural Creation and Reception of Contemporary Literature* [D]. Northern Illinois University, 2001.

Cousins, Emily. Mountains Made Alive: Native American Relationships with Sacred Land [J]. *Cross Currents* 46. 4 (1996/1997): 497 ~ 510. < http:// www. crosscurrents. org/moutains-alive. html. > accessed 20 July 2008.

Cox, James Howard. *Muting White Noise: Revisionary Native American Novelists* [D]. University of Nebraska, 1999.

Cummins, Ann. Time – traveling Boy: A Native American Orphan Finds a Way to Escape His Misery [N]. *Washington Post*. Sunday, April 15, 2007; Page BW06. < http://www. washingtonpost. com/wp – dyn/content/article/2007/04/12/AR2007041202510. html? referrer = emailarticle > accessed 10 October 2008.

Denzin, Norman K. *Images of Postmodern Society* [M]. London: Sage Publications, 1991.

Erdrich, Louise. *Love Medicine* [M]. 1984. New York: Harper, 1993.

Evans, Stephen F. Open Containers: Sherman Alexie's Drunken Indians [J]. *American Indian Quarterly* 25. 1 (Winter 2001): 46 ~ 72.

Faulkner, William. The Bear. *The Norton Anthology of Short Fictions (Fourth Edition)* [A]. *Ed. R. V. Cassill. New York: W. W. Norton & Company*, 1990/ 1986/ 1981/ 1978. 518 ~ 605.

Ferguson, Laurie L. Trickster Shows the Way: Humor, Resiliency, and Growth in Modern Native American Literature [D]. Wright Institute Graduate School of Psychology, 2002.

Fixico, Donald Lee. Foreword. American Indians and the Urban Experience [M]. Eds. Susan Lobo and Kurt Peters. New York: AltaMira Press (A Division of Roman and Littlefield Publishers, Inc.), 2001.

Fixico, Donald Lee. American Indian Movement [CD]. Microsoft? Student 2007 [DVD]. Redmond, WA: Microsoft Corporation, 2006.

Fraser, Joelle. An interview with Sherman Alexie [J]. *Iowa Review (Univ. of Iowa, Iowa City)* 30. 3 (Winter 2000 ~ 2001):59 ~ 70.

Gibson, Arrell M. The Chickasaws [M]. Norman: University of Oklahoma Press, 1971.

Glancy, Diane. Pushing the Bear: A Novel of the Trail of Tears [M]. San Diego: Harcourt Brace, 1996.

Grassian, Daniel. Understanding Sherman Alexie [M]. Columbia, South Carolina: University of South Carolina Press, 2005.

Harad, Alyssa D. *Ordinary Witnesses* [D]. The University of Texas at Austin, 2003.

Heidegger, Martin. Building, Dwelling, Thinking. Poetry, Language, Thought [C]. New York: Harper & Row, 1971. 152 ~ 3.

Highway, Tomson. Spokane Words: Tomson Highway Raps with Sherman Alexie [J]. Aboriginal Voices, January – March 1997. < http://www. fallsapart. com/art – av. html. > accessed 10 September 2008.

Hirschfelder, Arlene, et al. Native Americans of North America [CD]. Microsoft? Student 2007 [DVD]. Redmond, WA: Microsoft Corporation, 2006.

Hollrah, Patrice Eunice Marie. *Political Ramifications of Gender Complementarity for Women in Native American Literature* [D]. University of Nevada, Las Vegas, 2001.

Horsford, Howard C. Faulkner's (Mostly) Unreal Indians in Early Mississippi History [J]. *American Literature* 64. 2 (Jun. , 1992): 311 ~ 330.

Howe, Susanne. Wilhelm Meister and His English Kinsmen: Apprentices to Life [M]. New York: AMS Press, Inc. , 1966.

Hunt, Peter, and Millicent Lenz. Alternative Worlds in Fantasy Fiction [M]. London and New York: Continuum, 2001.

James, Meredith K. *"Reservation of the Mind": The Literary Native Spaces in the Fiction of Sherman Alexie* [D]. University of Oklahoma, 2000.

Jorgensen, Karen. White Shadows: The Use of Doppelgangers in Sherman Alexie's Reservation Blues [J]. SAIL: Studies in American Indian Literatures Series 2 Volume 9, Number 4 (Winter 1997): 19 ~ 25.

Jost, Francois. Variations of a Species: The 'Bildungsroman'. Eds. Jenet Mullane et al. *Nineteenth – Century Literature Criticism. Vol. 20* [A]. Detroit: Gale Research Inc. , 1989. 101 ~ 108.

Kloberdanz, Kristin. Angst and Comedy: Tales of Racism, Amnesia, Fantasy and? Death [N]. Chicago Tribune. (October 13, 2007). < http://archives. chicagotribune. com/2007/oct/13/books/chi – teensbw13oct13 > accessed 20 October 2008.

Lame Deer, Archie Fire, and Richard Erdoes. Gift of Power: The Life and Teachings of a Lakota Medicine Man [M]. Santa Fe: Bear and Company, 1992.

Larson, Charles R. American Indian Fiction [M]. Albuquerque: University of New Mexico Press, 1978.

Le Guin, Ursula K. The Language of the Night: Essays on Fantasy and Science Fiction, second edition [M]. New York: HarperCollins, 1992.

Lee, Robert L. Native American Reservations [CD]. Microsoft Encarta Encyclopedia, 2004.

Lenfestey, Jim. Books: Straight Shooter [N]. Minneapolis – St. Paul Star Tribune (September 13, 2007). < http://www. startribune. com/ entertainment/books/ 11381521. html > accessed 21 October 2008.

Lincoln, Kenneth. *Native American Renaissance* [M]. Berkeley: University of California, 1983.

Lobo, Susan and Kurt Peters. *American Indians and the Urban Experience* [M]. New York: AltaMira Press, 2001.

Macdonald, Andrew, Gina Macdonald, and MaryAnn Sheridan. Shape – shifting: Images of Native Americans in Recent Popular Fiction [M]. Westport, Connecticut: Greenwood Press, 2000.

Madden, David. Novel [CD]. Microsoft? Student 2007 [DVD]. Redmond, WA: Microsoft Corporation, 2006.

Marx, Doug. Sherman Alexie: A Reservation of the Mind [J]. *Publishers Weekly*; Sep 16, 1996; 243, 38; ABI/INFORM Global: 39 ~ 40.

McFarland, Ron. Sherman Alexie's Polemical Stories [J]. *SAIL: Studies in American Indian Literatures Series* 2 9. 4 (Winter 1997): 27 ~ 38.

McLuhan, Marshall. *Understanding Media: The Extensions of Man* [M]. New York: The New American Library, Inc. , 1964.

McLuhan, T. C. , compiler. *Touch the Earth* [M]. New York: Outerbridge and Dienstfrey, 1971.

Momaday, N. Scott. *House Made of Dawn* [M]. New York: Harper Collins, 1968.

Nygren, Ase. A World of Story – Smoke: A Conversation with Sherman Alexie [J]. *MELUS* 30. 4 (Winter 2005): 149 ~ 169.

Oaks, Priscilla. The First Generation of Native American Novelists [J]. *MELUS*, Vol. 5, No. 1, Critical Approaches to Ethnic Literature. (Spring 1978), pp. 57 ~ 65. http:// links. jstor. org/sici? sici = 0163 ~ 755X% 28197821% 295% 3A1% 3C57% 3ATFGONA% 3E2. 0. CO% 3B2 – L

O'Brien, Sharon. Native American Policy [CD]. *Microsoft? Student* 2007 [DVD]. Redmond, WA: Microsoft Corporation, 2006.

Owens, Louis. *Bone Game: A Novel* [M]. Norman: U of Oklahoma P, 1994.

Owens, Louis. *Mixedblood Messages: Literature, Film, Family, Place* [M]. Norman: U of Oklahoma P, 1998.

Parker, Hershel. The Metaphysics of Indian – Hating [J]. *Nineteenth – Century Fiction*, Vol. 18, No. 2. (Sep. , 1963), pp. 165 ~ 173. Stable URL: http://links. jstor. org/sici? sici = 0029 – 0564% 28196309% 2918% 3A2% 3C165% 3ATMOI% 3E2. 0. CO% 3B2 ~ Q.

Peeterse, Natalie. Can the Subaltern Speak . . . Especially without a Tape Recorder? A Post-colonial Reading of Ian Frazier's *On the Rez* [J]. *American Indian Quarterly* 26. 2 (Spring 2002): 271 ~ 285.

Peters, Darrell Jesse. *"Only The Drum Is Confident"*: Simulations and Syncretism in Native A-merican Fiction [D]. The University of New Mexico, 1999.

Pratchett, Terry, and S. Briggs. *The Discworld Companion* [M]. London: Vista, 1997.

Prucha, Francis Paul. *American Indian Policy in Crisis: Christian Reformers and the Indian*, 1865 ~ 1900 [M]. Norman: U of Oklahoma P, 1976.

Said, Edward. *Culture and Imperialism* [M]. New York: Knopf, 1993.

Salinger, J. D. *The Catcher in the Rye* [M]. New York: Bantam Books, 1951/1946/1945.

Sanders, Thomas E. and Walter W. Peek, eds. *Literature of Native American Indian* [M]. Beverly Hills: Benziger Bruce & Glencoe Inc. , 1973.

Sandow, Greg. Robert Johnson [CD]. Microsoft? Student 2007 [DVD]. Redmond, WA: Microsoft Corporation, 2006.

Sanford, George. Auschwitz[CD]. Microsoft? Student 2007 [DVD]. Redmond, WA: Microsoft Corporation, 2006.

Saussure, Ferdinand de. Course in General Linguistics. *Critical Theory Since Plato* [G]. Ed. Hazard Adams. New York: Harcourt Brace Jovanovich, 1992. 717~726.

Schwarz, Gretchen. Summary of The Lone Ranger and Tonto Fistfight in Heaven. *Beacham's? Guide to Literature for Young Adults* [G]. Gale Group, Inc. Reprinted by permission in *Microsoft Encarta* 2008.

Smith, M. W. Reading Simulacra: Fatal Theories for Postmodernity [M]. State University of New York, 2001.

Straus, Terry and Debra Valentino. Detribalization in Urban Indian Communities. American Indians and the Urban Experience[M]. Eds. Susan Lobo and Kurt Peters. New York: AltaMira Press (A Division of Roman and Littlefield Publishers, Inc.), 2001.

Sun Shengzhong. Eternal search for an Elusive Dream: A Study of Artistic and Cultural Expression of American Bildungsroman with a Focus on Twain, Faulkner and Salinger [D]. Shanghai International Studies University, 2004.

Tatonetti, Lisa Marie. *From Ghost Dance to Grass Dance: Performance and Postindian Resistance in American Indian Literature* [D]. The Ohio State University, 2001.

Tepper, Anderson. A Boy's Life, Zits and All: Sherman Alexie's Young Hero Sets Off on a Journey Across Time and Race [N]. *The Village Voice*. March 15, 2007. < http://www. villagevoice. com/2007 - 03 - 13/books/a - boy - s - life - zits - and - all/ > accessed Oct. 10, 2008.

Tuzin, Donald F. Rites of Passage [CD]. Microsoft? Student 2007 [DVD]. Redmond, WA: Microsoft Corporation, 2006.

Twain, Mark. *A Connecticut Yankee in King Arthur's Court* [M]. New York: Airmont Publishing company, Inc. , 1964.

Twain, Mark. *The Adventures of Huckleberry Finn* [M]. Beijing: Foreign Language Teaching and Research Press, 1992.

Vanderwerken, David L. *Faulkner's Literary Children: Patterns of Development* [M]. New York: Peter Lang Publishing, Inc. , 1997.

Velie, Alan. The Trickster Novel [C]. *Narrative Chance: Postmodern Discourse on Native A-merican Indian Literatures*. Ed. Gerald Vizenor. Norman: University of Oklahoma Press, 1993.

Vizenor, Gerald. "Preface." *Manifest Manners: Narratives on Postindian Survivance* [M]. Lincoln: U of Nebraska P, 1999.

Whitson, Kathy J. *Native American Literatures: An Encyclopedia of Works, Characters, Authors, and Themes* [M]. Santa Barbara, CA: ABC – CLIO, 1999.

Witkin – New Holy, Alexandra. Oglala Obscurity: A Review of Ian Frazier's *On the Rez* [J]. *American Indian Quarterly* 24. 2 (2000): 291 ~ 296.

Zou, Huiling. A *Postcolonial Study of American Indian Literature Written in English* [D]. Shandong University, 2005.

Clint Eastwood [CD]. Microsoft? Student 2007 [DVD]. Redmond, WA: Microsoft Corporation, 2006.

Crazy Horse [CD]. Microsoft? Student 2007 [DVD]. Redmond, WA: Microsoft Corporation, 2006.

George Armstrong Custer [CD]. Microsoft? Student 2007 [DVD]. Redmond, WA: Microsoft Corporation, 2006.

George Santayana [CD]. Microsoft? Student 2007 [DVD]. Redmond, WA: Microsoft Corporation, 2006.

Goliath [CD]. Microsoft? Student 2007 [DVD]. Redmond, WA: Microsoft Corporation, 2006.

John Smith (colonizer) [CD]. Microsoft? Student 2007 [DVD]. Redmond, WA: Microsoft Corporation, 2006.

Sherman Alexie [CD]. Microsoft? Student 2007 [DVD]. Redmond, WA: Microsoft Corporation, 2006.

Vince Lombardi [CD]. Microsoft? Student 2007 [DVD]. Redmond, WA: Microsoft Corporation, 2006.

陈许：解读美国西部印第安人小说 [J].《四川外语学院学报》22 卷第 6 期（2006 年 11 月），第 9 ~ 13 页。

陈榕：凝视 [G].《西方文论关键词》，赵一凡、张中载、李德恩主编，北京：外语教学与研究出版社，2003，第 349 ~ 361 页。

郭巍：美国原住民文学研究在中国 [J].《天津外国语学院学报》第 14 卷（2007 年）第 4 期，第 57 ~ 63 页。

郭洋生：当代美国印第安小说［J］.《西南民族学院学报（哲学社会科学版）》1996年第4期，第1～5页。

胡锦山：二十世纪美国印第安人政策之演变与印第安人事务的发展［J］.《世界民族》2004年第2期，第25～34页。

胡铁生、孙　萍：《论美国印第安文学演变历程中的内外因素》［J］.《河南师范大学学报（哲学社会科学版）》第32卷第2期（2005年3月），第130～135页。

刘克东：《故事与梦想 传统与未来——美国印第安作家谢尔曼·阿莱克西＜亚利桑那菲尼克斯意味着什么＞中的"魔法师"形象和口述传统》［J］.《外国文学》2007年第6期，第18～24页。

刘　玉：美国印第安女性文学述评［J］.《当代外国文学》2007年第3期，第92～97页。

邱惠林：美国原住民的称谓之争——当今美国"美国印第安人"与"土著美国人"的争议［J］.《四川大学学报（哲学社会科学版）》，2007年第2期（总第149期），第52～59页。

任爱军：福克纳的印第安人故事［J］.《外国文学》2008年第2期，第71～77页。

芮渝萍：《美国成长小说研究》［M］，北京：中国社会科学出版社，2004.

斯图尔特·霍尔编《表征》［M］，徐亮等译，商务印书馆，2003.

王建平：《死者年鉴》——印第安文学中的拜物教话语［J］.《外国文学评论》2007年第2期，第45～54页。

曾令富：多元文化大合唱中的响亮声音——美国印第安文学的复兴及其发展现状［J］.《四川教育学院学报》第23卷第1期（2007年1月），第41～56页。

张冲：美国十九世纪印第安典仪文学与曲词文学［J］.《外国文学评论》1998年第2期，第120～126页。

张冲主撰：《新编美国文学史》［M］（第一卷）刘海平、王守仁总主编，上海外语教育出版社，2000年。

邹惠玲：《绿绿的草，流动的水》：印第安历史的重构［J］.《外国文学评论》2004年第4期，第40～49页。

附录一

故事与梦想　传统与未来

——美国印第安作家谢尔曼·阿莱克西《亚利桑那菲尼克斯意味着什么》中的"魔法师"形象和口述传统①

内容提要：故事以简洁的语言幽默、诙谐地讲述了印第安保留地青年维克多在好友托马斯·生火的帮助下将客死凤凰城的父亲遗体运回保留地的经过。描述了印第安保留地上印第安人的生存状态，展现了保持传统、崇尚冒险、主动和美国主流文化交流的主题和生活态度，强调了口述传统的重要性，塑造了疯狂、外向、爱讲故事、爱梦想的"魔法师"托马斯·生火形象。维克多和托马斯的关系是整个保留地人际关系的缩影，两人共同历险的成功是他们成长过程中关键的一步，预示了印第安保留地的美好未来。

关键词：谢尔曼·阿莱克西　魔法师　成人仪式　口述传统　故事

Stories and Dreams, Tradition and Future: The "Trickster" Image and Oral Tradition in Sherman Alexie's "This Is What It Means to Say Phoenix, Arizona"

Abstract: In his "This Is What It Means to Say Phoenix, Arizona", Sherman Alexie, with easy language, delicate narrative structure, and great humor, tells a story, in which Victor, a young man from the reservation, with the help from his companion, Thomas Builds – the – Fire, goes to Phoenix, Arizona to get his dead father cremated and transported back to the reservation. The story describes the living conditions on the reservation: isolation from the outside and estrangement from within

---

① 本文和后面的译文曾经发表在《外国文学》2007年第6期，第18~24页；第25~31页。

and suggests the significance of tradition and heritage, especially the oral tradition. The story depicts the trickster character Thomas Builds – the – Fire, the optimistic, outgoing, crazy story – teller and daydreamer. The success of the adventure is an important step in the maturation of Victor and Thomas, and foretells a promising future of the Indian reservation.

Key words: Sherman Alexie; trickster; initiation rite; oral tradition; stories

谢尔曼·阿莱克西（1966~）是一位美国土著作家，是美国文坛崛起的一颗新星，被誉为"年轻一代印第安作家的先锋"（邹惠玲，《从同化到回归》20），1996 年被《格兰塔杂志》评为"美国四十岁以下最优秀的二十位小说家"之一。他的作品发表在《骑士》、《肯尼亚评论》、《纽约时报图书评论》、《纽约时报杂志》、《犁铧》、《故事》等文学杂志上。阿莱克西以其复杂的故事结构、巧妙的人物刻画和幽默的语言著称。

1967 年，阿莱克西出生于华盛顿州的斯波坎地区。他在斯波坎印第安保留地中的威尔皮尼特镇长大。1998 年的《纽约时报杂志》报道说阿莱克西"在穿尿裤时就开始阅读《超人》的故事，12 岁前就将威尔皮尼特学校图书馆的书都读了个遍"。

1991 年阿莱克西获得华盛顿州立大学学士学位。受他的大学老师、诗人阿莱克斯·郭（Alex Kuo）的鼓励，阿莱克西开始从事写作。1992 年，纽约的悬垂出版社（Hanging Loose Press）出版了他的短篇小说和诗歌的合集：《盛装舞蹈业》（*The Business of Fancydancing*）。

到目前为止，阿莱克西已经出版了十本书，包括诗集《登月的第一个印第安人》（*First Indian on the Moon*, 1993）、《老衬衫和新皮肤》（*Old Shirts & New Skins*, 1993）、《水流回家》（*Water Flowing Home*, 1995）和《黑寡妇的夏天》（*The Summer of the Black Widow*, 1996）；短篇小说集《天堂里的独行侠森警和唐托赤拳搏击》（*The Lone Ranger and Tonto Fistfight in Heaven*, 1993）、《世界上最牛的印第安人》（*The Toughest Indian in the World*, 2000）、《十个小印第安人》（*Ten Little Indians*, 2003）；长篇小说《保留地布鲁斯》（*Reservation Blues*, 1995）、《印第安杀手》（*Indian Killer*, 1996）。

二十世纪九十年代末，阿莱克西制作了电影《狼烟》（*Smoke Signals*, 1998），这是第一部由印第安人担任编剧、导演和制片人的影片。这部电影是根据短篇小说《亚利桑纳菲尼克斯意味着什么》（又译《凤凰城》）（*This Is What It Means To Say Phoenix, Arizona*）改编的。

《亚利桑纳菲尼克斯意味着什么》讲述的是印第安保留地上两个男青年的一次"远征"、历险。维克多为了去亚利桑纳的菲尼克斯处理父亲的遗体，运回骨灰而不得不带上托马斯·生火。故事回顾了两个青年之间的关系、托马斯和维克多的父亲的关系、印第安人和白人的接触等，反映了印第安保留地的生活、印第安人的传统及他们对白人、政府和生活的态度。

《凤凰城》描述了印第安保留地上印第安人的生存状态：贫穷、颓废，尤其是其成员内部的疏离、隔阂及保留地与外部世界的隔离。小说刻画了托马斯·生火这个"疯狂"、外向、乐观、爱讲故事（口述传统）、爱梦想的"魔法师"形象①，预示了印第安保留地的美好未来。

一

从十九世纪三十年代起，美国政府就命令军队驱赶大批印第安人长途跋涉迁往保留地。长途跋涉，加上严冬天气，很多人饿死、冻死、病死在路上。如1838年～1839年，一万多名切诺基印第安人被士兵用刺刀逼着从美国东南部在严寒中步行九百多英里迁往俄克拉荷玛州的保留地，四分之一的人死亡或失踪在路上，后来，他们走过的路被称为"切诺基血泪路"。内战之后，白人更加肆无忌惮地掠夺印第安人的土地，白人的移民潮对印第安居民造成极大的冲击。十九世纪六十年代的拉若弥合约限制了苏族的游牧，白人大量屠杀北美野牛，导致成千上万的印第安人饿死。1890年发生的伤膝事件屠杀了数百印第安人②。1887年通过的《道斯法案》，名为保护印第安人的土地所有权，实则意在剥夺其保留地上的土地（Larson 11），至1934年，印第安人的保留地丧失了四分之三③。

① Trickster，又译恶作剧者。参见方红：《美国猴王——论杰拉尔德·维兹诺与汤婷婷塑造的恶作剧者形象》，载《当代外国文学》2006年第1期，第58页。

② 欧洲殖民者到达北美大陆后不久就开始对印第安人镇压、屠杀，"短短几百年间，北美印第安人由三千万锐减到几百万。"参见邹惠玲：《<绿绿的草，流动的水>：印第安历史的重构》，载《外国文学评论》2004年第4期，第40页。

③ Robert L. Lee. "Native American Reservations" in *Microsoft Encarta Encyclopedia*. 2004.

印第安保留地的生活是穷困、潦倒、落魄的。许多印第安作家的作品都反映了保留地的生存状态：贫穷、萧条，人与人之间相对孤立，与外界也不相往来（王建平、郭巍 456；Momaday；邹惠玲，《从同化到回归》20－21）。在《凤凰城》中，这一状况又一次得到了验证。

维克多要去菲尼克斯处理父亲的后事，到部落委员会借钱，费了很多口舌，却只弄来一百美元。"维克多一分钱也没有。而保留地里又有谁有钱呢？除非是卖香烟和焰火的人。他可以去取他父亲存折里的钱，但首先他需要想办法从斯波坎去菲尼克斯。维克多的母亲和他一样贫穷，其他亲属也帮不上什么忙。"（Alexie 442）[1] 最后，维克多不得不接受托马斯的帮助，才得以乘飞机去了凤凰城，取了父亲银行账户中的几百元钱，将他已经腐化的遗体火化后，开他的卡车走了十多个小时后将骨灰运回保留地。

保留地上，人们的生活节奏缓慢、慵懒，没有一丝生气。当维克多和托马斯开车回到保留地时，"部落里的人醒来了，准备一天的劳作，吃早饭，看报纸，与平时没有什么两样"（Alexie 451）。正如托马斯所言，"这里一切都死气沉沉的，我已经厌倦了"（Alexie 451）。人们看不到希望，于是借酒浇愁，将蓄积的能量转到暴力、犯罪上去。

正因为整日无所事事，多数印第安人酗酒、滋事。维克多后来也说："他和别人共同拥有的只是酒瓶和破碎的梦"（Alexie：451）。他们采取的是完全消极的人生态度。有一次，维克多喝醉了，还把托马斯给打了一顿，好多孩子都在场，却没有人阻止他，直到诺尔玛·千驹路过那儿，才把托马斯救下来。

维克多和托马斯曾经是好朋友，后来却越来越疏远。这也反映了保留地上印第安人之间的疏离与漠然，保留地的印第安人也很少和外界联系，以至于托马斯在飞机上和白人女运动员攀谈时，维克多会嘲笑他，替他觉得丢人。

二

"魔法师"（Trickster）这一形象实际上在很多神话故事中都有，如斯堪迪那维亚神话、古希腊罗马神话、非洲神话、北美印第安神话等[2]。"魔法师"

---

① 小说中引文均为笔者所译。

② "Trickster". *Microsoft Encarta Encyclopedia* 2004.

可以是人，也可以是神，还可以是飞禽走兽。印第安神话中的"魔法师"又可以表现为神鸦、郊狼、兔子、老人等。他们"狡猾、欺骗、敢于妄想、无所不为"（张冲44）。"魔法师"能够变换身形，穿越时空，不受时间和空间的限制。"（王建平、郭巍456）

〔他们〕不正经，四处游荡，捉弄别人，像孙悟空一样随时能变形；既作恶，又行善，既是人，又是神，既是创造者，又是毁灭者，既是文化英雄又是流氓恶棍；有时他循规蹈矩，简直是部落的榜样，有时又寡廉鲜耻，亵渎神明。虽然性格复杂多变，但总是四处流浪，总是饥渴，总是滥性。他身上的多面性，集中体现了印第安人对人性的理解。……这一形象溶神奇、怪诞、巫术、幻象等为一体〔。〕"（郭洋生3）

托马斯就是一个典型的"魔法师"，他幽默、滑稽、爱捉弄人，敢于幻想，行为怪诞，充满幻象，创造故事，荒原杀生。当维克多问他是怎么知道维克多父亲的死讯的，托马斯说："我从风中听到，我从鸟鸣声中听到，我在阳光中感觉到，还有，你妈妈刚才在这儿哭呢。"（Alexie 444）当他被体操运动员问及身份时，维克多自我意识很强地回答说自己是百分之百的印第安血统，而托马斯则说"我可不是，我妈妈这边是魔术师，我爸爸那边是小丑"（Alexie 447）。

人们讥讽、疏离、排斥爱讲故事的托马斯，认为他是个疯子，后来甚至没有人愿意和他说话，他讲的故事也没有人听。

人们对他的轻蔑也不无道理，因为他很低能，毁灭生命。在从凤凰城开车回保留地时，维克多开了十六个小时车，安然无恙，而托马斯刚接手就把内华达州看见的唯一一只野兔给轧死了，他说："我怎么也不能相信，……你开了一千英里，挡风玻璃上连个甲壳虫都没有撞死，我只开了十秒钟，就把内达华州唯一的活物给轧死了"（Alexie 450）。

然而，恰恰是这样一个小丑给保留地带来了希望。他是一个积极向上的印第安人形象：乐观、幽默、富于幻想，而且是一个敢于付诸实践的人。他梦想成为武士，于是他就到了保留地外的斯波坎瀑布。他梦想飞翔，于是就从部落学校的房顶上飞了下来，虽然折断了胳膊，而且只在空中停留了一瞬间，但是，这已经足够了。他已经实现了他的梦想，他已经在空中飞翔过了。保留地的孩子们都嫉妒得不得了，但是，他们却没有这等勇气：

托马斯·生火会飞。

有一次，他从部落的房顶上跳下来，双臂像老鹰一样疯狂地振动，他在飞翔。那个瞬间他在空中停留，远远高出其他所有的印第安男孩。他们没有足够的胆量和疯狂做出同样的举动。

"他在飞，"小小喊道，萨默尔则在四处找有没有保险索或是魔镜什么的。这一切却不是魔法，而是真的，有托马斯从高处落下，有摔在地上溅起的尘土为证。

他的一条胳膊两处骨折。

"他折断了翅膀，他折断了翅膀，他折断了翅膀。"所有的印第安男孩都唱着跑掉了，一边跑还一边振翅，希望他们也会飞。他们不喜欢托马斯的勇敢，不喜欢他那短暂的飞翔。每个人都有飞天的梦想，托马斯却真的飞起来了。

他的一个梦想变成了现实，虽然只有短短的一秒钟，却足够使它真实。（Alexie 449）

托马斯敢于将梦想付诸实践的勇气是他认识世界的过程，也是他为部落其他青年做出的榜样。他这个小丑形象逗人发笑，给保留地带来了希望。"当人们已经陷入绝望，也许笑脸对他们更合适……释放忧伤、引人发笑、启迪创造、清除恐惧。"（Lincoln 50）

确实，与其他印第安文学作品相比，《亚利桑那菲尼克斯意味着什么》表现出明显的乐观主义精神，其中托马斯起到了重要作用。部落成员之间的关系及保留地与白人主流文化之间的关系一直都是印第安文学作品探讨的主要问题之一。典型的例子是印第安文学文艺复兴领军人物莫马黛 1969 年获普利策奖作品《黎明之屋》。主人公阿贝尔（Abel）[①] 受了战争的刺激，复员后不能适应保留地的生活，整日酗酒，为了释放蓄积已久的压抑，他在殴斗中失手杀了白化病斗鸡人；他和来保留地温泉疗养的白人安吉拉发生性关系，释放压抑。他到城市去工作，却也不能适应那儿的生活，最后被老板解雇，只得又回到保

---

① 又译亚伯，与圣经中亚当和夏娃之次子同名。

留地。体现的是部落成员之间及白人和印第安人之间的隔阂和疏离，印第安人处处受挫，与白人社会格格不入的局面。最后，主人公阿贝尔回到了保留地、回归了印第安传统，从印第安人和白人社会交往的角度来说，这个结局带有浓重的悲观色彩，不能不说是个失败。①

与《黎明之屋》相比，《凤凰城》虽然也体现了一些隔阂、疏离和消极态度，但是，托马斯·生火幽默、自信的言行举止和所作所为给整部作品带来明快向上、积极乐观的基调。托马斯通过实际行动使维克多感到温暖，理解了传统和团结互助的重要性；他主动和白人交流，没有自卑感，把自己和白人放在同一个层面上，体现了一种积极乐观的人生态度及同白人主流文化平等交流的向上精神。他在飞机上自然、平等地和白人女运动员攀谈，谈时事，开玩笑，模仿体操动作，全然没有一点局促、不自信的感觉："维克多真的想从飞机上跳下来。托马斯，这个留着脏兮兮小辫子，豁牙露齿爱讲故事的印第安人，竟然在和一个漂亮的奥运会女运动员调情。保留地上有谁会相信呢？"（Alexie 447）维克多的自卑、局促与托马斯的自信、开朗形成了鲜明对比，更加彰显了托马斯的民族救星的形象。

托马斯与白人自然、自信的交流使他发现并不只是印第安人受到了不公正待遇，白人之间也不总是平等的，他们在飞机上碰到的白人体操运动员就是因为美国因政治原因抵制奥运会而失去参赛机会，进而对政府心存不满的。

托马斯完全将自己看做与白人平等的生命体和社会成员，不像维克多那样自卑、自闭，是一个积极的形象。

三

讲故事，即"口述传统"，是印第安部落历史、文化得以继承发展的重要途径，因此具有重要意义，是全体部落成员的财富，这种文学形式得以代代相传是每一个部落成员的责任。另外，讲故事还具有治疗人们身体上和精神上的各种病痛、创伤，使部落成员和睦相处的作用。（张冲 456）

---

① 尽管有关故事的结局有不同说法，但是有学者找出大量证据来论证该作品的悲观色彩，甚至说阿贝尔在晨曦中的奔跑是奔向死亡世界的。详见 Charles R. Larson. *American Indian Fiction*. Albuquerque: University of New Mexico Press, 1978, pp. 82 ~ 95.

《凤凰城》中，多数印第安人脱离了传统，却又不能融入主流社会，处在一个非常尴尬的境地①。而托马斯则是传统的代言人，一出生就成为孤儿的他那讲不完的故事就是印第安传统的象征：

　　"我父亲在二战期间死在冲绳岛——为这个国家战死沙场，而这个国家此前却一直想置他于死地。我母亲是在生我的时候死的，我刚脱离她的身体她就死了，她是用最后一点力气将我推入这个世界的。我没有兄弟姐妹，我所拥有的只是故事，我还不会说话的时候就熟悉这些故事了。我学会一千个故事的时候，连一千步路还没有走过呢！故事是我的全部，我唯一的能耐就是讲故事。"

　　谁停下来听，托马斯·生火就讲给谁听，后来，没有人听了，他还是在讲。（Alexie 452）

　　从叙述的顺序来看，父亲二战时战死，托马斯应该是遗腹子，而生他的时候妈妈又死了，他又没有兄弟姐妹，托马斯实际上是个孤儿。似乎，这种情况下他什么都不可能继承，但是他却在不会说话的时候就已经熟悉部落的故事了。这又一次验证了他"魔法师"的作用，他是民族传统的纽带。可惜的是，没有人愿意听托马斯讲的故事；他们排斥传统，对现在和将来也不抱有希望。可是，托马斯并不气馁，他一直在讲，他的故事使得维克多和他之间增进了解，了解了死去的父亲的一些事情，也使得他和托马斯之间的友谊又回到昔日的亲密程度。由于托马斯的故事，维克多终于认识到了传统的重要性。他也知道了部落成员之间关系融洽，互相帮助的重要性。

　　《凤凰城》关于"听故事"契约的"光明的尾巴"是具有积极意义的。旭日东升，维克多和托马斯回到保留地，维克多最终表示愿意听托马斯讲故事，这表明托马斯的努力终于有了回报，预示着部落成员之间关系融洽的未来：

　　"没有什么会停滞不前，伙计，"托马斯说，"一切都将继续。"

---

　　① 这是一个普遍现象，很多印第安人出现了身份危机，生活在文化夹缝当中。参见 Kenneth Lincoln. *Native American Renaissance.* Berkeley: University of California Press, 1983, p. 20.

托马斯·生火下了卡车，向他的房子走去。维克多启动了卡车，开车回自己家。

　　　"等等，"托马斯突然从门廊上喊道，"我只想请你帮个忙。"

　　　维克多把卡车停下，脑袋伸出车窗。

　　　"什么忙？"他问。

　　　"我下次如果赶巧儿在哪儿讲故事，你能不能停下来听一次？"托马斯问。

　　　"就一次？"

　　　"就一次。"

　　　维克多朝托马斯挥了挥胳膊，表示同意。这是合理交换，托马斯有生以来最大的愿望莫过于此。

　　　于是，维克多开着他父亲的卡车回了家。

　　　托马斯进了屋，随手把门关上，随后，在寂静之中，他听到一个崭新故事的到来。"（Alexie 452）

　　　托马斯坚信印第安民族会有美好的未来，他主动邀请维克多听他讲故事，而当维克多满口答应时，托马斯非常高兴，通过他的努力，部落成员之间的关系更加融洽，更加团结。这其中，他的故事（口述传统）的作用不可忽视。当阿莱克西说"维克多听到一个崭新故事的到来时"，一个崭新的、发展的印第安保留地图景展现在读者面前。

　　　口述传统只是印第安部落传统的一部分，托马斯在执著地讲故事的同时，也在创造着故事。他敢于冒险，这些冒险是成年仪式的重要组成部分，而印第安传统中青少年都要经历成年仪式，即离开家庭去历险，不带食物和水，到荒野中寻求所梦到的保护神。其目的是使其经历身心考验，为成年做准备①。虽然，现在保留地上的马都已经不见了，但是探险的本质和精神没有变，其交通工具可以是自行车、汽车、飞机，甚至可以是双脚。托马斯在十三岁的时候进行了一次历险。他梦到神灵让他去斯波坎瀑布，由于没有驾照，他就步行去了：

　　　"我记得我做了一个梦，梦里有人告诉我去斯波坎，站在市中心的瀑布前

---

　　① Donald F. Tuzin. "Rites of Passage", in *Microsoft Encarta Encyclopedia*, 2004.

等奇迹。我知道我一定要去，但是我没有车，没有驾照，我只有十三岁。于是，我一路走过去，走了一整天，终于到了瀑布。我在那站着等了一个小时，然后你爸爸走了过来。'你小子在这儿干嘛？'他问我。我说：'等奇迹！'然后你爸爸说，'你在这儿除了被抢什么也得不到。'"（449）

　　托马斯没有发现奇迹，后来是维克多的父亲给他买了食物开车送他回保留地的，但是，他们俩之间却进行了一次意味深长的对话。后来，托马斯意识到其实维克多的父亲及他们之间谈话本身就是奇迹。这次经历使他懂得了部落成员相互帮助的重要性，使他在思想上更加成熟。

　　从某种意义上说，维克多和托马斯的菲尼克斯之旅也是他们的一次历险，从而成为成人仪式的一部分。首先，这是他们第一次离开保留地。长距离的驾车考验了他们的耐力和忍耐孤独的能力，有助于培养他们团结互助的精神。其次，他们经历了死亡。将部落成员遗体运回保留地是一件非常郑重的事。死亡使人成熟。再次，这次任务使得他们认识了保留地以外的世界，给他们提供了与其他族裔交流的机会。

　　维克多的父亲和诺尔玛·千驹是这种成人仪式的导师。维克多的父亲在斯波坎瀑布搭救了十三岁的托马斯，并叫他帮助维克多，使他明白团结互助是部落成熟成员必备的素质。维克多的父亲和诺尔玛·千驹都是现代意义上的武士。后者扶弱济贫，以另一种方式使年轻部落成员懂得传统的重要性。当维克多酒后殴打托马斯时，她上前阻止，并把不听话的孩子送到长老处，让他们听长老讲故事，这也是发掘传统一种体现。

　　虽然小说中的冒险已不同于传统以上的冒险，但只要是冒险就需要勇气。维克多的父亲在菲尼克斯的拖车里死了一个多星期后，因为闻到尸体腐烂的恶臭，才有人发现他。他在城市里的孤立并没有吓倒他，他敢于冒险，敢于挑战，显示了武士的无畏精神。他的死就是现代意义的战死沙场。

　　传统决定未来，这在故事的组织形式上也有所体现：故事中过去和现在两条时间线交替进行，紧密地交织在一起。故事以维克多得到父亲的死讯、筹集路费、上路、回程为线索进行叙述，中间穿插了此前他和托马斯的种种瓜葛和诸多恩怨：他们十岁时，美国独立日激发了他们的民族意识，使得他们有了做武士、冒险的愿望，他们俩是志同道合的；十五岁时，醉酒的维克多把絮烦的托马斯暴打了一顿，两人都被千驹拖到长老的帐篷里听故事；十二岁时，维克多踩了马蜂窝，是托马斯帮他把脚拔出来，飞奔逃命的，那时，维克多还很乐观，戏称被叮七处是幸运数。两条线索交织在一起，不可分离，体现了过去和现在的统一、不可分离，也暗示了传统非常重要，保留地的现在和将来离不开历史。如若保留地成员都像托马斯那样多听故事，多学历史，多讲故事，注重传统和团结，印地安保留地将蓬勃发展。

四

小说中既有绝望，也有希望；既有毁灭，也有创造，这些都以象征的手法表现出来。当维克多和托马斯开车从凤凰城回保留地时，他们轧死了内华达州唯一的野生生命——一只长耳雄兔：

托马斯·生火灵巧地坐到驾驶员的位置上，他们又上路了。维克多和托马斯惊奇地发现，在整个内华达地界，什么野生动物也没有，也没有水，甚至也没有移动的物体。

"怎么连个活物都没有？"维克多问了不止一次。

现在轮到托马斯开车了，他们才看到第一只动物，可能是整个内达华州唯一的动物吧。是一只长耳雄兔。

"看呀，"维克多喊道，"它还活着。"

托马斯和维克多兴奋不已，互相庆贺着他们的发现。这时，兔子突然冲到了公路上，钻到卡车的轮子下面！

"停下这该死的车，"维克多喊道，托马斯停下卡车，然后倒到死兔子面前。

"噢，天哪！真的死了，"维克多望着轧得粉碎的兔子说。

"真的死了。"

"这可能是整个州唯一的生命，我们却把它扼杀了。"

"不一定，"托马斯说，"我觉得它是自杀。"

维克多环顾四周的沙漠，嗅了嗅空气，感到莫名的空虚和寂寞，他点了点头。

"是呀！"维克多说，"一定是自杀。"（450）

内华达州就是保留地的隐喻，死气沉沉，没有生命力。兔子就如同印第安保留地上的人们，孤独、绝望，只想一死了之。没有了同伴和交流，就没有了生的欲望。然而，共同历险的成功是维克多和托马斯成长过程中关键的一步，使他们的隔阂消除，又成为亲密的伙伴，给保留地带来了生机，预示了印第安保留地的美好未来。维克多最后答应当托马斯讲故事时他会听一次，这表明维克多已经意识到传统和团结的重要性。

从此，他和托马斯之间不再是隔阂，而是交流和团结合作，是印地安保留地光明前程的前奏。维克多把父亲骨灰分给托马斯一半，表明他愿意和托马斯分享。维克多父亲的骨灰在某种意义上来说已经成为民族遗产。

文中很多有象征意义的名字表明印地安人的希望和新生。维克多意为胜利者，象征着印地安人的成功和胜利。托马斯·生火显然要燃起人们的希望之火。托马斯的作用至关重要，他就是印地安部落的希望的火种。他虽然眼高手低，不切实际，飞翔时摔断胳膊，开车时轧死内华达州唯一的一只兔子，但他却通过故事和乐观主义精神给人们希望。维克多和托马斯不谋而合地要把维克多父亲的骨灰撒到斯波坎瀑布里去，这象征着齐心协力。而斯波坎瀑布不正是生命的活水吗？托马斯说，维克多的父亲会像鲑鱼一样升腾跳跃。印地安人非常尊崇鲑鱼，这不仅仅因为鲑鱼是他们的主要食品之一，还因为鲑鱼可以跳跃，升华成新生命。鲑鱼生于淡水，但是长大后要冲入汹涌大海，离开家园，战激流，无所畏惧；而它们却要在产卵期洄游，再次历险，从大海中返回故土。它们的成人仪式便是勇战激流，游回家园。

凤凰城是另一象征。在基督教里，凤凰既象征不朽，又象征重生。[1] 传说凤凰有九条命，当它不堪重压时，它就毅然投向了火海，在经历烈火的洗礼之后，它就获得了重生。自焚前，它会华美而孤单地站在火焰里，唱一首优美的挽歌，用翅膀扇动火苗把自己化为灰烬，然后从灰烬中飞旋而出，获得崭新的重生。每一份伟大都要经历凤凰的涅槃，受烈火洗礼，褪去稚气，换来成熟。[2]本文中亚利桑那菲尼克斯即是凤凰城，菲尼克斯高温，犹如火炉，可谓重生之火。Arizona 可以表示升腾之地（a zone to rise from）。维克多的父亲在这种情况下死掉，就像凤凰自焚了一样，定会获得新生。

---

① "Phoenix（Mythology）" in *Microsoft Encarta Encyclopedia*, 2004.

② http：//www. jackgu. com/viewforumpost. aspx？postid＝45 viewed 2006－6－3.

贫穷、落后、一盘散沙的保留地，由于乐观、幽默的"魔法师"人物托马斯的故事、美好梦想、勇敢行为及其在历险过程中与白人平等交流而显现勃勃生机。一个新的故事即将到来，无数美好的梦想即将实现。

引用作品【Works Cited】

Phoenix（Mythology）［CD］. Microsoft Encarta Encyclopedia, 2004.

Trickster［CD］. Microsoft Encarta Encyclopedia, 2004.

Alexie, Sherman. This Is What It Means to Say Phoenix, Arizona. Fiction: An Introduction to the Short Story［A］. Eds. Jane Bachman Gordon and Karen Kuehner, Lincolnwood, Illinois: NTC/Contemporary Publishing Group, 1999.

Larson, Charles R. American Indian Fiction［M］. Albuquerque: University of New Mexico Press, 1978.

Lee, Robert L. Native American Reservations［CD］. Microsoft Encarta Encyclopedia, 2004.

Lincoln, Kenneth. Native American Renaissance［M］. Berkeley: University of California Press, 1983.

Macdonald, Andrew, Gina Macdonald, and MaryAnn Sheridan. Shape – shifting: Images of Native Americans in Recent Popular Fiction［M］. Westport, Connecticut: Greenwood Press, 2000.

Momaday, N. Scott. House Made of Dawn［M］. New York: HarperPerennial, 1996.

Tuzin, Donald F. Rites of Passage［CD］. Microsoft Encarta Encyclopedia, 2004.

方红：《美国猴王——论杰拉尔德·维兹诺与汤婷婷塑造的恶作剧者形象》［J］.《当代外国文学》2006年第1期，第58～63页。

郭洋生：《当代美国印第安小说》［J］.《西南民族学院学报（哲学社会科学版）》1996年第4期，第1～5页。

王建平、郭巍：《解构殖民文化 回归印第安传统——解读路易斯·厄德里奇的小说＜痕迹＞》［J］.《东北大学学报（社会科学版）》第6卷第6期

（2004 年 11 月），第 455 ~ 457 页。

张冲主撰：《新编美国文学史》（第一卷）刘海平、王守仁主编［M］。上海外语教育出版社，2000 年。

邹惠玲：《＜绿绿的草，流动的水＞：印第安历史的重构》［J］.《外国文学评论》2004 年第 4 期，第 40 ~ 49 页。

邹惠玲：《从同化到回归印第安自我——美国印第安英语文学发展趋势初探》［J］.《徐州师范大学学报（哲学社会科学版）》第 27 卷（2001 年）第 4 期，第 18 ~ 21 页。

附录二

亚利桑那菲尼克斯意味着什么

——（美国）谢尔曼·阿莱克西 刘克东译

　　维克多刚丢掉他在印第安事务所的工作，就收到了他父亲因心肌梗塞死于亚利桑那菲尼克斯的消息。维克多已经有好几年没有见过父亲了，只打过几次电话，但是听到他父亲的死讯，维克多还是感到一阵生理痛楚，就像自己骨折了一样。维克多一分钱也没有。而保留地里又有谁有钱呢？除非是卖香烟和焰火的人。他可以去取他父亲存折里的钱，但首先他需要想办法从斯波坎去菲尼克斯。维克多的母亲和他一样贫穷，其他亲属也帮不上什么忙。于是，维克多去找部落委员会。

　　"听我说，"维克多说道，"我父亲死了，我需要一些钱去菲尼克斯安排后事。"

　　"维克多，"委员会的人说，"你也知道我们现在财政上也很困难。"

　　"我觉得委员会应该有这方面的专项资金。"

　　"维克多，我们确实有些钱用来将部落成员的遗体妥善运回保留地，但要把你父亲大老远地从菲尼克斯运回来，这点钱恐怕是不够的。"

　　"其实，"维克多说，"也花不了多少钱。我得先把他火化了。情况有点糟糕，他因心肌梗塞死在他的拖车里，一个多星期都没有人发现，天又那么热，你想会是什么样吧？"

　　"听着，维克多，我们对你的情况也很同情，但我们只能给你一百美元。"

　　"那还不够机票钱呢！"

　　"那么你可以考虑开车去菲尼克斯。"

　　"我没有车，况且我还得把我父亲的卡车开回来。"

　　"维克多，"部委会的人说，"我们相信会有人开车送你去菲尼克斯的，也许有人会再借给你一些钱。"

"你们很清楚没有人会有那么多闲钱。"

"那么，维克多，我们很抱歉，我们能做的仅此而已。"

维克多接受了部委会给他的一百块钱。不接受又能怎么样呢？于是，他办完手续，拿着支票去贸易点兑换现金

维克多排队的时候看到托马斯·生火站在书报架旁自言自语，平时他就是这样自言自语的。托马斯是个爱讲故事的人，但没人愿意听他的故事，就像镇里有个牙医，而大家却都戴假牙一样。

维克多和托马斯·生火同一年出生，从小一起玩泥巴长大的。从维克多记事起，托马斯的嘴就没闲着过。

他们七岁的时候——那时维克多的父亲还住在家里——托马斯闭上眼睛，给维克多讲了一个故事："你父亲的心脏不好，他害怕家人，他害怕你。深夜里，他会一个人在黑暗中坐着看电视，直到什么也没有了，只剩下雪花和噪音。有时他想买辆摩托车，骑着它远离家园，找一个地方躲起来，让谁也找不到他。"

托马斯·生火事先就知道维克多的父亲要离开家，谁也没有他知道得早。此刻，维克多手里拿着那一百美元的支票，站在贸易点，心里想：托马斯是不是也知道他父亲已经死了，他知不知道将来会发生什么事呢？就在这个时候，托马斯朝维克多看了一眼，脸上露出微笑，然后朝他走来。

"维克多，听到你父亲的死讯我很难过。"托马斯说。

"你怎么知道的？"维克多问道。

"我从风中听到，我从鸟鸣声中听到，我在阳光中感觉到，还有，你妈妈刚才在这儿哭呢。"

"噢，原来是这样，"维克多说，同时环顾了一下整个贸易点。其他所有的印第安人都在看他们，琢磨着为什么维克多和托马斯说话，现在已经没有人愿意和托马斯说话了，因为他总是一遍又一遍地重复同样的故事。维克多有点尴尬，但他期望托马斯能够帮助他。维克多突然觉得有一点对传统的需要。

"我可以借给你钱，"托马斯突然说，"但你必须带上我。"

"我不能拿你的钱，"维克多说，"我是说，我们这些年连话都不说，我们已经不是朋友了，我怎么能拿你的钱呢？"

"我也没说咱们还是朋友啊！我说的是你必须带我一起去。"

"让我想想。"

维克多拿着一百美元回到家里。他坐在餐桌前，双手托着下巴，回想着他和托马斯的关系，想起了很多的细节：眼泪、伤疤、那年夏天他们共同拥有的自行车，还有许多故事。

托马斯·生火坐在自行车上，在维克多家的院子里等维克多。那时他十岁，骨瘦如柴。他的头发很脏，因为那天是独立日。

"维克多，"托马斯大声喊道，"快点！不然我们就看不到焰火了。"

过了没几分钟，维克多从屋里跑出来，纵身一跃，翻过石台的栏杆，优雅地落在了人行道上。

托马斯把自行车交给他，然后他们朝焰火燃放地进发了。天已经差不多黑了，焰火即将开始。

"哎！托马斯说，你说怪不怪，我们印第安人也在庆祝七月四日，这又不是我们的节日！"

"你想的事情太多了，"维克多说，"独立日就是为了好玩嘛！说不定小小也会来呢！"

"哪个小小？保留地上的孩子都叫小小！"

火焰并不盛大，实际上只有几个钻天猴和一个五彩喷泉，但对于两个印第安男孩来说，这已经足够了——当然，若干年后，他们不会再满足于这些。

后来，坐在黑暗里，驱赶着蚊子，维克多转向托马斯·生火。

"嘿！"维克多说，"给我讲个故事。"

托马斯闭上眼睛，开始讲他的故事：有两个印第安男孩，他们想成为武士，但是现在要想做古时候的武士已经不可能了，马都没有了，于是两个孩子偷了一辆车，开车到城里，他们把车停在了警察局门前，然后搭车回到保留地，到家后他们的朋友都为他们欢呼，他们的父母眼里充满了自豪。"你们非常勇敢，"大家对这两个印第安男孩说"非常勇敢。"

"嘿！"维克多说，"这个故事好，我希望我也能成为一名武士。"

"我也一样。"托马斯说。

维克多坐在餐桌旁，他把那一百元钱数了又数，他知道他要往返菲尼克斯这点钱是不够的，他知道他需要托马斯·生火。他把钱放在钱包里，打开前门，他发现托马斯正在台阶上。

"嘿，维克多，"托马斯说，"我就知道你会来找我！"

托马斯进了客厅，坐在维克多最喜欢的椅子上。

"我有点存款，"托马斯说，"够我们俩从这儿到菲尼克斯用，不过，回来的费用就得你掏了。"

"我这儿有一百元钱，"维克多说，"我爸爸还有些储蓄我可以取出来。"

"你爸爸有多少储蓄？"

"够用了，有几百元吧。"

"棒极了，什么时候走？"

他们十五岁的时候——那时候，他们已经不再是朋友了——维克多和托马斯打了一架。维克多喝醉了，无缘无故地把托马斯打了一顿，其他的印第安男孩围成一圈看着他们打，小小在场，赖斯特·赛末在场，还有很多人在场。

要不是诺尔玛·千驹路过那儿阻止了他们，维克多可能会一直打下去，直到把托马斯打死。

"嘿，孩子们，"诺尔玛一边喊一边跳下车，"别打了。"

如果是换个人，即使是个男的，这些孩子也不会当回事，但是诺尔玛却不同，她是个武士，力大无比，她可以随便拎起两个男孩子，把他们的头盖骨撞碎，更惨的是她会把这些孩子拖到一个圆锥帐篷里，让长老们给他们讲老掉牙的故事。孩子们都散去了，诺尔玛走过来，把托马斯拽了起来。

"嘿，小男人，你没事儿吧？"她问道。

托马斯向她翘了翘拇指。

"他们为什么总招惹你？"

托马斯摇了摇头，闭上了眼睛，但这次却没有故事，他说不出话，也唱不出歌，他只想回家，躺在床上，让他的梦替他讲故事。

托马斯·生火和维克多并排坐在飞机里，经济舱。靠窗的座位上是一个瘦小的女子。她正忙着练柔功，把自己的身体卷成各种各样的法国号，她的身体确实很灵活。

"我得问问她，"托马斯说。维克多尴尬地闭上了眼睛。

"别问了。"维克多说。

"对不起，小姐，"托马斯问道，"你是体操运动员吗？"

"这还用问？"她说，"1980年奥运会我是第一替补。"

"真的？"托马斯问，

"真的。"

"我是说你曾经是一名世界级运动员？"托马斯问，

"我丈夫认为我现在仍然是。"

托马斯·生火笑了。她思维也象身体一样敏捷。她双手抱着腿，身体折叠，嘴都可以吻到膝盖了。

"我要是也能那样该多好！"托马斯说。

维克多真的想从飞机上跳下来。托马斯，这个留着脏兮兮小辫子，龅牙露齿爱讲故事的印第安人，竟然在和一个漂亮的奥运会运动员调情。保留地上有谁会相信呢？

"这很简单！"体操运动员说，"你不妨试一下！"托马斯抓住一条腿，努力地想把它拽到刚才运动员那个位置。但他可差远了，怎么也够不着，把维克多和运动员都逗乐了。

"嘿！"她问，"你们俩是印第安人，对吧？"

"百分之百纯正。"维克多说。

"我可不是，"托马斯说，"我妈妈这边是魔术师，我爸爸那边是小丑。"

他们都笑了。

"你们叫什么名字？"她问。

"维克多和托马斯。"

"我叫凯西，很高兴认识你们。"

三个人聊了一路。凯西抱怨政府因抵制1980年奥运会①而解散了体操队。

"听起来好像你们和印第安人有很多相同的遭遇呀！"托马斯说。

这回谁也没笑。

飞机降落在菲尼克斯，他们找到各自的出口后，体操运动员凯西微笑着和他们挥手告别。

"她人不错。"托马斯说。

① 1979年12月，苏联入侵阿富汗，卡特总统宣布美国将不参加1980年莫斯科奥运会，以示抗议。另外还有50个国家抵制了该项赛事。

"是不错，可是飞机上和别人聊聊天是很平常的事，"维克多说。

"你以前总是对我说我想得太多了，"托马斯说，"现在好像是你多虑了!"

"可能是我受你传染吧!"

"对。"

托马斯和维克多乘出租车去维克多父亲客死其中的拖车。

"听我说，"当出租车停在拖车前时维克多说，"那次我打了你我还没有向你道歉呢!"

"噢，没什么。那时我们还是孩子，况且你又喝醉了。"

"不错，但是我还是很抱歉!"

"没什么。"

维克多付了车费，两人下了车。菲尼克斯盛夏炎炎，两人可以闻到拖车里的恶臭。

"一定惨极了，"维克多说，"你不用进去了。"

"你一个人不行的。"

维克多上前打开前门，一股恶臭扑面而来。他们俩止不住干呕，维克多的父亲死在拖车里一个星期才有人发现他，要不是百度（华氏度）高温，恶臭难闻，恐怕还不会被发现。他们为了确认他的身份不得不动用了牙医记录。法医就是这么说的，他们动用了牙医记录。

"天哪!"维克多说，"我真的不知道我行不行。"

"那就别折腾了。"

"可是说不定里面有值钱的东西呢!"

"他的钱不是在银行里吗?"

"是在银行里，我是说照片、信件等等。"

"噢!"托马斯一边说一边屏住呼吸跟维克多走进拖车。

维克多十二岁的时候，踩到了一个地下马蜂窝，他的脚陷到里面任凭他怎么拔也拔不出来。要不是托马斯·生火救了他，他可能会因为千蜇万叮死在那儿。

托马斯把维克多的脚从洞里拔出来，喊道："快跑!"他们俩撒腿就跑，比平时任何时候跑得都快，比比利·米尔斯还要快，比吉姆·索普还要快①，比马蜂还要快。

维克多和托马斯跑呀跑呀，一直跑到上不来气，一直跑到天黑夜寒，一直跑到迷路，花了好几个小时才找到回家的路。一路上维克多数着他们的蜇伤。

"七处，"维克多说，"我的幸运数。"

维克多在拖车里没找到太多有用的东西，只有一个相册和一个立体声录音机。其他的都带着腐尸的味道或是毫无价值。

"我看也只有这些了，"维克多说，"真是微乎其微。"

"那也比没有强。"托马斯说。

"对，起码我还有这个卡车。"

"是呀！"托马斯说，"还挺好的。"

"爸爸对维护汽车还是有两下子的。"

"是呀，我记得你爸爸。"

"是吗？"维克多问，"你记得什么？"

托马斯·生火闭上眼睛，讲了下面两个故事："我记得我做了一个梦，梦里有人告诉我去斯波坎，站在市中心的瀑布前等奇迹。我知道我一定要去，但是我没有车，没有驾照，我只有十三岁。于是，我一路走过去，走了一整天，终于到了瀑布。我在那站着等了一个小时，然后你爸爸走了过来。'你小子在这儿干嘛？'他问我。我说：'等奇迹！'然后你爸爸说，'你在这儿除了被抢什么也得不到。'他开车带我去了丹尼快餐店，给我买了晚餐，然后开车送我回到了保留地。我生了很长时间的气，因为我认为我的那些梦欺骗了我，但其实它们并没有欺骗我，你爸爸就是我的奇迹。我的梦告诉我我们大家要互相照顾。相互照顾。

维克多半天没有说话，他在脑海里搜寻对父亲的记忆，想起了父亲的好处，发现了一些不好的地方，整体地考虑了一下，笑了。

"我父亲没有告诉我在斯波坎发现你的事。"维克多说。

①　1964 年东京奥运会，威廉·米尔斯（有苏族血统的印第安人，1938 年出生）首次为美国队在 1000 米赛跑比赛中赢得金牌。1912 年斯德哥尔摩奥运会，吉姆·索普（1888～1953，索克和福克斯族后裔）赢得五项全能和十项全能两枚金牌。

"他说他谁都不告诉，不想让我有麻烦，他说作为交换条件我必须照顾你。"

"真的？"

"真的。你父亲说你需要帮助，他说对了。"

"你就是因为这个才和我一起来的，是吗？"维克多问。

"我来是因为你父亲。"

维克多和托马斯钻进卡车，开到银行，取出了存折里的三百美元。

托马斯·生火会飞。

有一次，他从部落的房顶上跳下来，双臂像老鹰一样疯狂地振动，他在飞翔。那个瞬间他在空中停留，远远高出其他所有的印第安男孩。他们没有足够的胆量和疯狂做出同样的举动。

"他在飞，"小小喊道，萨默尔则在四处找有没有保险索或是魔镜什么的。这一切却不是魔法，而是真的，有托马斯从高处落下，摔在地上溅起的尘土为证。

他的一条胳膊两处骨折。

"他折断了翅膀，他折断了翅膀，他折断了翅膀。"所有的印第安男孩都唱着跑掉了，一边跑还一边振翅，希望他们也会飞。他们不喜欢托马斯的勇敢，不喜欢他那短暂的飞翔。每个人都有飞天的梦想，托马斯却真的飞起来了。

他的一个梦想变成了现实，虽然只有短短的一秒钟，却足够使它真实。

维克多父亲的骨灰装满里一个木箱，还多出了满满的一个纸壳箱。

"他一直都很魁梧。"托马斯说。

维克多端着父亲遗体的一部分上了车，托马斯端着另一部分。他们把他小心地放在座位后面，在木箱上盖了一个牛仔帽，在纸箱上盖了一个道奇棒球帽，按习俗就该这样。

"准备好回家了吗？"维克多问。

"路途很远呐！"

"是的，也许要开上几天。"

"我们可以轮流开车。"托马斯说。

"好，"维克多说，但他们没有轮班，维克多向正北一直开了十六个小时，内达华州已经开过了一半了，才把车停在路边。

"嘿，托马斯，"维克多说，"你得开一会儿了。"

"好的。"

托马斯·生火灵巧地坐到驾驶员的位置上，他们又上路了。维克多和托马斯惊奇地发现，在整个内华达地界，什么野生动物也没有，也没有水，甚至也没有移动的物体。

"怎么连个活物都没有？"维克多问了不止一次。

现在轮到托马斯开车了，他们才看到第一只动物，可能是整个内达华州唯一的动物吧。是一只长耳雄兔。

"看呀，"维克多喊道，"它还活着。"

托马斯和维克多兴奋不已，互相庆贺着他们的发现。这时，兔子突然冲到了公路上，钻到卡车的轮子下面！

"停下这该死的车，"维克多喊道，托马斯停下卡车，然后倒到死兔子面前。

"噢，天哪！真的死了，"维克多望着轧得粉碎的兔子说。

"真的死了。"

"这可能是整个州唯一的生命，我们却把它扼杀了。"

"不一定，"托马斯说，"我觉得它是自杀。"

维克多环顾四周的沙漠，嗅了嗅空气，感到莫名的空虚和寂寞，他点了点头。

"是呀！"维克多说，"一定是自杀。"

"我怎么也不能相信，"托马斯说，"你开了一千英里，挡风玻璃上连个甲壳虫都没有撞死，我只开了十秒钟，就把内达华州唯一的活物给轧死了。"

"对呀，"维克多说，"也许还是应该我来开车。"

"也许是应该你来开。"

托马斯·生火一个人走过部落学校的走廊。没有人愿意接近他，因为他们不想听那些故事。一个又一个的，没完没了。

托马斯闭上眼睛，故事马上又来了。"我们都被赋予了一种衡量我们生命价值的能力，一种决心。对我来说，这种能力就是我的故事，它们可能改变世界，也可能改变不了世界，可是这些并不重要，只要我持之以恒地讲这些故事。我父亲在二战期间死在冲绳岛——为这个国家战死沙场，而这个国家此前却一直想置他于死地。我母亲是在生我的时候死的，我刚脱离她的身体她就死了，她是用最后一点力气将我推入这个世界的。我没有兄弟姐妹，我所拥有的只是故事，我还不会说话的时候就熟悉这些故事了。我学会一千个故事的时候，连一千步路还没有走过呢！故事是我的全部，我唯一的能耐就是讲故事。"

谁停下来听，托马斯·生火就讲给谁听，后来，没有人听了，他还是在讲。

朝阳冉冉升起的时候，维克多和托马斯回到了保留地，地球上新的一天开始了，但是对于保留地来说，一切还都是老样子。

"早上好！"托马斯说。

"早上好！"

部落里的人醒来了，准备一天的劳作，吃早饭，看报纸，与平时没有什么两样。维莱尼·勒布赖特站在花园里，身上穿着浴袍，朝开车经过的托马斯和维克多挥了挥手。

"疯狂的印第安人成功了。"她自言自语道，然后继续修剪她的玫瑰。

维克多把车停在了托马斯·生火的组屋①前。他们俩都打了个哈欠，伸了伸懒腰，抖了抖身上的尘土。

"我累了，"维克多说。

"我也累了，我觉得这儿的一切都死气沉沉的。"托马斯补充道。

他们俩都想找点话说，算是总结一下这次行程。维克多需要感谢托马斯的鼎力相助和慷慨解囊，还要许诺如期还钱。

"不要放在心上，"托马斯说，"没啥大不了。"

"没什么，对不？"

"对。"

维克多知道托马斯还会讲他的那些疯故事，讲给猫啊狗啊的听，他还会聆

---

① 二十世纪六十年代美国住房及城市发展部在保留地上盖的房子，由于有电力和上下水系统，一般认为比其它住房高级一些。

听风的诉说和松林的讴歌。维克多知道他和托马斯不能成为真正的朋友,即使发生了这一切。这是残酷的现实,有如座位后面维克多父亲的骨灰一样真切。

"我能理解你,"托马斯说,"我知道你对我不会比以前好,你的朋友会嘲笑你的。"

维克多感到很内疚,部落中的凝聚力哪儿去了?集体荣誉感哪儿去了?他和别人共同拥有的只是酒瓶和破碎的梦。他欠托马斯的,他欠他很多很多。

"听着,"维克多说,然后把装着他父亲一半骨灰的纸箱交给托马斯,"我想把这个给你。"

托马斯接过骨灰,笑了,闭上眼睛,又讲了一个故事。"我要最后再去一次波斯坎瀑布,把这些骨灰撒在水里。你父亲会变成一条鲑鱼跃过大桥,跃过我的头顶,一直飞回家来。那将多么美好!他的牙齿会银光闪闪,有如空中彩虹。他会升起,维克多,他会重新升起!"

维克多笑了。

"我也正想用我这一半骨灰做同样的事情呢!"维克多说,"但是却没有想象我父亲会变成一条鲑鱼。我以为洒骨灰和收拾阁楼差不多呢。"

"没有什么会停滞不前,伙计,"托马斯说,"一切都将继续。"

托马斯·生火下了卡车,向他的房子走去。维克多启动了卡车,开车回自己家。

"等等,"托马斯突然从门廊上喊道,"我只想请你帮个忙。"

维克多把卡车停下,脑袋伸出车窗。

"什么忙?"他问。

"我下次如果赶巧儿在哪儿讲故事,你能不能停下来听一次?"托马斯问。

"就一次?"

"就一次。"

维克多朝托马斯挥了挥胳膊,表示同意。这是合理交换,托马斯有生以来最大的愿望莫过于此。于是,维克多开着他父亲的卡车回了家。托马斯进了屋,随手把门关上,随后,在寂静之中,他听到一个崭新的故事翩然而至。

附录三

谢尔曼·阿莱克西作品列表

	长篇小说
1.	《保留地布鲁斯》，纽约：大西洋日报出版社，1995 年。 *Reservation Blues.* New York：Atlantic Monthly Press，1995.
2.	《印第安杀手》，纽约：大西洋日报出版社，1996 年。 *Indian Killer.* New York：Atlantic Monthly Press，1996.
3.	《飞逸》，纽约：格罗夫/大西洋出版公司，2007 年 4 月。 *Flight.* New York：Grove/Atlantic，Inc.，（April）2007.
4.	《一个兼职印第安人绝对真实的日记》，插图：艾伦·福尔尼，纽约：小布朗出版公司，2007 年 9 月。 *The Absolutely True Diary of a Part – Time Indian.* Illus. Ellen Forney. New York：Little Brown，（September）2007.
	短篇小说集
5.	《独行侠森警和唐托在天堂的赤拳搏击》，纽约：大西洋日报出版社，1993 年。 *The Lone Ranger and Tonto Fistfight in Heaven.* New York：Atlantic Monthly Press，1993.
6.	《世界上最牛的印第安人》，纽约：大西洋日报出版社，2000 年。 *Toughest Indian in the World.* New York：Atlantic Monthly Press，2000.

7.	《十个小印第安人》，纽约：格罗夫出版社，2003 年。 *Ten Little Indians*. New York：Grove Press，2003.
8.	《战舞》，纽约：格罗夫出版社，2009 年。 *War Dances*. New York：Grove Press，2009.
	诗集
9.	《盛装舞蹈业：故事和诗歌》，纽约，布鲁克林：悬垂出版社，1992 年。 *The Business of Fancydancing*：*Stories and Poems*. Brooklyn, NY：Hanging Loose Press，1992.
10.	《我会去偷马》，纽约，尼亚加拉大瀑布：滑溪出版社，1993 年【限量版】。 *I Would Steal Horses*. Niagra Falls, NY：Slipstream Publications，1993. ［Limited Edition］
11.	《旧衬衫、新皮肤》，洛杉矶：加州大学洛杉矶分校美国印第安研究中心，1993 年。 *Old Shirts & New Skins*. Los Angeles：UCLA American Indian Studies Center，1993.
12.	《第一个登上月球的印第安人》，纽约，布鲁克林出版社，1993 年。 *First Indian on the Moon*. Brooklyn, NY：Hanging Loose Press，1993.
13.	《我还没没有学会演奏的七首雪松笛子悼念曲》，华盛顿，沃拉沃拉：惠特曼学院出版社，1995 年【限量版】。 *Seven Mourning Songs for the Cedar Flute I Have Yet to Learn to Play*. Walla Walla, WA：Whitman College Press，1995. ［Limited Edition］
14.	《水流回家》，爱达荷，博伊西：林伯罗斯特出版社，1996 年【限量版】。 *Water Flowing Home*. Boise, Idaho：Limberlost Press，1996. ［Limited Edition］
15.	《黑寡妇的夏天》，纽约，布鲁克林：悬垂出版社，1996 年。 *The Summer of Black Widows*. Brooklyn, NY：Hanging Loose Press，1996.
16.	《喜欢三文鱼的男人》，爱达荷州，博伊西：林伯罗斯特出版社，1998 年。 *The Man Who Loves Salmon*. Boise, Idaho：Limberlost Press，1998.

17.	《一根棍之歌》，纽约，布鲁克林：悬垂出版社，1998 年。 *One – Stick Song.* Brooklyn，NY：Hanging Loose Press，1999.
18.	《危险的天文学》，爱达荷州，博伊西：林伯罗斯特出版社，2005 年。 *Dangerous Astronomy.* Boise，Idaho：Limberlost Press，2005.
19.	*Il powwow della fine del mondo.* QuattroVenti，2005. 【选自《盛装舞蹈业》和《黑寡妇的夏天》的诗歌的英语、意大利语对照版。吉奥尔吉奥·马瑞安尼翻译、注释、后记】，夸特罗·樊蒂出版社，2005 年。 ［Parallel translations，in English and Italian，of poetry selections from *The Business of Fancydancing and The Summer of Black Widows* Translated，annotated and with an afterword by Giorgio Mariani］
20.	《脸》，纽约，布鲁克林：悬垂出版社，2009 年 3 月。 *Face.* Brooklyn，NY：Hanging Loose Press，March 2009.
剧本	
21.	《狼烟》，纽约：亥伯龙神图书，1998 年。 *Smoke Signals.* New York：Hyperion Books，1998.
22.	《盛装舞蹈业》，纽约：悬垂出版社，2003 年。 *The Business of Fancydancing.* New York：Hanging Loose Press，2003.

后 记

　　本书是在本人的博士论文的基础上改写而成的。在出版之际，本人向论文撰写期间及专著成稿过程中给予本人指导、帮助与支持的人致以诚挚的谢意。

　　首先，我衷心感谢我的博士论文导师乔国强教授。乔老师结合自己在国外攻读博士学位时的体会和自己多年来从事教学和科研的经验，对本人的研究范围、方法和撰写规范进行了细致入微的指导。乔老师鼓励创新，对理论的运用有自己独到的见解，这些都对我起到了极大的鼓舞作用。乔老师对于综述的写法和谋篇布局的指导也使我受益匪浅。没有乔老师的悉心指导，本书是不可能完成的。我相信乔老师的职业精神和学者魅力会对我今后的科研起到无止境的影响。

　　其次，我要感谢论文评阅人及答辩委员会的评委对我的论文提出的宝贵意见，包括慷慨的鼓励和关于文章整体和局部的修改建议。他们是上海外国语大学的李维屏教授、张定铨教授、汪小玲教授、张和龙教授、张群教授，上海财经大学的王晓群教授，上海交通大学的胡全生教授，黑龙江大学的徐文培教授，哈尔滨师范大学的姜涛教授和哈尔滨工业大学的傅利教授。

　　再次，我要感谢读博期间给我们讲授课程的其他教授，他们是上海外国语大学的虞建华教授、李维屏教授、何兆熊教授、许余龙教授和戴炜栋教授。

　　我的硕士论文导师秦明利教授也为我读博提供了帮助，我也对他致以衷心的感谢。我的师长和同事在我撰写论文期间表现出密切的关注，我也心存感激，他们是：哈尔滨工业大学外国语学院的贾玉新教授、王桂芝教授、傅利教授、马林教授、李洁红教授、周之南教授和孔英教授。

　　在论文的资料搜集和成文过程中，我还有幸遇到并得到以下教授的帮助、鼓励和指点：加拿大温尼伯大学的尼尔·贝斯纳教授、曼尼托巴大学的沃伦·卡里欧副教授、艾莉森·卡尔德副教授、美国马萨诸塞大学（阿姆赫斯特）的史蒂芬·特雷西教授、徐州师范大学的邹惠玲教授、中国人民大学的王建平教授、山东农业大学的李志岭教授、武汉大学的朱宾忠教授、北京外国语大学的马海良教授和复旦大学的张冲教授。

我的同事、同学、朋友不辞辛苦，利用出国访学的机会帮我收集资料，我对他们表示热忱的谢意：杜新宇博士、黄芙蓉博士、敖宏瑞博士、常梅博士、许丽莹博士、张春星博士、暴丽颖博士、张瑾博士、李雪博士、王玲博士、孟勐博士、张辉博士、刘秀杰博士、于洋博士、张世方博士、包小金、王艳薇、王冬梅、王晶、刘爱华、周博文、王玮颖、黄俊娲、成新霞等。

在本书获取资助的过程中，哈尔滨工业大学科学技术研究院的卜琳华博士予以重要帮助，本人在此表示感谢。感谢"哈尔滨工业大学社会科学论著奖励与资助计划"和"教育部高等学校社会科学发展研究中心·高校社科文库"的资助，没有这两个计划的资助，拙作将难以出版。

在本书的编辑、出版过程中，责任编辑李勇先生给予了大量的帮助，本人在此表示衷心的感谢！

最后，我还要感谢我的家人对我的一贯支持和理解以及他们的具体行动：我的岳父张耀忠先生，妻兄张革博士，一直爱我的母亲、兄弟姐妹、女儿刘谙艺和妻子张欣。谨以此书献给我最亲爱的父亲刘胜伦，他年轻时走南闯北，后来安家北大荒，有了一个大家庭，目不识丁的他辛苦操劳，让四个孩子都接受了教育。他无忧无虑的性格和对生活与幽默的欣赏更对我们影响巨大。愿父亲安息！

刘克东
2011 年春于哈尔滨